不全世界の創造手《アーキテクト》

小川一水

朝日文庫

本書は二〇〇八年十二月に朝日ノベルズで刊行されたものに
加筆修正を加えました。

目　次

プロローグ

怪獣のような工作機械が並ぶ薄暗い工場の片隅に、場違いな小さな人影が集まっている。子供たちだ。年頃はもうじき小学校を卒業するぐらい。男女半々で八人ほどいる。他に人影はない。今日は日曜だ。

子供たちは半円を描くようにテーブルを囲んでいる。そのテーブルの前に、一同の中でも小柄な少年が一人、立っていた。

戸田祐機《とだゆうき》、十二歳。この工場「戸田特鋼《とっこう》」の経営者の息子である。

Tシャツに半ズボンをはいてパーカーを羽織っている。黒髪が、やや生意気な感じに、つんつんと逆立っているが、目鼻立ちはまだはっきりせず子供っぽい。

見た目は平凡な少年だ。だがその態度はぜんぜん平凡ではない。ケンカをしたら女子にも負けそうな体格のくせに、弱々しい素振りは微塵《みじん》もない。胸を張り、腕を組み、自信に満ちた顔でテーブルの上を見つめている。その顔はまるで自分を王様だと思っているかのようだ。

ただ、世間のいわゆる御曹司《おんぞうし》とか坊っちゃんとは明確に異なる点が、ひとつ存在した。彼は一人で立っている。他の七人は前方で見ている。

祐機には御曹司につきものの取り巻きがいない。

彼の関心は、そんなことにはまったくなかった。

「そろそろだ……さあ、見てろよおまえら」

祐機がつぶやいて、テーブルに顔を寄せた。

そこに、コトコトとかすかな音を立てる、電気ガマに似た形の陶器がひとつ。

カマの左右には、電気スタンドの支柱を思わせる骨組みだけのロボットハンドがつけられている。材質は、奇妙なことに、これも陶製のようだ。鉄やアルミではない。

じきに電気ガマは、Ｖｉ！　とブザーを鳴らした。

「できた」

カマの蓋《ふた》がひとりでにバクンと開いた。電気ヒーターが放つような、湿気を伴わない熱気がボウッと広がる。「うわ」と仲間たちがのけぞる。祐機は動じずに見つめている。

カマの横のロボットハンドがグウッと持ち上がって、カマの中にくちばしを差し込んだ。キチ・キチ・キチと小さな音を立てて細かく角度を変える。と思ったら、中身をガチッとつかんで、ぐうっと引っ張り出した。

　ロボットハンドがつかんだのは、瓦《かわら》のような形をした、湾曲した平べったい焼き物。縁《ふち》のところに噛《か》み合い用の溝が開いている。

　それをテーブルの上にコトンと立てて、ロボットハンドはグウッと最初の位置に戻った。もう一度、Vｉ！　とブザーが鳴って、カマのパイロットランプが消えた。

　祐機はそれを見届けてから、一同の顔を見回した。

「……これが、Uポットだ」

　返事はない。男子も女子も目を丸くして見ている。

　が、一番後ろの背の高いやつだけは、なぜかにやにや笑っている。

　反応がないので、祐機は流暢《りゅうちょう》に説明を始めた。

「こいつの消費電力は四キロワットだ。太陽電池メーカーが最近出し始めた多層セルなら、六メートル四方、つまりだいたい六畳間二つ分の面積で電力を賄《まかな》える。焼成《しょうせい》パーツの原料は、さっき言った通りに一般的な砂。花崗《かこう》岩質の白砂が望ましいが、玄武《げんぶ》岩質や変成《へんせい》岩質、あるいは有機物を含んだ土でも、とにかくケイ素が含まれていればなんでも構わない。製造公差《こうさ》は今のところ〇・三パー、つまり一メートルのものを三ミリまでのズレで作るが、これは〇・一パーまで追い込むつもりでいる。でないとネジが入らん。今はすべてのパーツを製造させることが目標で、それが可能になったら今度は自力で組み立てさせるつもりだ」

「あのさあ」

祐機の長広舌《ちょうこうぜつ》を遮《さえぎ》って、女子の一人が声をかけた。「なに」と祐機は目を向ける。

「つまり、それ何？」

祐機は電気ガマを見て、もう一度女子の顔を見て、空中を見上げた。しばらく考え込む。

そして、若干の失望の色を顔に浮かべた。

「このUポットは、自身を構成するパーツを、自分で作ることができる。見ればわかると思ったんだがな？」

確かに、電気ガマのボディと、ロボットハンドがつかみ出したパーツは、同じように、焼き物特有の鈍《にぶ》い色をたたえていた。

「ええと」

女子は他の仲間たちと顔を見合わせ、そこに自分と同じ表情を見つけたようだった。

祐機に目を戻し、言う。

「自分で、自分を作る機械？　ってつまり、ネタなわけ？」

「……は？」

祐機は啞然《あぜん》として口を開けたが、女子たちはそれで理解したつもりになったようだった。

「あー、ネタなんだ」

「ピタゴラなんとかみたいな感じ？」

「ていうか外国ジョークっぽい」

「まあ、すごいっちゃあすごいけどさー」

「戸田って凝りすぎなんだよ」

男子たちもつられてうなずき合う。相手を傷つけないのが礼儀だよね的な、いかにも今風の生温かい笑いが、祐機を取り囲んだ。

「いや、ギャグっていうか……あのな、おまえら」

「でもさー戸田さーウケ狙うのはいいけどさー、もうちょっとゆるくっていいんだよ、うん」

ポンポン、と女子の一人が笑いながら祐機の肩を叩いた。

ブチッ、と音を立てて祐機はキレた。

「こっの豚どもが地上波のゴミみたいなお笑い番組レベルで俺の発明を評価しやがって何がゆるくだいい加減にしろよとっとと出ていけ二度と来んな！」

「すまん」

「馬鹿」

戸田特鋼、地上八メートル。工場の高窓ぎわをぐるりとめぐる、キャットウォーク上。

祐機ともう一人の男子が、グレーチングの路面に腰かけて、手すりの下から空中にぶらぶらと足を突き出し、ボケっと座っている。

「せーっかく俺が連れてきたのにな。高屋敷《たかやしき》さんなんか工場初めてーって楽しんでたのにさあ。頭からバリゾーゴン浴びせるなんてよ。何考えてんのおまえ」

「すまん」

「ねーわマジで」

「……」

祐機は口を閉ざして、黙り込んだ。その様子を、隣の男子が横目でちらりと見ている。

深沢大夜《ふかざわだいや》、同年齢。小柄な祐機とは対照的に、長身サラサラ髪でおしゃれ系の美形である。男女を問わず人気がある。ただし性格が軽すぎて、本命扱いされることは、あまりない。

今日、クラスメイトをここに連れてきたのは、彼だった。友達づきあいの少ない祐機を、なんとかしてクラスの人間関係に引き入れてやるつもりだったのだ。しかしそれは見事に失敗して、女子は泣きながら、男子は怒りながら帰ってしまった。

普通の間柄なら、ここで絶交されても文句は言えないほどの失態だった。

だが、大夜は黙って祐機を見ていた。

やがて祐機は、少し目尻を拭《ぬぐ》って言った。

「明日謝る」

「ふーん」

「ちゃんと謝るよ」

「まあそれがいいとは思うけど」

そう言ってから、大夜は祐機の横顔を覗いた。

「本音で?」

「……」

「ほんとに二度としないつもり?」

「……いや」

「だろうな」

大夜がため息をついた。祐機は彼に目をやる。

「おまえはわかったのか、Uポットの意味が」

「いんにゃ、全然」

「じゃあいいよ、もう」

「いいって、どういうことよ」

「行っていいってこと」

祐機は工場内に目を戻し、立ち並ぶ機械に目をさまよわせた。

すると、大夜が言った。

「じゃ、ちょっと言ってみろよ。あのUポットってのが何の役に立つのか」

「なんにでも」

「わかんねっつーの」

「ううん、つまり……」

祐機は頭をひねって説明しようとした。専門用語でディテールを並べるのは得意だが、自分の抱いている大きなイメージをわかりやすく伝えるのは、まだ十二歳の祐機の手に余った。

懸命に考えて、イメージの近い例を思いついた。

「生き物だって、自分で自分を作るだろう」

「それで？」

「それで、生き物はいま、地球上にあふれているよな」

大夜がもたれていた手すりから顔を上げて、祐機を見た。

「じゃあ、Uポットもそうなるって？」

「そうするんだよ。俺が」

「本気で？」

「もちろん」

打てば響くように祐機は言った。

その真剣な眼差《まなざ》しを、大夜はじっと見ていた。

それから、フッと鼻で笑った。

「おまえの背が、あと二十センチ伸びたらできるかもな」

戸田祐機に対する周囲の反応の中で、一番まともなのが、大夜のこのひと言だった。他の人間は一笑に付した。

日本の地方都市にある、中ぐらいの工場の社長の息子として、祐機はこの世に生を享《う》けた。その生い立ちと、生まれて間もなく母を亡くしたことと、もうひとつの特殊な理由が、祐機の運命を決定付けた。それは祐機が天才だったということだ。

物心ついてからというもの、祐機は技術屋社長である父の教えを受け、工場をいわば母親代わりに育ち、その結果、工業生産に関するあらゆる知識とノウハウを身につけた。頭で工作機械の仕組みを覚えるだけでなく、木型《きがた》を削り、旋盤《せんばん》を回して、体で物作りを覚えていった。工場は教材の宝庫だった。

やがて祐機の関心は、ただ一つのことに向けられていった。

すなわち、物作りのもつ意味は何かということ。

幼いころは、物作りは善《よ》いことだと、単純に思っていた。工場では日夜巨大な機械が唸《うな》りを上げ、大型トラックが出入りして、原材料を運び込み、製品を運び出していた。役に立たない材料を、役立つものに加工して、他の人に売る。それによって作り手も買い手も満足するという図式は、シンプルで、受け入れやすいものだった。

だが長じるにつれ、ものごとはそう簡単ではないということがわかってきた。世の中には、自分の他にも物を作っている人間が大勢いる。物を作れば、常にそれらの人々との競争にさらされる。コストや納期や品質というものがからんで、物作りは複雑になっていく。作りすぎれば資源を浪費し、自然を破壊し、在庫があふれる。一歩間違えれば物作りそのものが罪悪と化す。そうならないまでも、物作りの価値はひとつの厳格な尺度で測られるようになる。

生産性。

資金を、資源を、人材を、時間を、手間を、どれだけ節約して物を作るか、ということ。

それが現代の物作りを支配している。

戸田特鋼は、日本の製造業の常として生産性の向上に挑み、それによる見返り《インセンティブ》を受けていた。いつしか祐機も、物作りの生産性に関心を集中するようになった。その過程で、Uポットというものを創造した。Uポットは祐機の知恵と能力の集大成であり、同時にこれからの計画の第一歩だった。

物作りの究極は、どこにあるのか――十二歳にしてすでに、祐機はそんなテーマに取り憑《つ》かれていた。

世界は人類にとって不全にできており、そのままでは快適に暮らすことができない。だがその改善に用いられる物作りという手法は、それ自体がまた不全だ。不全を不全で操作することに意味があるのか。わからない。

だがもし意味があるとすれば、そこには生産性が密接に関わっていることは間違いないだろう。

来る日も来る日もそんなことばかり考えていた祐機が、クラスメイトになど目もくれなかったのは、仕方のないことだった。Uポットを見せたときの一件は、一般人と祐機の隔絶を浮き彫りにした。それは幸福な差異ではなかった。だが、必要な違いでもあった。祐機の独創性が、それによって証明されたのだ。

その日以降、祐機に積極的に関わってくるのは、一人だけになった。祐機は心置きなく研究に没頭した。

Uポットから始まる一連の遠大なプロジェクトを、祐機はすでに頭の中で組み立てていた。時間と努力と資金がそれを可能にしてくれるはずであり、十二歳で、猛烈な努力家で、戸田特鋼の社長の息子である祐機には、そのすべてが手に入るはずだった。

だが、実際はそうはいかなかった。

Uポットを作り上げて間もなく、祐機は初めて挫折というものを知った。

それは祐機が十二歳の夏のことだった。

陽炎《かげろう》の揺れる水田の向こうに、トタンの工場が見えている。戸田特鋼の遠景だ。

突然それが、無数の小さな煙玉に包まれて、ゆっくりと倒壊した。少し遅れて、爆竹のような連続した破裂音が聞こえてきた。

工場が、爆破解体されたのだった。

祐機の父の鋭次《えいじ》を始め、戸田特鋼の従業員たちが、こわばった顔でその光景を眺めていた。涙を流している者はいなかったが、いつ泣き出してもおかしくないような顔ではあった。いや、一人だけ本当に泣いている男もいた。副社長の深沢、つまり大夜の父親が、男泣きに泣いていた。

幼いころから積み上げた山より高いプライドさえなければ、祐機も泣きたい気分だった。

会社は、親会社に吸収されたのだ。工場の設備と人材は持っていかれることになり、鋭次は経営者の座を追われた。

それはふたつのことを意味した。

祐機が計画を続けられなくなったこと、そして、生まれ育った故郷を失ったということだ。

このとき初めて、祐機は感傷というものが自分にもあることを知ったのだった。

一同が無念の思いで立っていると、不意に、パチ、パチと間遠《まどお》な拍手が響いた。

一人の男が、手を叩いていた。

「皆さん、落胆することはありません。今日は皆さんの再出発の日なのですから」

工員たちみんなが、冷たい目で彼を見つめた。祐機も男をにらんだ。

そいつは真夏だというのに仕立てのいいダークグリーンのスーツを着込み、茶色みがかった威厳のある金髪をきれいに後ろへ撫《な》でつけていた。何より目立つのは彼の青い目と、この辺りではまずお目にかかることのない見事なかぎ鼻だった。

白人の壮年男性だ。軽トラがたたずみカカシが突っ立つ、日本の田園にはそぐわない光景だった。

「立派な選択でした。ＧＡＷＰは皆さんの決断を称えます。では、良き生産《ハブ・ア・ナイス・プロダクション》を」

男は待たせてあった黒塗りの大型車に乗って、そそくさと去っていった。

祐機は額《ひたい》を流れる汗を拭こうともせず、大型車をじっと見つめて、そのナンバーを、彼の顔を、そしてガウプという言葉を、記憶に刻み込んだ。


それから、五年の歳月が過ぎた。

Invest–1　創造手《アーキテクト》と錬金術師《アルケミスト》

「ねえきみ、ケータイ貸してくんない？　ケータイ」

学校帰りにコンビニに寄って、店を出たら自分の自転車がなかった。探しながら店舗の裏へ回ったら、金髪にタトゥーにたくさんのピアス、ダボパンにチェーンの四人組に囲まれて、とても親しげにそんなことを言われた。

自転車はそこにあったが、そのまま乗って帰れないことは、もはや明白だった。

はあ、と祐機は疲れたため息をついた。

今年に入ってから、三度目なのだ。

戸田祐機、十七歳。県立工業高校の二年生になっていた。ワイシャツも学生ズボンも、サイズの合ったものをそれなりにしっかり着こなしているし、髪型も一応ダサくない程度には整えている。思春期に入ると、急に目鼻立ちがくっきりしてきたので、何も知らない女子は好意を持ってくれるし、去年の学祭では女装なんかもさせられた。要するに、外見的にはいじめられっ子要素はあまりない。一点を除いては。

　背丈だけが低かった。百五十五センチ。

　この低身長のせいで、祐機はこういった肉体派の方々に狙われがちなのだった。

「持ってんでしょ？　ケータイ。俺なくしちゃってさ」

　四人組のうちの三人に、建物の壁際に追い詰められた。残り一人は少し離れたところをぶらぶらして、邪魔が入らないように周囲にガンを飛ばしている。

　あれじゃあ大夜《だいや》は来ないな、と祐機は思う。彼は祐機のただ一人の友人で、今まさにコンビニの店内で、多数の女の子の登場する雑誌を熱心に立ち読みしているはずだが、カツアゲされている友達を助けてくれるタイプではない。そもそも事態に気づいているかどうかもあやしい。

「ツレにかけるだけだから。ほんの一分ぐらい。ね、いいっしょ。なあ、ちょっとだけつってんだろ」

　暑い日には蒸れてしまいそうな金髪ロン毛の男が、間近に顔を寄せて言った。途中から声音が低くなっているのは言うまでもない。実際蒸れているらしく、非常に汗臭い。祐機は目を合わせないようにして、身を縮める。

　考えているのは、二人以上の大人が通りかかって騒いでくれないだろうか、ということである。そうなれば助かる。ならなければ助からない。この先どうなるか、前にも経験したことがあるので、祐機は知っていた。彼らはとても洗練されたノウハウを持っている。携帯を要求するのは通報されないためである。渡すと壊される。運がよくても、どこか高いところかあさってのほうへ投げられる。

通報防止作業が完了すると、続いて金銭徴収作業が行われる。それが済むと彼らは高速移動手段を用いてすみやかに撤収《てっしゅう》する。つまり原チャリでバックレる。祐機の視界の隅に、バッテリー直結《バッチヨク》してナンバーを折り曲げたＤｉｏが二台映っているので、この予想は的中するだろう。

当然、一連の手順は暴力を含む。

祐機が黙っていると、頭を軽く小突かれた。後ろが店舗のブロック製の壁なので、ガツン、とかなり洒落《しゃれ》にならない衝撃が来た。痛みよりも屈辱で泣きそうになった。しかるべき分野ならこんな連中、歯牙《しが》にもかけない。だが拳《こぶし》ひとつの勝負ではまるで勝ち目はなかった。

国道沿いの郊外型コンビニだ。客は表から来て表へ出ていく。いつまで待っても人は来そうにない。祐機はあきらめることにした。

「出すから」

「あぁ？」

「金」

男たちがニヤリと笑って顔を離した。笑うと目元に幼さが覗いた。男といっても、実のところ祐機とたいして年齢は変わらないだろう。ひょっとしたら祐機が知らないだけで、同じ学校の生徒かもしれない。

尻ポケットから財布を出そうとしたとき、ロン毛の隣の、頭をバンダナで覆ったサングラス男が、祐機のスポーツバッグのファスナーを開けた。止める間もなく、革製の品物をつかみ出す。

「遅《おせ》ぇって。――んだコリャ」

財布を取ったつもりだったのだろうが、それは祐機のB６判の野帳《やちょう》だった。何気なく、開こうとする。

「黒歴史ノートか」

その瞬間、祐機はキレた。野帳を引ったくると同時に、バンダナ男の左手に噛みついた。そいつが悲鳴を上げて腕を振る。

だがその直後には、他の二人に顔を殴られ、太腿《ふともも》を蹴られていた。これだけ手慣れた連中が、追い詰められたチビジャリ一人の反撃ぐらい、予想していないわけがなかった。

結果はフルボッコである。

十分後には、祐機は一人でアスファルトに大の字になっていた。

もちろんそばには、折られた携帯と空《から》の財布のおまけ付き。

体中が痛み、熱くうずいていた。見上げた青空が目に染みた。

その青空を背に、誰かが立った。

「ありゃー、またか、祐機」

驚いたような、だが楽しそうな声。祐機は何度も瞬《まばた》きしてそいつの顔に焦点を合わせた。

人好きのする男らしい笑顔。ほどよく染めた茶髪が風に揺れている。一七六センチの痩《や》せ型で引き締まった体格。祐機と同じ制服姿。

深沢大夜は首尾よくイケメンになっていた。

「大丈夫？　立てる？」

そう聞いた親友に、祐機は憮然として文句を言った。

「おせーよ、おまえ……」

「わりー、今日は靴がおろしたてだったんで」

「じゃあ気づいてたのか？」

「へへへへ」

大夜はどうにも締まらない笑みを浮かべながら、頭をかいた。彼の手を借りて起き上がりながら、祐機はなおも愚痴《ぐち》を漏らした。

「マジ使えねーな、おまえ」

「んなことないって。やることはやっといたから。ほれ」

彼が顔を向けた表通りの方から、パトカーのサイレンが聞こえてきた。

「すぐ捕まるよ」

「どうかな、慣れてる感じだった。原チャリ捨てて街中にでも入ったらわからんよ。それに……連中が捕まっても、何の解決にもなんねー」

「どゆこと?」

祐機は服のほこりを払ってから、首をかしげる大夜に向かって、きっぱりと言った。

「この先も同じことが起こるだろうってことだ。水濃《みの》市の治安そのものが年々悪くなってる」

「そりゃ、まあね。おまえさんも気をつけたほうがいいね、祐機」

「俺のことよりも社会全体のことのほうが重要だろうが」

「でっかいこと言う前に、そのちっこい自分を守れよおめーは」

祐機の頭を指で軽く押すと、大夜は携帯や財布とともに、放り出されていた野帳を拾って、渡してくれた。

「ほれ、冒険の書」

「ああ……」

「おー、こっちは見事に真っ二つだな、携帯。犯罪被害に遭ったっつったら、補償効くだろうか」

「効かねーよ自腹だよバカ」

「しょうがねえから、しばらく俺のを貸してやるよ。おじさんにも言っときな」

「いや、親父には黙っておきたい」

「ん？　ああ、そっかそっか。心配するもんな。いや、トイレに落っことしたって言えばいいんだよ、こういう場合は」

「……そうだな」

元気だせ！　と頭をくしゃくしゃにされた。大夜の笑顔はあくまでも無責任な笑顔なのだが、それを見ているとなぜか、祐機は痛みが薄れるような気がするのだった。

大夜が自分のそばにいる理由が、祐機はよくわからない。言えるのは、同情や物好きからではないということだ。そんな感情を向けられたら速攻で殴っている。

逆に、自分が大夜をそばに置いてやってるのは、同情だ、と祐機は思っている。なにしろ大夜は頭が悪い。

――コイツ、俺がいないと試験と名のつくものはオール壊滅だしな。

親友の危機を見捨てるという、ある意味、最低のことをサラッとやってのけた罪悪感からか、大夜はしきりにジュースだのアイスだのを勧めてきた。そんな彼に乾いた眼差しを向ける祐機だった。

やがて二人は自転車を並べて帰途についた。

「あー、彼女ほしいねえ」

幅広の道路の歩道を飛ばしながら、大夜が叫ぶ。「彼女ほしい」は彼にとって間投詞のようなもので、言うことがないときにはとりあえずそう叫ぶのだ。

祐機は彼の叫びを聞き流しつつ、別のことを考えていた。

二人の走る道路は、市街から郊外まで一直線に延びる産業道路だ。中小の工場やモータース、鉄工所が建ち並び、運送会社の大きな配送基地《デポ》やコンテナターミナルもある。その一方で、昔ながらの水田もあちこちに残っている。航空写真では灰色と緑色の矩形《くけい》のモザイクのように見えることを、祐機は知っている。

高度成長期以降、八〇年代に発展した、典型的な日本の郊外の景色である。

けれどもそこには活気がない。工場の三分の一ぐらいは何の物音もさせておらず、敷地内のアスファルトを割って雑草が顔を出している。人がいる会社でも、フル操業でトラックを出入りさせているところはほとんどない。

水田も、七月だというのに青い稲の揺れていない区画がある。他の用地に切り取られていった狭い土地で、細々と稲を作っている所もある。その手のしょんぼりした水田を道路から見下ろすと、コンビニのゴミ袋やペットボトルが捨てられている。

夕暮れの空の下、不夜城のように輝いているのは、全国チェーンの巨大ショッピングモールとパチンコ屋ばかりだ。

モールは最近出現したものだが、この景色は、祐機が子供のころから徐々に作り出されてきたものだった。

その移り変わりが、祐機には、なにやら物悲しく思えてしかたがないのだった。

「ふう……」

「だからため息ばっかかつくなってんだ！」

大夜が陽気に言って、片手運転で祐機の背中を叩いた。すかさず祐機は怒鳴り返す。

「危ねえな、おい！」

「オトコノコにブルーは、似合わないゾ」

大夜が親指を立てた。

モテるわりに彼女がいないのは、その空回り気味の寒い性格のせいだ。祐機は慣れているつもりだが、それでも時々イラッと来る。

自転車をガンと蹴り返してから、シリアス分が伝わるようにと祈りつつ、言ってみた。

「俺は将来が気になるんだよ。昔はみんな元気だったのに、会社がいくつも潰れて、ジリ貧になってきた。このまま、ギスギスした住みにくい所になっちまうのかなあって……」

「あー、進路の心配？　そーだよなあ、もう二年だし、そろそろおまえの身長でも採ってくれる会社探さなきゃな」

「身長関係ねーだろ！」

もう一度全力で蹴ったが、ちびの祐機のキックはまるで効かず、大夜に鼻歌を歌わせるのが関の山だった。

ため息を――つくと大夜におちょくられるので、むぐぐと押し殺して、祐機はひたすらしゃかしゃかとペダルを漕《こ》いでいった。

川沿いの大堤防を数キロ走ると、田んぼや畑の中に、町で一番大きな自動車の工場が見えてくる。

そのかたわらにぽつんとくっついている、農家風の一軒家が、祐機の自宅だ。昔は戸田特鋼の工場と並んでいたのだが、その敷地は、隣の大工場が拡張した際に買い取られた。

大夜の家はさらに先である。いつもは祐機の家の前で別れる。

ところが今日は、二人とも家の前で自転車を止めた。

「おお？　なんだこりゃ」

アオキの生垣に囲まれただだっ広い前庭に、真っ黒なベンツが止まっていた。門を塞《ふさ》ぐような態度のでかい止め方だ。前席には誰もいない。後席はスモークガラスでよく見えない。エンジンはかけっ放しにしている。

十メートルほど離れたところから、ちらちらと車を眺めつつ、大夜が顔を寄せてささやいた。

「なに、おまえんとこ、まだ借金あったの？」

「なんでそんな話になるんだ」

「だってこれ、どう見てもヤの字の人っぽくねえ？」

「うちにはもともと借金なんかねーよ！」

大夜が眉をひそめる。

「じゃあ、何よアレ」

「まさか……」

祐機は、ふと険しい顔になった。

以前にも一人、こんな感じに、突然車で乗りつけてきた男がいた。今でも忘れていない。それどころか折りに触れ意識している。年月を経る間にすっかり調べ上げ、今では彼が誰だったのかもわかっている。

ジャクソン・〝ＢＢＢ〟・グーテンベルガー。

「……んなわけねーか」

頭を振って、想像を打ち消した。今の戸田家には、彼に目をつけられるような理由はないはずだった。

気になって仕方ないらしく、大夜が尋ねる。

「なあ、俺も見てっていい？」

「失礼なこと、しないんならな」

「俺がそんなことするわけねー！」

「おまえは存在自体が失礼だから」

言いながら自転車を押して、車のそばを通り過ぎようとした時。

スモークに隠された後席で、人影が動いたような気がした。

じっと見つめるわけにもいかない。そのまま通り過ぎ、納屋に自転車を入れた。大夜もついて来た。

「ただいま」

玄関ドアを開けた途端、祖母の御幸《みゆき》がかなりあわてた様子でちょこちょこと出てきた。あら大夜くんいらっしゃい、とおざなりに声をかけてから、祐機に向かってまくしたてる。

「何してたの、祐！　さっきから全然電話に出ないじゃない。なんだか知らない外人さんがいらしてて、ばあちゃん、すごく困っちゃってるのよ。何その顔！」

肉体的集金団の人々にやられたことを忘れていた。腫《は》れかかった頬を手で隠して、大丈夫大丈夫を連発したのち、聞き返した。

「外人？」

「うん、すごくきれいな女の人と、そうでもない男の人」

「何の用で？　親父は？　爺ちゃんは？」

「鋭次はまだお勤めだし、お爺ちゃんはさっさと畑へ逃げちゃったわよ。あのね、祐。鋭次のお客様じゃないの。あんたのお客様なのよ！　なんとかのトダ・ユウキさんはいらっしゃいますかって言われたわよ！　すごく日本語うまいの！」

「ばあちゃん、声大きい」

御幸はまるでウサギ並みの心臓しかないみたいに、すぐに動揺する。祐機は辟易《へきえき》して遮った。

「なんとかって、なに」

「そこだけ英語でわからなかったの。ユーホーとか、ビュリホーとか」

「ヴィフォル？」

「それ！　知ってるの？　なんのことなの？」

「心当たりを思い出した」

西海岸ベンチャー投資フォーラム《WVIFR》のことを持ち出す外人だったら、用件は決まっている。祐機にチャンスが巡って来たのだ。

「俺が会うから引っ込んでて。お茶とかは、いらない」

そう言って座敷へ入ろうとすると、後ろから首根っこをつかまれ、引き戻された。コキッ、と嫌な感じにイイ音が鳴る。

「いってぇ、何しやがる！」

振り向くと、襟首《えりくび》をつかんだ大夜が、目をキラキラさせて見つめていた。

「ヴィフォルって何？」

「おまえは待ってろよ、俺の客だよ」

「いや、おまえは一人でお客と会うには小さすぎるよ」

「それ関係ねーにもほどがあるし」

「とにかく俺も会わせて。一対二よりも、二対二のほうがバランスいいっしょ？」

合コンじゃねえと叫ぼうとしたが、そこで大夜の目的がわかった。祖母いわくの「すごくきれいな女の人」だ。

締め出したらろくでもないことをするに違いない。コップで盗聴しようとしてふすまを倒すとか、女装して妹のふりをしてお茶を出しに現れるとか。そういうのは漫画の中だけにしてほしいと思うのだが、大夜はマジでやる。

そんなことになるならそばに置いてきちんと制御したほうがいい。最悪、蹴り出すこともできる。

素早くそこまで計算すると、祐機は大夜を洗面所へ引っ張っていって、小声で言った。

「おまえでもわかるように言うと、ヴィフォルっていうのはアメリカの会員制掲示板だ。ベンチャー起業家と投資家の接点になってる」

「金持ち同士の出会い系みたいなもんか？」

「みたいなもんじゃねーよ全然違うよ。俺はそこに自分の計画を上げて出資者を待ってたんだ」

「まあ、やらしい」

「何が」

「アメリカの出会い系なんだろ？　そこにお小遣い目当てで書き込みしたんだろ。祐機ってばいつの間にそんな大胆な子に……」

「馬鹿かおまえ殴るぞ。俺がプレゼンしたのは工学系のシステム開発プロジェクトだ。客はそれを見てきたんだよ。どういうことかわかるだろ？」

「メカオタ少年の好きな変態おばさ――」

「スポンサーだスポンサー！　金づるができるかもしれないんだよ！」

ワイシャツの首元を締め上げて、祐機は続けた。「そういうわけでこれはビジネスだ。わざわざうちまで来たっていうことは冷やかしじゃない。いいか、大夜。一緒に会わせてやるけど、ナンパしたりおちゃらけたりしたら、許さんからな」

「そういうことなら、適当に場を和《なご》ませるだけにするよ」

「要らん、黙れ、二酸化炭素以外のものを吐くな！」

もう一度首を締め上げてやると、大夜がうなずきに類する動作をしたような気がしたので、祐機は手を離した。

「よし、行くぞ」

祐機は座敷に向かった。洗面所の鏡を見て、手早く髪型と服装を直した大夜が、ついてくる。

ふすまを開けると、猫足の和テーブルの前で、窮屈そうに座布団に座っていた二人の男女が、こちらに目を向けた。

一見して、風変わりな二人組だった。

一人は日焼けしたような肌色の、大柄な女だ。正座した状態でも祐機の胸ぐらいの丈がある。立ったら鴨居《かもい》に当たってしまうだろう。黒のシャツとタイトスカートに、重みのあるダークオレンジの上着を身につけている。脂肪よりも筋肉の多そうな、よく発達したプロポーションが、服の上からでもわかる。ただし、姿勢がいいからか、暑苦しい感じはしない。

重い感じのブロンドを、一分の隙もなくまとめて後ろでアップにしている。顔立ちは彫りが深くて唇が厚い。目の色はとても濃いブルー。純粋な白人ではないらしく、東洋との混血を感じさせる。確かに、活動的な感じの大変な美人だ。

祐機の後ろで大夜がささやく。

「ジョリー姉《ねえ》さんの色違いって感じだな」

アクション女優に詳しくない祐機は、黙っていた。

それに対して隣の男は小柄だった。祐機ほどではないが、女よりも背が低く、そのうえ猫背だ。暗色の地味なスーツ姿であぐらをかいており、髪は薄い金髪のオールバック。白人で、年齢が四十代以上なのは間違いなさそうだが、壮年なのか老人なのか、よくわからない。のっぺりした特徴のない顔をしており、祐機を見る目は上目遣いで、感情がない。

短い時間で見て取れたのは、その程度だった。自宅の座敷に外人がいるというのも、なかなか不思議な光景だが、珍しがっている場合ではない。祐機は目礼して言った。

「戸田祐機です。Uプログラムの立案者です」

女はわずかに目を見開いて微笑《ほほえ》むと、訛《なま》りのない日本語で言った。声は耳ざわりのいいアルトだ。

「初めまして。サスカチュワン・ハザリー投資事業部のタイレナ・エモーネです。こちらは同僚のベイリアル」

祐機は座ろうとしたが、後ろから悲しげに袖を引かれて、やむをえず大夜を紹介しようとした。

「知人の」「祐機の親友の深沢大夜です。よろしく」

後から言葉をかぶせて訂正した上、手を伸ばして握手しようとした。

それを強引に引き戻しつつ、祐機は下座の座布団に腰を下ろした。

タイレナと名乗った女が、興味深そうにその様子を見守って、言った。

「お若いのね。高校生？」

「ええ、二年生です」

「その若さであの計画を？」

「十二歳のときから構想しています」

「素晴らしいわ。ご両親の影響かしら。お父様の？」

「父は関係ありません。これは僕一人でやっていることです」

「大変けっこうだわ。ところであのスケッチにはプログラムの一環として、Uポットというものをすでに製作したとあったけれど、その実物は見られるのかしら」

「見られます」

　祐機は即答した。それなら、とタイレナは何かを言いかけたが、それを遮って、祐機は言った。

「その話をする前に、僕はもう少し詳しくあなた方のことを知りたいんですが。あなた方は何者ですか」

「あら、失礼。私ばっかり質問して。そうね、アポもなしに乗り込んできたこちらが悪かったわ。今、お話しします」

　タイレナはにっこり笑い、改めて祐機と大夜の顔を見つめた。いえいえとんでもありません、と大夜が鼻の下を伸ばしている。こいつ年増《としま》が趣味か、と祐機は思った。

　ベイリアルがアタッシェケースからパンフレットを取り出した。タイレナが祐機たちにそれを渡した。

「私たちサスカチュワン・ハザリーは、いわゆる投資持株会社《ホールディングス・カンパニー》です。有望な事業を探し出し、資金を投下して育てているの。その対象はとても広くて、分野や国籍を問わないわ。本社はカナダにあるけれど、ここ日本にも拠点がある。そして機械製作の分野や、土木建設、農業関連にも興味を持っている。あなたの提案はハザリーが興味のある分野に応用できそうだった。だから、詳しい話を聞かせてもらいに来たの」

タイレナの言うようなことが、パンフレットには英語で書かれていた。大夜は読めもしないくせに、ほうほうと納得したようにうなずいていたが、祐機はタイレナの一言一句を慎重に吟味《ぎんみ》していた。

隙を見せるつもりはないし、それ以上に、安売りする気はない。

「僕はサスカチュワン・ハザリーという会社をよく知らないんですが、こういったフィールド系のシステム開発について、どれほどの経験をお持ちなんですか」

「ハザリー自体は経験を持っていないわ。でも、その分野に詳しい会社を傘下《さんか》に持ってます。シーメンタム・プロウズという会社をご存知?」

祐機はうなずいた。発展途上国の開発計画によく関わっている、アメリカの建設会社だ。サウジアラビアに、東京都の面積の半分ぐらいある巨大な海水淡水化プラントを作って、日本の新聞にも載った。

「なるほど、プラント建設の経験がおありなんですね。では機械工学については――」

「西海岸の多くの会社や大学と、友好的なつながりがあるわ。オークランドに研究所を作る計画もある」

「ふむ……」

「要するに、こちらにはUプログラムのしっかりした受け皿があります。あなたに興味を持った理由が、わかってもらえた？」

望んでいたスポンサーが現れたらしい、という気がしてきた。祐機は立ち上がった。

「わかりました、Uポットの実物を見ていただきます。こちらへ」

戸田特鋼が買収されたあの夏、戸田一家には自宅と小さな納屋だけが残された。Uポットはその納屋に大切に保存してあった。ずっと改良は続けていたが、机上研究がほとんどで、実機には滅多に触れていなかった。

ラボの一つもないことを恥ずかしく思いつつ、祐機はそこにタイレナたちを招き入れ、仕組みを実演してみせた。古い機械や資材の積まれた納屋の中は、夏の日が暮れても蒸し暑かった。あなたはここで育ったの？　とタイレナに問われて、祐機は思わず首を横に振っていた。

「昔は工場があったんです」

お披露目《ひろめ》日を終えて部屋に戻るころ、祐機はふと大夜に注意を向けた。彼はにこやかな笑顔でタイレナを見ていた。

「おまえ、話わかってる?」

「もちろん。おまえのあの変な電気ガマを、タイレナさんが買いに来たんだろ? 奇特な美人もいたもんだな」

「間違ってはいないが、正解には、はるか遠いぞ……」

やっぱり追い払っておいたほうがよかったかも、と祐機は思った。

家に入る前に、タイレナはベイリアルと小声で相談していた。それが済んで座敷に戻ると、さて、という感じで彼女は言った。

「私たちはあの機械が気に入りました。よければ、あなたと手を結びたいわ」

「ありがとうございます」

祐機は頭を下げた。戸田特鋼をあの不幸な災厄が襲って以来、ずっと願い続けていたことが、ようやくかなったのだ。

それは、遠い先まで続くはずの道の、第一歩だ。

うつむいて表情を隠しつつ、祐機が静かに喜びを嚙《か》み締めていると、タイレナが意外なことを言った。

「でもひとつだけ、条件があります。それはあなたが、先ほど話したシーメンタム・プロウズ社の研究員になること。サスカチュワン・ハザリーが、Uプログラムの推進チームを立ち上げるわ。あなたにはそのリーダーになってもらうということで、どうかしら」

親しげな笑顔を向けられたとき、祐機は思考が停止しそうになった。

「最初は一年の雇用契約を結んでもらいます。これはあなたに落ち度がなければ三年まで自動延長されるわ。うまく勤め上げれば立派なキャリアになるわよ。もちろん各種社会保険もつける。それに功績に応じてストックオプションやボーナスも……」

「ちょっと、待って」

祐機は片手を突き出した。感情を抑えようとしていたが、あまり自信がなかった。

タイレナが、いたずらっぽい笑顔で言った。

「お給料、かしら？　これはね、年俸八万ドルという数字を考えているのだけど」

「えっ、何、八万ドル？　って何円だ、おい祐機」

意味もなく微笑んでいただけの大夜が、ドルという言葉を聞いた途端にそわそわし始めた。祐機はうつむいたまま、唇の間から声を漏らす。

「円の百倍、だ」

「八百万円？　あの電気ガマにそんな値段がついたの？　すげーじゃねーか、いい仕事したな、祐機！」

「あれにじゃない、俺に、だ」

「マジで？　それだってすげーよ、出会い系でそんな値段がついた話なんて聞いたことも

「……」

「ちょっと黙ってろ。あのっ！」

勢いよく顔を上げて、祐機はタイレナを見つめた。

タイレナがけげんそうに眉根を寄せた。

祐機が向けているのは落胆の眼差しだった。無理に抑えた平板な声で言う。

「その条件では、お受けできません」

「あら、何か不満が？　八万ドルでは少ないかしら？」

「俺、いや、僕がヴィフォルで探していたのは、研究資金です。サラリーじゃない」

「知っているわ。でも、プロウズのオークランド支社には、ただのお金よりよほど役に立つ設備や人材が揃っている。そのメンバーになれば、会社のものを自由に使えるのよ」

身を乗り出したタイレナが、笑みをたたえたままテーブルを指でついた。祐機は手のひらを突き出して言い返す。

「わかってます、わかってますよ、それは破格の条件だ。実績も学位もない日本人の学生を拾ってくれるなんて、どこにでもある話じゃない」

「では、なぜ？」

「これは僕の研究です」

祐機は短く言って、タイレナの視線を受け止めた。

「手段じゃない。これを完成させることが僕の目的だ。会社のものにされるのはごめんです」

「完成させられると思っているの？　一人で？　難しいと思うわ。トダ・ユーキ、あなたは自分が必ず成功すると思っているのでしょうけど、教えてあげる。人間は失敗するものよ。どんなことにもリスクはつきものだし、トラブルの起きない計画はない。組織に入るということは、その失敗をチームで分かち合い、サポートしあうということなのよ。むしろそのために入ってほしいと私は言っているの。金銭的な理由よりも先にね」

タイレナは探るような目で祐機を見つめる。おそらく三十歳前後だろうが、その年齢分の静かな自信が祐機にのしかかる。その通りだ、と思いたくなる。

祐機にだって常識はある。自分が言おうとし、やろうとしているのは、海の水を飲み干すぐらい荒唐無稽《こうとうむけい》で突飛《とっぴ》なことだ。他人が言っているのを見たら、きっと笑ってしまうだろう。

だが、絶対に不可能ではないはずなのだ。

非難や軽蔑《けいべつ》を、また受けるかもしれない――同級生と訣別《けつべつ》してしまった日のことを、思い出す。

それでも祐機は、タイレナを見つめ返した。

「物事が計算通りに行かないのはわかってる。机上の計算が無意味なのはよく知ってるよ。

俺はいつも、自分の手を動かして物を作ってきた。そうやって、現実のリスクを思い知ってきたんだ。だからこのプログラムも人に渡さないほうがうまく管理できる自信があるし、渡さない。エモーネさん、だっけ？　信じてくれないかな。俺を雇うより、俺に金をくれるほうがうまく行くって」

「……いくらだったかしら？」

「二百万ドル。それを三年。ヴィフォルに出しておいた通り」

「ちょっ」

横から肩をつかんだのは大夜だ。笑顔が引きつっていた。顔を寄せて言う。

「おまえ正気？」

「ああ」

「二億円て」

「それで世界が変わるんだよ」

「Uプログラムって、なんなの？」

大夜を静かに押し戻して、祐機はもう一度タイレナを見つめた。

「お願いします」

「では、GAWPがやってきたら？」

彼女の言葉に、祐機は顔をこわばらせた。

タイレナが無表情に尋ねる。

「GAWPを相手に、あなた一人でどうやって対抗するの？」

祐機は沈黙した。痛いところを突かれた気分だった。それは、その存在を知ってはいるが、あえて無視している敵の名前だった。

「サスカチュワン・ハザリーなら、いくらでも手段を……」

タイレナが言いかけたとき、横から中年男のベイリアルがぼそぼそと何かをささやいた。かすかに眉をひそめてから、タイレナが言い直した。

「私たちなら、手助けしてあげることができるわ。わかってる？」

押しかぶせるように強い口調で言って、タイレナは祐機を見つめた。

祐機は小さな違和感を覚えた。今の訂正は、なんだ？　タイレナはその会社の社員じゃないのか？

祐機は無意識にテーブルの上を手でまさぐっていた。ふと気づいて、テーブルに目を落とした。そして、あることに気づいた。

——名刺がない。最初に渡されなかった。

父が事業をやっていたから、初対面の大人同士の挨拶《あいさつ》はよく見知っていた。名刺を差し出さない人はあまりいない。最近は欧米人でもそうだ。これだけ流暢《りゅうちょう》に日本語を操るタイレナが、名刺を持っていないのは変だ。

「どうしてもだめというなら、帰らせていただくけれど」

タイレナはそう言ったが、席を立つ気配は見せなかった。まともなスポンサーなら、もう見切りをつけてもいいころだ。そもそも、アポなしで突然乗り込んできたことからして奇妙だ。詳しい確認を取らせたくない理由があるのかもしれない。

どうやら、タイレナは祐機が考えているよりはるかに強く、Uプログラムを手に入れたいと思っているらしい。一方で、海外の大企業の社員とは思えないほど、場当たり的な行動を取っている。

このギャップはなんだ？

祐機の胸の中で、疑いが急に膨らんだ。

「エモーネさん、あなたは……本当にサスカチュワン・ハザリーの社員なんですか？」

「もちろんよ。なぜそんなことを？」

タイレナがいぶかしげに眉根を寄せる。ごく自然な仕草だ。思いすごしだったのか？いや、待て。タイレナは正座の足を直して姿勢を整えた。あれは動揺の印かもしれない。

自分にもうちょっと知識があればよかったのに、と祐機は思った。金融の世界には詳しくない。投資持株会社のサスカチュワン・ハザリーとやらについて何か知っていれば、カマのひとつもかけて、真偽を確かめられただろう。

今そんなことを確かめる方法はない。祐機はこう言うしかなかった。

「あなたたちを信じられない。お引き取りください」

「こら、待て！」

大夜が叫んで、腕を引いた。

「何言ってんだおまえ、これってめったにないチャンスじゃないのか？　あんな小汚い電気ガマを買ってくれる人、他にいないぞ！」

「だろうな、わかってる。ヴィフォルでの交渉成立率はわずか〇・四パーセント。――起業家たちの提案のほとんどは、埒《らち》もない思いつきとして蹴られていく」

「そうなんだろ？　大体、そんなに高望みしなくっても、ろくな就職先が見つからんご時世じゃないか。おまえ、言っとけよ。ここでイエスと言っとけって！」

「いや、あのな、大夜」

祐機は無理に笑みを作って、彼に言い返した。

「気持ちはありがたいけど、俺の就職の心配は、マジで要らんから。……Uプログラムは、ある意味で、今の社会に対する挑戦でもあるんだ」

その時、携帯電話の震動の音がした。

ベイリアルがはっと胸元に手を当て、玄関へ出ていった。

なぜかタイレナまで、その電話に驚いたようだった。玄関を覗いてから、振り向き、

「わかったわ、トダ・ユーキ。全部話すわ」

祐機はタイレナの顔を見直した。彼女の顔から不自然なこわばりが消え、苦笑のような表情が浮かんでいた。

彼女は胸ポケットから小さなマイクを取り出して、テーブルに置いた。

「最初に謝っておくわ。これまでのやり取りは、ある人に聞かせるための、一種のテストだったのよ」

「テスト?」

「あなたがどういう人間か見ていたの。ヴィフォルにはベンチャー・キャピタル目当ての山師も多いから。それに真面目な人間であっても、空の雲からソフトクリームを作るというような、絵空事を唱える人では困る」

「俺、いや、僕の話が、堅実でしたか?」

「全然」タイレナは笑って首を振る。「でも、堅実さだけを求めるなら、ベンチャーを探したりはしないわ。その点であなたの提案はバランスが取れていた」

「スポンサーとして普通の視察を行っていた、というように聞こえますが」

「それが、そうではなかったのよ。あなたの勘が当たり」

「ではやっぱり、ニセ社員?」

「社名は本物。違うのは所属」

玄関ドアの開く音がした。タイレナがそちらへ向かいながら言った。

「私たちはハザリー投資事業部の人間ではないの。経営者一族の、個人的使用人。平たく言えば子守。お仕えしているのは――」

彼女について玄関に出た祐機は、小柄なベイリアルの後ろに隠れるようにして入ってきた、人影を見た。タイレナが片手を差し延べて、紹介した。

「この方。ハザリーのオービーヌCEOのご令嬢、ジスレーヌさま」

すると、一人の少女がベイリアルの陰からおでこを出して、にこっ、とはにかむように笑った。

年齢と背丈は祐機と同じぐらいだろう。ということはタイレナに比べてずいぶん小さいということだ。白人にしては頬が丸くて唇が薄く、小さな鼻にパラリとそばかすが散っている。目の色はラムネ玉のような澄んだ緑色。くりくりと動いて幼い感じ。

髪は赤毛。なかなか言うことを聞かなそうな、強《こわ》い感じの毛を、無理やり三つ編みにして左右に下げている。前髪は真ん中分けで、白く広い額が覗いていた。それが何より目立つ。

服装は、目の色に似た薄緑のチェックの長袖ワンピースだ。胸元にリボンを結んでいるほかに、装飾らしきものは身につけていない。長いスカートの裾から、痩せたくるぶしと、素足に履いた赤いサンダルが覗いていた。

たとえばカナダかアメリカの北のほうの州へ行って、都会から百キロぐらい離れた農場かきこり小屋を訪れ、村でダンスパーティーがあるからおめかしして出ておいで、と声をかけたら、いそいそと現れそうな女の子。――実際にそんな子を見た経験はないが、ともかく祐機はそんな印象を受けた。タイレナの仰々しい紹介が、何かの間違いかと思えるほど、素朴な雰囲気だ。

「おー……かぁええ」

大夜が和んだ声を漏らす。これは女の子用の声ではなくて、かわいい犬猫を見つけたときの声であることを、祐機は知っている。

大夜は手を伸ばして、少女の赤毛の頭を撫でた。フュン、というような声を漏らして首をすくめた少女が、すぐにリラックスして、彼に頭を差し出した。撫でられながら、様子をうかがうように上目遣いで大夜を見上げる。長身の大夜が、にっこりと白い歯を見せて笑った。

少女はそっと大夜から離れて、タイレナの腕を取り、何かささやいた。タイレナが苦笑して首を横に振った。少女が振り向いて、大夜と祐機を見比べた。そして祐機を指差した。

タイレナがうなずいた。

少女はぽかんとした顔になり、祐機を見直して、何度も瞬《まばた》きして、言った。

「Midge……」

途端に大夜が、一体どういうわけか神の如き洞察力を発揮して、その単語の意味を汲《く》み取った。少女の隣へ行って祐機を指差しながら微笑みかける。

「ミッジ？　ヒーイズミッジ？」

「……Yea, he's short a bit.」

「オーイェー」

ハハハと大夜が笑う。少女もちらっとこちらを見て、悪いんだけど笑えてしまう、という風にくすりと微笑む。腹の立つことに二人の会話が成立している。

祐機は荒れそうな口調を抑えて言った。

「エモーネさん、なんですかこの子は。わざわざベンツの中で出番を待っていたのは、僕を笑うためですか？」

「もちろんそんなわけはないわ。ちょっと、そこの二人！」

タイレナが短く叱りつけたので、少女と大夜が首をすくめた。タイレナはつぶやいた。

「ひとの背丈を笑うもんじゃないわ」

ああこの人も大きいなりの苦労が、と祐機は思ったが黙っていた。

「つまり……ええ、つまり、あなたはジスレーヌさまに見込まれたのよ」

タイレナが仕切り直すように言って、少女を促した。少女はこくりとうなずいて、耳に手をやり、小さな器具に触れた。無線機か翻訳補助機か、あるいはその両方だろう。

祐機に向き直り、小声でたどたどしくささやく。祐機は耳に手を当てて聞き取る。

「ジスレーヌ・サン＝ティエール、です。あなたの考え、聞きました。私はあなたを、ほしい」

「……なんだって？」

祐機が眉をひそめてにらむと、ジスレーヌはおびえたように身を引いたが、なんとかこらえて、はっきり言った。

「あなたをほしいです。あなたのROEとても高いです。私はわかります」

「ローイーってなんだ？」

「株主資本利益率《リターン・オン・エクイティ》よ。あなたに投下した資金が増加するであろう割合のこと。ジスレーヌさまにはそういうことを見抜く才能があるの。優秀な投資先を、誰よりも先に見つけ出す力が」

タイレナが冗談とも思えない口調で言った。

「それが、私たちが嘘をついていた理由。私たちはハザリーではなく、ジスレーヌさまのために投資をしているの。実際には会社とは関係ない。ジスレーヌさまの個人資産を、ジスレーヌさまのために増やす」

「社長の娘なんでしょう。なぜわざわざそんなことを？」

「それはまだ言えない。個人的な理由から、よ」

「オークランド支社うんぬんも嘘？」

「それは本当。お金に関する話も本当。要はこの方を隠したかったの。十六歳の女の子がスポンサーになるから、人生を賭けてみないかと言われて、あなた、耳を貸す？」

「……最初からわかっていたら、蹴っていましたよ」

「そうでしょう。だから、話を詰めるまで会わせられなかった」

「ということは、話はまとまったと思われたんだ」

「条件は呑むわ」

祐機は聞き間違いかと思ってタイレナを見つめた。彼女はジスレーヌに目をやって、話を続けさせた。

「研究資金、出します。ツーミリオンダラーズ、三年。必要なら、もっと多く。多いほうがいい。利益、増えます。資金、使ってください。余っています。お金、減ります。投資しないと」

「金額の問題じゃないと言いましたが」

ジスレーヌはそれを聞くと、わかってる、というように笑った。

「自由、ですね。雇いません。フリーランス、です。条件、つけません。好きなこと、してください」

「おい……おいおい！」

大夜が興奮して肩をつかんだ。祐機も胸の高鳴りを覚えていた。先ほど蹴ったのは二度となないほどの好条件だったが、今度のは生まれ変わってもありえないほどのチャンスだろう。

祐機は、言った。

「ごめん」

「Sorry?」

「待ってほしい。まだ決められない」

ジスレーヌが、戸惑ったように目を瞬《しばた》いた。

祐機はうつむいて黙り込んだ。


「ケーサツからまだ連絡ない？」

「ああ」

「何やってんのかねえ、チンピラの四、五人も捕まえられないなんて」

そう言うと大夜は、携帯のワンセグ画面を覗き込みながら、売店パンを平らげていく。

ジスレーヌたちと会った翌日。学校の屋上での昼下がり。生徒たちが思い思いの所で食事をしている。工業高校だから男ばかりだ。祐機は自分で作ってきたお握りを、三つも四つもひたすらむさぼり食いながら、背後に目をやる。飛び降り防止のフェンス越しに、水濃市の景色が見えている。

大夜が尋ねる。

「おまえ、米だけ？　いつもけっこう食うのに」

「金ねーよ。取られたから」

「ああ、そっかそっか。彼女いればいいのにな」

「おめーがくれよ」

「ないから。そういうの」

奪われまいとばかりに大夜はパンの咀嚼《そしやく》速度を上げる。祐機は聞く。

「で、どうだった」

「何が？」

「調べるって言ってただろ、昨日、あの子らのこと」

「言ったっけ」

「言ったよ、調べろよ。ていうか、やる気ないならそれ貸せよ」

「ああん、やるからやるから」

祐機が携帯を奪おうとすると、大夜は泣き声をあげて取り返した。ブラウザを立ち上げて検索を始める。

「なんだっけ？」

「サスカチュワン・ハザリー」

「それどういう綴《つづ》りなんよ。ていうか英語ページとか読めねんだけど」

「ウィキぺ見ろよ」

「ああ、そっか。えーと」

やがて大夜は棒読みの口調で朗読し始めた。

「サスカチュワン・ハザリーは、カナダのサスカチュワン州サスカトゥーンに本部を置く、世界最大の投資持株会社であり、清涼飲料のフェニックス・コーラ社、建設会社のシーメンタム・プロウズ社、信販のグローリー・エクスプレス社の筆頭株主として有名である。また、その他にも、保険、製薬、家具製作、製菓、衣料品、なんだかんだの百パーセント子会社を抱えるとんでもない会社である。げふー、この概要のところだけでおなかいっぱい」

「だな。続き」

「本編がすげー長いんだけど、どこ読めばいい？」

「社長のとこ。どうせただ者じゃないだろ」

「CEOでいいのかな。おお、出てきた。マジだ、ジスレーヌちゃんと同じ赤毛だ。あ、家族写真もある。メリケン人はこういうの好きだな」

「カナダ人」

言いながらちらりと横目で見ると、豊かな赤毛の中年女性が、自宅のベランダらしいところで写っていた。カジュアルというか、家庭的なカーディガン姿で、昨日見たより少し幼いジスレーヌをそばに立たせて、自分はベンチに腰掛けている。張りとつやのある丸い頬に、柔和な笑みをたたえている。五十歳近いだろうが、表情は若々しい。

「最高経営責任者《CEO》はオービーヌ・サン＝ティエール、フランス系カナダ人女性。株式その他の金融取引や企業買収に熟達し、二十五年にわたって年利三〇パーセント以上という驚くべき資金運用を行ってきた。『トゥーンの錬金術師《アルケミスト》』の異名を取る。ハザリー社は彼女に買収された後に、ここまでの成功を見た。去年度の米フォーブス誌の長者番付で、一位。総資産、八百十億ドル。ええと？」

「八兆円」

「わー」

こちらを向いた大夜の顔が白い。脂汗《あぶらあせ》が浮き始めた。

「何この厨《ちゅう》スペック」

「俺も、どっかで聞いた名前だなあと思ってたよ」

「言われてみれば、ビルゲイツとかと絡んで、よく聞くような気がするな」

「真ん中で発音切れよ。それと、そのビルってのは本名じゃないから」

「あ、そうなの。っておまえ、詳しくないんじゃなかったの？」

「ゲイツは知ってるよ、テクノロジー畑の人間だから」

「そっか」

「金融のほうは知らないよ。調べてもいないし」

「調べろよ。一晩あったんだから」

「忙しかった」

そう言って、祐機はまた視線を遠くへ飛ばした。大夜は画面に目を落とし、記事を読み上げては、「ひょー」とか「ありえねー」とかの嘆声を連発し始めた。

大夜にわからせるためにわざわざ読ませたが、実のところ祐機は、その辺りのことを昨夜すでに調べていた。タイレナやジスレーヌの言動に、どうしても好きになれないものを感じたからだ。

祐機が好きになれないものとは「効率」だった。

効率――あるいは金銭至上主義、金儲《もう》け主義と言い換えてもいい。

かつて父の会社、戸田特鋼を潰《つぶ》したのが、それだった。

戸田特鋼は大手メーカーの下請けだった。注文に応じてさまざまな特殊合金の部品を作っていた。質のいいものを、納期を守って納めていたので、業績はよかった。遠く、海外からも注文をもらっていた。

とはいえ、日本の製造業の例に漏れず、人件費の安い発展途上国の同業者に、常に追い上げられてもいた。中国の工場は、戸田特鋼ほどの精度や強度を出すことはできなかったが、代わりに八分の一もの安値で製品を作ってきた。大手メーカーがそちらへ注文を振り向けたので、地元の仕事が減った。祐機が幼かったころ、水濃市内で何軒もの工場が潰れた。

戸田特鋼では、高い技能を持った従業員が、よそにないユニークな製品を作っていた。ことにエンテルサイト合金という材質の成形については、他の追随を許さない技術水準を誇っていた。これは九〇年代に開発された電磁石材料で、製造に高度な温度管理技術が必要な代わり、稀少金属をほとんど必要としないという、有益な特徴があった。

経営は楽ではなかったが、オンリーワンのその技術がある限り、戸田特鋼はやっていけるはずだった。

一人の男が、アメリカから戸田特鋼の親会社に乗り込んで来るまでは。

親会社の工場はすでに相当の合理化が進んでいたが、そこでさえ、彼に言わせれば終戦直後のバラック工場も同然だった。彼は該博《がいはく》な知識をもとに、工場の現状と世界各地の先進的な試みを比較し、誰も気づいていなかった現場の欠点を次々と指摘して、幹部陣を唖《あ》然《ぜん》とさせた。数日にわたる視察の間に、彼の言う通りにすることが会社の、ひいては日本製造業の生き残る道だと、工場長から一工員までもが信じるようになっていた。

そんな彼が、視察の終わりにこう言った。

「この工場についての私の疑問は、近いうちにほぼ解消されると確信しました。――しかし、最後に、あとひとつだけ大きな疑問が残っているのです」

「どんな問題でしょうか」

幹部たちが心酔しきった様子で聞いた。男は言った。

「もっとも核心的で高収益な作業をしている、あの隣の工房《ワークス》を、なぜあなた方はまだ買収していないのか？　ということです」

以上が、戸田特鋼が潰れた経緯である。親会社の経営陣は決断し、祐機の父の小さな会社を呑み込んだ。社員の大半と、工作機械と、工場の命である治具《ジグ》が親会社の工場に移され、抜け殻になった建物は爆破された。

その時、祐機は知ったのだった。

世の中には、あらゆる物の価値を貨幣に換算し、その増殖のみが唯一不変の正義であると信じる人々が、いるのだということを。

戸田特鋼を数字に変えて持ち去った男こそ、世界生産《G》に《A》関《W》する《P》一般協定事務局に属するコンサルタント、グーテンベルガーだった。

企業買収と生産性向上についての優秀な手腕を持ち、「買って《Buyout》、バラして《Break》、叩きなおす《Beat》男」、通称〝ＢＢＢ〟の異名を持つ彼こそが、祐機の記憶に長く残っている、あの笑っちまうぐらい見事なかぎ鼻の男なのだった。

その、彼と――昨夜の、少女は……。

「同類なのか？」

それが祐機の迷いである。

彼女も帳簿で会話する人間なのだろうか。物作りを「付加価値産出システム」ぐらいにしか思っていないのだろうか。

祐機は、研究資金がほしかっただけなのだが。

「はー……」

遠くを眺める祐機は、手元で無意識にティッシュを折って、くしゃくしゃと折鶴を作っている。考え事をしているときには手遊びするタイプだ。

ずっと携帯を覗いていた大夜が、真顔で言った。

「で、どうするよ」

「ああ……」

「俺はやっぱり海がいいんだけど、山でキャンプというのも捨てがたいよな」

祐機は眉をひそめて振り向き、彼の手元を覗いた。

「何の話だ？」

「いや、私立のコたちを、もう一押しでゲットできそうで……」

いつの間にか、メール打ちまくりだった。

ゴンッ！　と祐機の鉄拳が響く。大夜が泣きそうになる。

「殴んなよ⁉　高二の夏にやらんで、いつやるの？」

「俺は一生童貞でかまわん」

「おまえは構わんかもしれんが、俺の邪魔をすんな！　協力しろ！　一緒に来い！」

「俺が協力して誰が喜ぶんだよ」

「そこはほら、おまえ外見だけは子犬系で可愛いし。私学のコらは中身を知らんし」

「いや、普通に行かないから。海とか……」

予鈴《よれい》のチャイムが鳴ったので、祐機は屋上を出た。


放課後、そっちの件で再び大夜に誘われたが、祐機は断って一人で下校した。赤毛の外人娘一人だけでも荷が重いのに、このうえ別の異性のことで頭を悩まされるのは、何色の髪であれ、ごめんだった。

書店やファーストフード店の並ぶ県道沿いを自転車で走りながら、漠然と昨夜のことを思い返す。

破格の好条件にも、首を縦に振らなかったのだから、怒り出すかと思いきや、ジスレーヌはじっと祐機を見つめて、あなたがほしい、と繰り返した。それから、礼儀正しく頭を下げて出て行った。

今改めて思い返してみると、彼女は最初にタイレナを立てて祐機をだましはしたが、その他の点では驚くほどフランクだった。金持ちが普段何人の護衛に囲まれて暮らすのか祐機は知らないが、わずか二人のお供しか連れずに異国に渡って、外国人の私宅を訪れるというのは、極めて思い切った行動だったのではないだろうか。

ないだろうかどころじゃない。あれは冒険だったんだ、と祐機は気づく。

個人的な理由で、自分で資産を増やさなければならないと言っていた。親に頼めないことなのだ。であれば、その行動も親には内緒だったのだろう。増やした金を何に使うのかはともかく、少なくとも、自分で動いているのは見上げたものだ。

自分が何か必要に迫られたとして、別の大陸に住む知らない人間の所を、いきなり訪ねる気になれるだろうか。——できなくはないが、やるとすれば、それは一生に何度もない理由でだ、という気がした。

彼女の理由とは、なんだろう。

Uプログラムをほしがる理由とは。

考え事をしながらペダルを漕いでいると、突然、道沿いのレストランから二人乗りの原付バイクが飛び出してきた。ろくに前方に注意していなかった祐機は、バイクの鼻面に横から突っ込んだ。ガシャン、と騒々しい音が上がる。

衝突の瞬間、バイクは傾いたが、二人が揃って向こう側に足をついたので、倒れずに持ちこたえた。突っ込んだ祐機のほうはバランスを崩し、歩道脇の植え込みに倒れ込んだ。

「うおぉびっくりした、どこ見てんだてめえ！」

シャツの裾下《すそ》にタトゥーを覗かせている、バンダナかぶりのグラサン男が、口を尖らせて怒鳴った。腕を打って顔をしかめながら起き上がった祐機は、男の顔を見た。

「あ」「てめえ、昨日のチビ！」

サングラスの下で、男の目がにぃっと笑ったのが見えた気がした。バイクから降りて祐機の首元をつかみ上げる。

「おめー昨日通報してくれたっしょ？　すげー勢いでパト飛んできて、逃げんのにムッチャ苦労しちゃった。ガス代払ってくんねーかな。ホラいま超高いし」

「あんた無職？」

つい祐機は、言ってしまった。水濃市の昨今の就職状況では、無職は珍しくない。何よりも、単にそれを言いたかった。

「あぁ？」

完璧にパターン通りに、男が顔を傾けて眉間《みけん》にシワを寄せた。当たったらしい。

「何おまえ。何？　ナメてんの？」

「いや。俺も今、就職で悩んでるから」

「ああ……あっそう、ふーん」

一瞬、男の怒りが消えて、おまえもかと言いたげな、しらけた表情が浮いたのが面白かった。

その時、祐機は不自然な姿勢のまま男の腹を蹴りつけた。バシッと筋肉の手ごたえがあり――それだけだった。

「いって！ てめぇ！」

単に怒りを買っただけだった。祐機は植え込みに投げ込まれ、はみ出た足のすねや腿《もも》をめったやたらに蹴られた。痛む所ばかり狙ってくるなかなか上手《うま》い奴で、祐機は「ぎゃっ」とか「痛《いて》え！」とか何度も悲鳴を上げた。植え込みというものは――特にツツジなど枝の柔らかいものは――手をつこうにもふんばりが利かず、脱出しにくいものだということを祐機は知った。

突然、後ろの路上で、刑事ドラマでしか聞かないような自動車の急ブレーキの音がした。誰かが降りてきたかと思うと、何やら殴り合う音がして、すぐに静かになった。

「トダ・ユーキ、大丈夫⁉」

足をつかんで植え込みから引きずり出してくれたのは、タイレナだった。ぐったりしている祐機を、わざわざ抱き起こしてくれる。すげー胸と思いつつ辺りを見ると、二人組のチンピラは顔を押さえ、近くの壁にもたれてあえいでいた。さすが、と祐機は感心した。

「あれ、やっつけたんですか。すごいですね、ハリウッド映画に出たら？」

「ひどいわね、私じゃないわよ」

よく見れば、大柄なタイレナの後ろにベイリアルが休めの姿勢で立っていた。そういえばこの人は何者なんだろう、と祐機は不思議になった。

「何があったの？　彼らはヤクザかしら？」

「そんなたいそうなもんじゃありませんって。犯罪発生率は失業率と有意に相関するっていう学説が、証明されただけです。それにしてもどうしてここが？」

「それについては俺が」「おまえかよ！」

ベンツの後席から現れた大夜にみなまで言わせず、祐機は突っ込んだ。

タイレナたちは特別な方法を使ったわけではなかった。戸田家に電話して大夜の携帯番号を聞き、彼に電話して捕まえた後、彼の案内でいつもの登下校路を走ってきただけだった。

「で、なんの御用ですか。わざわざ探しに来てくれるなんて」

祐機が聞くと、ベンツの後ろへ連れていかれた。ベイリアルがトランクを開けると、大型のアタッシェケースがいくつも現れた。小男はそれも開けた。

祐機はごくりと唾を飲み込んだ。見慣れた長方形の紙が、見たこともないほどの枚数、整然と詰まっていた。

ケースを閉じ、タイレナが言った。

「キャッシュを用意してきたわ。条件は昨日言った通り。これが私たちの最後の申し出。

決めてほしい」

「はひゅー……」

なんの音かと思ったら、背後から覗き込んだ大夜が呼吸困難になっているのだった。

祐機は言った。

「あの子と二人で話させてください」

「お嬢さまと？」

祐機はうなずいた。タイレナが何かを言おうとして、少し赤くなって周囲を見回した。

「場所を移したほうがよさそうね」

レストランや道の向こうから人の目が向けられていた。祐機はちょっと考えて、川のほうを指差した。

「あそこの堤防に東屋《あずまや》があります」

水濃市の南縁に沿って流れる一級河川の堤防道路は、祐機たちの通学路だ。自転車で先導して祐機はそこに向かい、橋のたもとに建っている東屋に入った。近くに止まったベンツからタイレナとベイリアルが降りて周囲をぐるりと眺め、しかるのちに後席からジスレーヌと、ナイト然とした態度の大夜が降りてきた。

東屋まで来た大夜に、祐機は開口一番言い渡した。

「どっか行け」

「やなこった。なんのために私学のコ放り出して来たと思ってんの?」

「おまえ、空気読めよ……」

ジスレーヌを見ると、くったくのない、天真爛漫《てんしんらんまん》な微笑みを浮かべて、祐機と大夜を等分に見ている。彼女は気にしていないらしい。

「じゃあ、譲歩だ。いてもいいからそっち向いてろ!」

「そっちのほうが変じゃないか……わかった、わかりました!」

大夜に体を寄せて、ジスレーヌの目から隠しつつ、脇腹の痛いところを拳でぐりぐり押してやると、両手を挙げて降参した。

彼が背中を向けたので、ようやく祐機は椅子に腰を落ち着けた。

ジスレーヌが、耳にイヤホンを入れながら、古びた木製のテーブルを挟んだ向かいに腰かける。今日はシンプルなレースを襟元にあしらった、ピンクの半袖のワンピース。髪は昨日と同じ三つ編み。わずかに型崩れしているのは、鏡でも見ながら自分で編んだのか。柑橘《かんきつ》系のシャンプーの匂いもする。

やっぱり、祐機の一億倍もの金を持つ富豪の娘には、見えない。

祐機に向かって、つやつやしたきれいなおでこと、人を疑うことを知らなそうな笑顔を見せる。そして、意外にも彼女のほうから口を開いた。

「ここはユーキの好きな場所?」

「ん……まあ、昔からここで弁当、いや、ランチ食べたり、本を読んだり」

「いい所」

ジスレーヌは横を向き、川床を見下ろす。初夏の午後の川原で、釣り人が竿《さお》を立て、愛犬家が犬を放している。鉄橋を渡る列車の音がする。

「きれい。空気が、水、moist、呼吸しやすい。戦争も、ない」

「カナダだって戦争はないだろう」

「はい。でもそうではない国も多い。日本はいい所」

振り向いて、ジスレーヌはうなずいた。首元の肌がミルクのように滑らかだ。祐機は目を奪われ、一瞬、なんの話をしているのか忘れそうになった。

「……なぜ？」

「なんですか？」

「君はなぜ金儲けなんかしたいんだ。そんなに――」

そんなにきれいなのに。そう言いかけて、祐機は赤くなった。バカか俺は。関係ないだろ。

「なぜ金が要るんだ？　僕は金持ちは好きじゃないんだ。金持ちも、金を増やす奴らも、金そのものも」

それは自分のやることを、外から値づけてしまうから。

その時、ジスレーヌがテーブルの上に手を伸ばした。

祐機の右手を取り、両手で包み込む。

さらさらした温かい指の感触に、祐機は固まる。

手を見つめ、そして祐機の目を見つめるジスレーヌの目に、不思議な光が宿りつつあった。

「あなたは本物です。私にはわかる」

「何が……」

「この手がたくさんの物をアーキテクトする。その数は世界を変えるほどのものになる」

ぎゅっ、と指を握られた。

祐機は思わず腕を引いた。胸の鼓動が速くなっていた。

「俺の聞いてる意味、わかってるか？　金儲けをする理由を聞いてるんだよ」

「私の理由は、これ。私は、増える物がわかるから。物を増やしたいから」

「増える物がわかる、だって？」

こくこくと小さくうなずいて、ジスレーヌは懸命に言葉をつないだ。

「お金、好きではありません。浪費、興味ない。ドレス、ジュエリー、ごちそう、要らない。……でも、私……」

言いたいことをうまく言葉にできないようだった。自分に英語が出来れば、と祐機は強く思った。

懸命な様子の彼女を見ているうち、ふと、あることを思いついた。スポーツバッグの中から野帳を出して、彼女に差し出した。

無言。何も告げない。反応を見るつもりだ。受け取った彼女が、戸惑いがちにページを開いた。そして、吸い込まれるように紙面に目を寄せた。

「これ……」

Uポットに始まる、祐機の計画が書いてある。ヴィフォルにも出していなかった細部だ。VNマシンの実現可能性を、徹底的に検討したノート。

日本語の、それも専門的な数式を交えた記述だ。ジスレーヌに読めるとは思えない。にもかかわらず、ジスレーヌは明確な反応を見せ始めた。目を見開き、呼吸を速め、頬を紅潮させていく。

それは、見守る祐機をも引き込むほどの、激しい反応だった。ジスレーヌは、この計画の可能性を、祐機と同じぐらいのリアリティで、感じ取ることができるようだった。

ページをめくる手が速まり、核心の部分まで来たところで、止まった。

「ハァ……ッ！」

少女が息を詰めて震えた。祐機を見る目に、畏怖《いふ》と期待と、それよりも生々しい、何か食らいつくような欲求の色があった。ついさっきまでの素朴な姿からは想像もつかない、鋭く暗い色が。

「ユーキ……これ、すごい」

「わかるんだ、それが」

祐機はため息をつくと、野帳を取り戻してから、ジスレーヌの手を両手で握って、深々と頭を下げた。

「やらせてくれ。俺はこれを作って、君に見せる。よろしく頼む」

面《おもて》を上げて、祐機はジスレーヌの目を覗いた。

唾を飲み込んで、少女が小さくうなずいた。


祐機は東屋を出て、見慣れた水濃市の光景を眺めながら深呼吸した。ジスレーヌとの間に生じた精神的な交わりのせいで、胸がぞくぞくしていた。

「なに、結局まとまったの？」

東屋の外側にもたれていた大夜がやってきて、聞いた。余韻をぶち壊されて祐機は憮然となったが、しぶしぶうなずいた。

「決めた。あの子のために作る」

「どういう風の吹き回しよ。全部聞いてたけど、さっぱりわかんなかったぞ」

「おまえのようなバカにわかってたまるか」

「ものすげえ言いようだよね、それ。おまえ何様だ」

大夜が口をひん曲げて、ケッとつぶやいた。そう言いつつも、たいして気にした様子ではない。

「で、アメリカ行くの？」

「そうなるかな、とりあえずは」

「そっかー、じゃ英語だけでも真面目にやっかな……」

祐機は聞き流しかけて、愕然《がくぜん》として振り向いた。夕風に髪をなぶらせながら、ポケットに手を突っ込んで、大夜がケロリとした顔でのたまう。

「俺も行くわ」

「はあ⁉」

「おまえ一人だと危ねーもん。今日だって俺が来なかったら、ボッコにされてただろ？」

「おまえ何もしなかっただろ！」

「わかれよ、俺がどれだけ場を和ませているか」

「ちょちょおまえ、それこそ何様……っていうか、私学のコとかはどうすんだ」

「あれはまだ、ただのお友達だからいいの。まあだまされたと思って連れてけ。給料、おまえほど多くなくてもいいからさ」

「そこまでコバンザメするつもりなのか⁉」

驚愕《きょうがく》だった。こいつの面の皮の厚さを甘く見ていた。祐機が絶句している間に大夜はジスレーヌに近づき、笑顔で二言、三言話しかけて、うなずかせてしまった。

戻ってきて親指を立てる。

「いいってさ」

「そりゃ、あの子にとっては、バッグの中に砂粒ひとつ増えたようなもんだろうが」

「長い目で見ろよ、な」

「どんな目で見ても赤字だろ……」

タイレナたちがやってきて、ジスレーヌと話した。ジスレーヌが満足しているのを見て笑顔になる。

「トダ・ユーキ、承諾してくれてありがとう。よろしくね。——結果を期待するわ」

「ええ、よろしく。それと、こいつのこと聞きましたか」

「聞いたけど、あなた次第よ。助手として連れて行くっていうなら、止める気はない」

「じゃ、まあ、助手ってことで登録でもなんでもしてください。こいつはパンの耳があれば死にませんから……」

「それ死ぬからマジで！」

「おまえ、なんか素でうざい」

祐機は大夜の尻を蹴った。

Invest-2　世界を変える奇跡の子馬

　ボーイング機に横づけしたタラップカーから、二人と一頭が陽炎《かげろう》の揺らめく滑走路に降り立った。

「むう……暑い」

　日光に手をかざしてうめいたのは、深沢大夜だ。グラサンにアロハシャツ姿で多少なりとも格好をつけているつもりだが、背負った馬鹿でかいザックが男前を台無しにしている。身一つで世界を渡り歩く、貧乏なバックパッカーのようだ。

「さっさとレンタカー借りに行くぞ、このノロマ」

「いて、誰がノロマだ」

　尻を蹴飛ばしたのは祐機である。大夜と似たような格好をしている。違うのはただひとつだけ。大夜が昨年から二センチ背が伸びたのに、こちらはわずか三ミリしか育たなかったことだ。

それを除けば、満足のいく一年だった。アメリカに渡り、ジスレーヌから資金と施設を与えられた祐機は、寝食を忘れて研究に没頭した。あまりに熱中しすぎて、二度も倒れたほどだった。大夜が様子を見に来なかったら、そのまま過労で死んでいただろう。

その大夜はといえば、二度ほど祐機の命を救ったことを除けば、ほぼ遊んでいた。渡米四日目にして近所の金髪女子大生のフラットに転がり込み、手取り足取り体取りで英語のレッスンを受け、一ヵ月もたつと完全に現地に馴染《なじ》んでいた。祐機は目くじらを立てまくったが、大夜がたびたび差し入れに来るうえ、いつの間にか運転免許まで取って足代わりになってくれたので、渋々ながら、功績を認めてやった。

そんな一年を経て、研究にある程度の目処《めど》をつけた祐機は、いよいよフィールドでの実験に踏み切ることにしたのだ。

十八歳になった二人が訪れたのは、ナウル共和国だった。西太平洋の赤道付近に位置する、絶海の孤島である。国としては世界で三番目に小さい。

そして二人には、新しい連れがいた。

「おら行くぞ、エイダ」

「エイダじゃない、U14だ」

『Vi!』

それぞれ好き勝手な名前で呼ぶ二人に、ブザー音で返事をして歩き出したのは、子馬のロボットである。

つや消しの灰色をしており、肩までの高さは八十センチほどで、そこからカメラの乗った一本の首が生えている。ちゃんと四本の足で歩き、平らな床では足の裏の車輪を使う。そして人が声をかけると振り向き、返事をする。その様子は子馬そっくりだ。

歩行ロボットは先進国でもまだまだ普及していない。イベントでの展示用か、障害者の介助用に、やっと使われ始めているぐらいだ。

ナウルでも、もちろん使われていなかった。大夜がそいつの名を呼びながら先導していくと、税関の役人が目を丸くした。

入国ゲートを出てすぐ、大夜は売店にコーラを買いに行ってしまった。仕方なく、祐機は一人でレンタカー会社のカウンターへ向かった。そこでは、涼しい顔立ちの、華僑《かきょう》らしい若い女性社員が、頬杖をついてかったるそうに雑誌のページをめくっていた。祐機の気配に気づいているだろうに、顔を上げもしない。

悶着《もんちゃく》を覚悟して、祐機はため息をついた。

だが、そこへ二本のコーラ瓶を持った大夜がやってきて、ヒュウと口笛を吹いた。

「いいねいいね。昼下がりの物憂《ものう》い南国美人」

「何がいいねだ、おまえはスカートをはいていれば誰でもいいんだろ。――って、あっこら！」

それ俺の、と祐機が言うヒマもなく、大夜はカウンターへ行ってコーラを差し出した。面食らう女性に、とっておきの笑顔を向けて、ぺらぺらと何かしゃべり立てる。女性から書類を受け取って書き始めても、息継ぎ以外は言葉を切らない。何しろ大夜の英語は、もっぱらナンパによって鍛え上げた西海岸英語なので、こういう場面では強い。

女性が顔をほころばせ、楽しげに笑い出すまで、五分もかからなかった。

戻ってきた大夜がニヤついた顔で言う。

「彼女、親父さんが中華のレストランやってるんだって。晩メシの約束しちゃったよ」

「車は?」

「車?　ああこれ。表に止まってるから好きに使えってさ」

ちゃんとキーを持って来ていた。祐機は大夜を見上げる。大夜はカウンターの女性に向かってにこやかに手を振っていた。

「……行くぞ」

「え?　おお、行こう行こう」

もう一本コーラを買ってくるつもりはないようだった。祐機は舌打ちして、ロボットとともに中古のワンボックス車に乗り込んだ。大夜が運転席に上がってハンドルを握った。

道へ車を出しながら、大夜が言う。

「いやー、女の子のいる島でよかったわ!　鳥しかいないと思ってた」

「おまえはナウルをなんだと思っていたんだ」

「鳥のうんこでできた島なんだろ？　うんこの島に行くなんて最悪だと思ってたけどさあ。来てみりゃ普通の島じゃん。泳げそうなビーチもあるし、これなら何とか耐えられるわ」

あっはっはと笑ってから、大夜はさらっと言った。

「で、俺たち何しに来たんだっけ？」

祐機はため息をついた。彼は日本を出てから、ずっとこの調子だったのだ。予定や計画が必要なことは全部祐機まかせ。その場その場の状況だけを笑顔と勢いで片づける。そして土壇場になってから祐機に事情を聞く。

それで一年、乗り切ってきたのだから、ある意味見上げたものだが、祐機にしてみれば疲れるのだった。

祐機はちょうど見えてきた看板を指差す。

「そこ曲がってくれ」

「アイサー」

バンは海沿いの一本道から、内陸へ入り込んだ。

灌木《かんぼく》に覆われた台地へと上っていく。いくつかはあった民家がすぐになくなり、道の左右に白っぽいザクザクした岩壁がそびえ始めた。適当な所で車を止め、二人で岩の上に登った。風化した墓石を思わせる、堆石《たいせき》の塚が、一面にそびえている。荒涼とした景色が、島の向こうの端まで――といっても数キロ先までだが――広がっていた。

　祐機は言った。

「これが、うんこだ」

「どれ？」

「この白い岩全部が、だよ」

「げっ、今踏んでるこれも？」

　大夜が足を上げて踊るような仕草をした。祐機は腕組みしたまま、景色を眺める。

「まあ、いま見えているのは残りカスみたいなもんだけどな。高品位な鉱石はあらかた削られて残ってない。

　ナウルには海鳥の糞が変化してできたリン鉱石が、厚さ五十メートル以上も積もっていた。これが良質の肥料になるんで、百年近く前から採掘が行われてきた。飛行機の上から、西の海岸にベルトコンベアーがいくつも見えただろう」

「あの首長竜の化石みたいなの？」

「そう。あれを使って、掘った石を直接バラ積み船に流し込んで、じゃんじゃん輸出した。おかげでナウルは大儲けし、西南太平洋で一番の金持ち島になった。しかし埋蔵《まいぞう》資源というものは必ず枯渇するときが来る。ナウルのリン鉱石も、十年ほど前にとうとう底をついた」

「底をついたって言っても、まだあるじゃないか」

「あるにはあるが、もう以前のようにまとめ掘りできなくなって、採算が合わなくなったんだ。何しろここから一番近い需要地のオーストラリアでさえ、四千キロも離れているからな。輸送費もバカにならない。そういうわけで、ここは閉山、放棄された。何の利用もされていないし、民家もない。――この島の土地の七割以上が、そんな荒地になっているんだ。これを放っとく手はないと思わないか？」

「これを、なんとかすんの？　俺たちとエイダだけで？」

「俺たちとU14と、リバティ号でだ」

「その殺伐《さつばつ》とした呼び方、やめようよ」

「Uマシンのシリアルナンバー十四号機だからU14だ。何の問題もないだろ」

「ジスレーヌちゃんにも、そう言ってみろってんだ。名前つけたのはあの子だぞ。んん？」

大夜がからかうように祐機の顔を覗き込んだ。ジスレーヌの名を出された祐機は、憮然として顔をしかめる。

「彼女はいいんだ。おまえは開発コードで呼べ」

「なんだよそれー、えこひいきー」

「うるさい。大体、まだこのあと大勢できるのに、一体だけ名前をつけてどうするんだ。さあ、ホテルへ行くぞ」

無理やり話を切り上げて、祐機は道に戻った。

ナウル島は周囲二十キロもない小判形の小さな島だ。その中央を、荒れ果てた台地が覆っており、人々は島の外縁に住んでいる。海岸沿いに走っていくと、道端に男たちが座り込んだり、露台を出してカードをやったりしている。人のいない所には空き缶が無数に落ちていた。

三十分走ると目当てのホテルが見つかったが、それは空港のそばにあった。なんのことはない、あっさり一周してしまったのだ。

「大夜、信号ってあったか？」

「なかった。ちっこい島だね」

ツインルームを取った後、大夜は一人で出ていった。祐機はデートの邪魔をする気はなかったし、時差で疲れていたので、さっさと寝ることにした。

シャワールームに入ったが、水道の使えない時間帯だった。仕方なく汗まみれのままベッドに横たわった。

ところが、少しまどろんだだけで起こされた。

「……おい祐機、起きろ！　頼むよ！」

寝ぼけ眼《まなこ》で起き上がると、なぜか大夜がいて、涙目で見下ろしていた。

「おまえも来てくれ」

「合コンの数合わせはごめんだって、太平洋越える前から言ってるだろうが」

「でも彼女、旦那連れてきちゃった」

祐機は自称・親友の顔をまじまじと見つめ、ひさびさに心から笑った。

それから同行してやることにした。幸いシャワーが使える時間になっていた。

レストランはホテルの三つ隣だった。三十席の店内に十人ほどの客がいた。一番奥のテーブルに、私服のタンクトップとホットパンツに着替えた、あのレンタカー受付嬢がいた。

大夜と祐機を見てにこやかに手を上げたが、その隣に、同年代の男が座って、黙々と料理を食べていた。

祐機は大夜を横目で見た。

「完全にカモじゃねーか俺たち。下手するとおごらされるな」

「今さら断れねえよ。人脈作りだと思って頼む。けっこう長くこの島に住むんだろ？」

「三ヵ月だよ。その初日からこうか……」

ぶつぶつ言いながら祐機は大夜とともに女の前に出て、招待に感謝する旨《むね》、律儀に挨拶した。女はリンと名乗り、祐機を歓迎してくれた。

だが、リンの夫のウィラードは、二人を見ても「ンン……」とはっきりしない声を漏らしただけで、ひたすら自分の料理を食べ続けた。祐機たちは席についたものの、気まずくて仕方がなかった。

ウィラードが反応らしい反応を見せたのは、祐機が自分たちの仕事について話した時だけだった。

「僕たちは、ロボットを使ってナウルの内陸部で土地の改良工事をするために来たんです」

「改良工事？　政府の事業かい？」

無精髭《ひげ》の生えた浅黒い顔を向ける。一重まぶたで唇が厚い。このとき祐機は、彼が中国系のリンと同族ではなく、地元のナウル人らしいと気がついた。

祐機は、外国人に対する反感があるのかもしれないと思って、慎重に返事をした。

「そうですね、政府の事業と言えるかもしれません。ナウル政府は荒地の利用法を公募していますから。僕たちはそれに応募し、工事をするんです」

「いや、あー、そういうことじゃなくて……そのう、政府に利益があったりするのかな」

「利益？　それは一応、あるでしょうね。地代を払いますし、税も納めますから。でも、農地にも緑地にもできない荒地を借りるだけなので、額としてはそれほどのものには……」

祐機がそう答えると、ウィラードは途端に興味をなくしたようだった。その後は上の空になってしまい、じきに「それじゃ……」と席を立って去っていった。

祐機と大夜は、ぽかんとして顔を見合わせた。

「なんだありゃ」「さあな」

「ごめんなさい、君たち」

肩越しに夫のほうをうかがっていたリンが、二人に向き直ってため息をついた。

「びっくりしたでしょう。お客さんに失礼よね。お詫《わ》びに一皿ずつおごるわ」

「じゃあ東坡肉《トンポーロー》を」「やめろって」

抜け目なく頼もうとした大夜を遮って、祐機は言った。

「旦那さんは地元の方ですよね」

「そうよ。わかる？　そういうことなのよ」

「どういうことだよ」

大夜が聞いたが、祐機はリンに気をつかって言わなかった。リンが自分から説明した。

「ナウルの男は働くのが好きじゃなくってね。タダでものをもらうことに慣れすぎちゃってるの。さっきの話も、政府にお金が入れば自分たちのところに回ってくるかもしれない、と思ったからよ。あのナマケモノ、一体どうすれば働くようになるのかしらね……」

リンは苛立《いらだ》った様子で煙草に火をつけた。どうやら自分たちは、彼に対する刺激剤として呼ばれたらしいと、祐機にも見当がついた。

ホテルへ帰ると、大夜が難しい顔で話しかけてきた。

「彼女、かわいそうだよなあ。なんでも、ケガしたときに助けてもらったとかで結婚したんだそうよ。でも、あんな旦那じゃなぁ」

「だからって手を出すなよ」

「いや、まあ、そこんところはお互いのプライベートだから置くとして、な」

「置かねえよ、不倫する男と仕事なんかしねー」

「ともかく、なんであんなのと結婚したんだろうな！　もったいない」

「ナウルにはあんなのしかいないから、だよ」

ベッドに転がっていた大夜が、むくっと顔を起こした。祐機は説明してやった。

「百年近く前から鉱石の輸出で大儲けしてたって言ったろ。そのせいで、ナウルの人間は昔っから働く必要がなかったんだよ。衣食住も医療も教育も、政府持ちでほとんどタダ。爺さんの代からそうなんだ。だから、仕事をしなければいけないと思ったことはないし、しない」

「なんだと？　そんなうらやましい……いや待てよ、いくらタダだっていっても、寝て暮らせるわけじゃないだろう。最低限の家事ってものがある」

「それもない。華僑を始めとする外国人労働者を入れて、ほとんどアウトソーシングでやってきた。金はあったからな。鉱石が枯渇するまでは」

「……それでこんな島に渡って来たのか、リンさんたちは！」

「そうだろうな。そして将来に困っている」

「そりゃ、マジで困ってるだろうなあ。……カリフォルニア、行きたがるかな？」

「だから誘うなって！」

「ぶふぉ」

大夜の背中にかかと落としを一発入れてから、祐機はベッドに入った。

眠る前に、ウィラードの力のない眼差しが思い浮かんだ。

それも、祐機がここを選んだ理由のひとつだった。


翌日、二人はナウル大統領官邸と、島で最大の企業であるナウル燐鉱石採掘会社《NPC》に挨拶回りをした。渡航する前にすでに、新式工法の実証実験をするという名目で、台地の一部を借りる契約をしてあったから、本当に挨拶だけの訪問になるはずだった。

だが、行ってみると、契約になかった免責条項を押しつけられたり、余分な税を課されたりした。彼らの関心は、要するにこの機会にどれだけぼったくれるか、という点にしかないようだった。

「楽して金儲けすることしか考えてねーのか、ここの人間は……」

ランチをとりにリンのレストランに入ると、大夜がげっそりした様子でつぶやいた。

「それをおまえが言う？」

祐機はそっけなく返した。

テーブルのそばをのそのそと横切った誰かが、足を止めて振り返った。ウィラードだった。

「あ……」

二人は、お義理でハローと手を上げた。ウィラードはすっと顔を背《そむ》け、店の奥へと消えた。大夜が口を尖らせてつぶやいた。

「感じ悪《わ》りぃー」

「人口一万もない国だからな。国っていうより、村なんだよ、村社会」

二人は食事の残りをかっ込んだ。味は悪くないのに、少しも楽しめなかった。

それから、バンで昨日の台地へ向かった。

鉱滓《こうさい》に覆われた台地の中央まで、一本だけの道が延びている。行き止まりの広場に、NPCの採掘事務所があった。今ではそこも無人で、KEEP OUTと書かれたヤシ板が戸口に打ちつけてあった。そこで車を止め、「子馬」を出した。

「U14、出番だ」

『Vi!』

「しっかしまあ、荒れ果てたところだよなあ……」

ぶらぶらと離れていこうとした大夜の襟首を引っつかんで、祐機は微笑みかけた。

「仕事しよう、な?」

「肉体労働って苦手なんスけど〜」

「頭脳労働ができるようになってから言えよ。奥のソーラーとブロック、全部出して開《かい》梱《こん》」

「ちッ」

荷物を任せて、祐機はビデオカメラを手にし、広場の周囲を撮影した。それが済むと、大夜とともに広場の隅へ機材を運び、赤道に近い島の強烈な陽光のもとで、六畳ほどの軟質太陽電池シートを、二枚広げた。

「よーし、ここでいいだろう」

「あのさ、聞くけど」

「うん？」

「ほんとにうまく行くと思うか？」

大夜は、鉱滓の小山を見上げていた。身長の三倍ほどの高さがあり、まるで巨大な蟻塚のようだ。周囲には、そんな塚が無数に——数キロ四方にわたって、林立している。

「ここを、俺たちだけで変えられると？」

祐機は答えず、子馬を手招きし、蟻塚のふもとを指差した。そして、首の付け根を開いて指紋認証を行い、命じた。

「じゃあ、フェイズ1を始める。アテンション、Ｕ14、生めよ殖やせよ《Be fruitful and multiply.》」

『Ｐｏｍ！』

子馬は響きのいいチャイム音を立てた。

それから、何かを探すようにぐるぐると首を回し始めた。二人は後退して見守る。すぐそばにある太陽電池や、各種の小型金属パーツを納めた携帯ラックに視線を向けるたびに、子馬は小さなブザー音を立てていき、やがてまたチャイム音を鳴らした。

子馬が子馬に見えていたのはそこまでだった。

続く数分の間に、子馬はより機械じみた動きをした。

頭部を傾けてラックに近づけ、中からいくつもの金属パーツをつまみ上げた。首を回し、真後ろに向けた。背部を覆う分厚い蓋《ふた》を開いた。その蓋の中にパーツを投入した。

極めて正確で滑らかな動作と動作の間に、毎回、数秒の静止があった。その動きは産業用マニピュレーターを連想させた。

次に頭部を地面に近づけ、表土を削り取り、また背面に投入した。蓋を閉じる。

最後に太陽電池のそばまで移動し、尻尾のように垂れていた電源コードを電池に接続してから、うずくまって動きを止めた。

息を詰めて見守っていた大夜が、ほっと肩の力を抜いて祐機を見る。

「順調？」

祐機はまだ声を出さない。近づいて、各部を念入りに点検して、ようやく、ひと息ついた。

出発があわただしすぎて不安があったが、どうやら正常に動いているようだ。

もう一度離れて、改めて目の前の光景を見つめた。

機械の子馬が、いくつかのパーツと岩屑《いわくず》を呑み込んで、ぽつんと座り込み、日向《ひなた》ぼっこをしている。

見世物と呼ぶにもしょぼくれた光景だ。モンティ・パイソンかチャップリンの喜劇あたりに出てきそうな、わびしくシュールな一場。だが祐機は知っていた。この喜劇はまだ幕が上がったばかりだということを。

振り向いて、大夜に言った。

「これをよく見とけよ」

「ん？」

「三ヵ月後には――」

そこでやめておいた。時には、説明しなくていいこともある。

じきに、子馬から金臭い匂いが漏れ始めた。祐機は大夜の腕を軽く叩く。

「さあ、監視カメラの設置、やるぞ」

「ようやく終わりか」

「何言ってる、明日からはここと港を往復だからな」

監視カメラを設置してから、二人は車で立ち去った。

その夜、相変わらず水道の止まっているシャワールームで、祐機が泡まみれになってペットボトルの水を浴びていると、大夜が顔を突っ込んできて、携帯電話を差し出した。

「カナダ、ジスレーヌちゃん！」

かけ直す、と言う間もなく防水の電話を押しつけられた。仕方なく、祐機はそれをつかんで濡れた耳元に押し当てた。

「はい？」

『ユーキ？』

「ああ。いまシャワー中なんだけど」

『えっ。……そっ、あの、ごめん！　そんなつもりじゃ』

ジスレーヌの声が軽く裏返った。もともと内気で口下手《べた》だが、それにしても極端な謝り方だ。どうしたの、と聞こうとして、祐機は自分の裸の体を見下ろした。

「いや、余計なことを気にしなくていいから」

『そう、よね。はい』

深呼吸の音が、不規則にぷつぷつと途切れる。電波状態が悪い、というより衛星回線だからだろう。祐機は耳を澄ます。ジスレーヌの声がよく聞こえない。

けほん、という小さな咳に続いて、取り繕《つくろ》った感じの事務的な声が流れ出した。

『到着、昨日だよね。もう始めた?』

「今日の昼からね」

『そう。折衝《せっしょう》はうまく行った?』

「問題なく。アポありがとう」

『タイレナの仕事よ。伝えとく』

「うん」

『それと……リバティ号も今夜着くから』

「知ってる」

『そう』

「……」

沈黙が回線を埋める。これはどういう沈黙だろう、と祐機は考える。

ジスレーヌはスポンサーであり、プロジェクトの進行を監視するマネージャーだ。それ以上の付き合いではない、と考えるべきだろう。普通ならば。

アメリカにいた間、祐機はジスレーヌ本人とほとんど会わなかった。対面したのはほんの三度ほどで、電話での会話も数回だった。それもすべて、公的なものばかりだ。

それだけ彼女の本拠地は遠かったし、異国に初めて住んだ祐機も、忙しかった。

だから、祐機には、彼女との距離感がよくつかめていない。水濃市の堤防で感じたつながりも、時がたちすぎて、思い違いだったような気がしている。

　いまだに彼女は、謎めいた存在だった。

　ジスレーヌが思い出したように言った。

『そうだ、足りないものがあったら何でも言ってね』

「そうだな。水」

『水？　真水？』

「ああ」

『どれぐらい要るの？　旅客機《737》に積める量？　それとも船が要る？』

「バケツに一杯」

『バ、え？』

　祐機は、電話を顔から離してペットボトルの水を浴びた。乾きかけていた石鹸《せっけん》の泡が流れていった。

「冗談だよ。こっちはシャワーが不便でさ。それに飲み水もまずい」

『ああ、ジョークなの……』

「今のところ不便はないよ。そっち真夜中だろ、おやすみ」

『ええ。おやすみなさい――』

「それに真水は、この先いくらでもできる」

祐機はそう言って、電話を切った。飛行機か船か、という彼女の申し出には、やはり庶民離れした何かを感じた。

しかし、通話が終わって声が途絶えた途端に、それが一万キロ離れた少女とつながっていたということを、急に意識してしまった。

祐機はしばらく、電話を見つめていた。

翌日、祐機と大夜は港へ向かった。港には、ジスレーヌの持ち船であるリバティ号が入港していた。これはUプログラム専用の、五百トンほどの中古の小型貨物船で、祐機がオークランド港で適当に見繕って、船員ごと購入した。

リバティ号から陸揚げした積荷を、二人はバンに乗せ、台地へ運んだ。一度では終わらず、その日から毎日往復することになった。

地元民とも観光客とも違う、祐機たちのそんな行動に、やがて、ある噂《うわさ》が立ち始めた。

祐機自身が嗅ぎつけたわけではない。そんなことをしている暇はなかった。祐機は毎日台地の広場に向かい、食事と睡眠の他はかかりきりになった。次第に食事すら、日本から空輸させたカップラーメンで済ませるようになった。自動車免許は持っていなかったが、時として大夜の代わりにハンドルすら握った。

そんな祐機の代わりに、大夜が噂を聞きつけてきた。彼はどんなに忙しい日でも、夕食は必ずリンのレストランでとり、最初のころは彼女を口説《くど》き、彼女のガードが意外に固いと知ってからは、他の女の子たちを口説いていた。

祐機が唯一まともにとる食事、すなわちホテルでの朝食の最中、大夜が面白そうに報告した。

「島の人間がおまえのことを、カニ使いだってよ」

「なんだって？」

「カニ使い。クラブマスター。この島の伝承だそうだ。その昔、満月の夜に深海からすごい数のカニを召喚して、族長を倒そうとした魔法使いがいたんだってさ」

「なんで俺が」

分厚いジャムつきパンをかじっていた祐機は、あることに思い当たり、憮然とした顔になる。

「……Uマシンを見られたな。そういえばちょっと前、夜中にカメラが倒されていたことがあった」

「そのうち宗教裁判にかけられっかもな」

大夜は楽しそうに笑ったが、ポテトサラダをかき込み、水を飲むと、しかめっ面になった。

「しかし泣けるほどまずいな、ここの水は」

「海水を脱塩して、消毒薬ブチこんだ代物だからな」

「野菜もまずいまずい」

「そりゃ冷凍だから。地場《じば》モノなんかとれねーし」

「働けよ島民」

「農業しようにもこの島は水がないからな。サンゴ礁《しょう》だから土質がスポンジみたいにスカスカなんだ。降ったそばから全部流れちまう」

「島のくせに魚すら獲《と》ってないんだよな、ここ。娯楽はない、メシはまずい、水もないときたら、この島の将来、相当やばくね？　誰も来ないだろ」

「そうだよ。やべーよ。っていうか、それ前提で俺ら来てるんだよ。頼むから予習しろ大夜」

「うむ、努力しよう。それよりアレだ、いっぺん住民向けに説明会でも開いたほうがいいんじゃない、Uマシンの。このままだといろいろまずいかもよ」

「説明責任《アカウンタビリティ》とかに、うるさくなさそうだと思ったんだがなあ。この島」

今度は祐機がしかめっ面になった。

しかめっ面をしただけで、そのまま数日ほっといたら、こじれてしまった。

U14を作動させてから十四日目。台地の広場で祐機一人が作業していると、町へ出ている大夜から電話がかかってきた。

『祐機、暴動だ！　ナウル人たちが今そっちへ向かったぞ！』

祐機はぎょっとし、逃げるか隠れようかと考えたが、思い直した。大夜はいつも大げさだ。いきなり殺されるようなことにはならないだろう。

待っていると、一本道を三台の車が走ってきて止まった。ぎゅう詰めに乗っていた男たちが降りてくる。彼らの前に出て、祐機は友好的に見えるよう、笑顔で手を広げた。

「こんにちは、皆さん。何か御用ですか？」

返事はなかった。男たちは、ぽかんと口を開けて、祐機の背後の景観に見入っていた。恐らく、文句を言うか抗議しに来たはずなのに、その勢いはどこかへ消し飛んでいた。

ずいぶんたってから、先頭の年配の男が言った。

「こりゃあ、一体……なんだ？」

祐機は後ろを振り返り、また前に向き直って、言った。

「Uマシンです。——Uマシンズです」

Uマシンは激増していた。

機械でできた奇妙な子馬。それらが、広場中に散らばって、ラックから部品を取り出したり、他の子馬に鼻面を押し当てたり、ぽっぽこ歩き回ったり、あるいは単に日向ぼっこをしたりしていた。まるで動物園か、牧場のようだ。

その数は、見えているだけでも五百体を超えていた。

「これは、なんだ？」

ポロシャツ姿で、鉄灰色のちぢれ毛を生やした、赤銅色《しゃくどういろ》の肌の老人が、そう繰り返した。見たことのない男だ。祐機は答える前に、聞き返した。

「合衆国シーメンタム・プロウズ社嘱託《しょくたく》のトダ・ユーキです。あなたは？」

「……わしか？　わしはミンガだ。ニボク区長のミンガだよ」

「初めまして、ミンガさん」

祐機は強引に握手した。ニボク区というのは、この広場を含む行政区の名前だ。そういえば、ナウルの大統領には挨拶したが、区長にはまだ会っていなかった。これはミスだ。ミスをリカバーするため、祐機は好意的に振る舞うことにした。

「説明していなくてすみません。あなた方にはこれからお話しするつもりでした。Uマシンは新型の土木機械です。危険なものではないので、どうぞお好きなだけ、見たり触ったりしてください」

本当は単なる土木機械ではないのだが、祐機は嘘をついた。男たちは物珍しそうな顔で子馬たちに近づき、おっかなびっくり、つついたり撫でたりした。

祐機はミンガについて歩いた。

「Uマシンの最大の特徴は、自分で増えることです」

「自分で増える？」

「はい。そこの個体を見てください。ほら、砂をすくって……背中に入れていますね。マシンの胴体には小型の電気炉が収まっています。その砂を焼結させて、骨格や外板などの金属・セラミック部品を作るんです。見てください、あっちの個体は部品を取り出していきます。取り出して……地面に置いて……あれは胴体の下部フレームパーツですね。あの上に、自分と同じ機械を組み上げていくんです」

難解な専門用語の通じる相手ではない。祐機はバンからノートパソコンを取って来て、これまでに撮り溜めた監視カメラの画像を、早送りで見せた。

初日、祐機が放置したU14は、砂をすくっては電気炉で部品を作る作業を、数十分間隔で何度も繰り返し、別のフレームを作っていった。太陽の照らない夜間は休止して、翌日の日の出とともに作業を続け、昼までには骨格を作り終えた。昼からは、部品ラックから小さな電子パーツを取り出して組み込んで行き、夕方には二体目のマシン――U15を作り終えた。

その翌日、つまり三日目の朝から、U14とU15は、それぞれ一体ずつのマシンを組み立てていき、五日目の昼にU16とU17を完成させた。すぐに四体は同じサイクルを開始し、七日目の夕方にはU18、U19、U20、U21を作り上げた。

そんな調子で、子馬たちはおよそ一日半に一体ずつ、自分の複製を増やしていった。監視カメラには、同型の機械がどんどん増えていくさまが映っていた。また、画面には時おり、祐機と大夜も登場して、コマ落としでくるくると動き回った。

「Uマシンは太陽電池や、電子機器などの精密機器を作ることができません。そういったパーツは、僕たちが船で取り寄せて、毎日与えてやりました。そうしなければ、こいつらは増えることができないんです」

画面下のタイムスタンプはどんどん進み、やがて今日の日付に達した。祐機はパソコンを閉じ、たった今組み上がったばかりの子馬の所へ行って、背中を叩いた。

「たった二週間でこれだけのマシンができたのは、こういうわけです。こいつで、六百十五体目ですね。U629」

「これはどれだけ増えるんだ。そのうち島中を覆い尽くしてしまいやせんか」

「ハリウッドのパニックムービーみたいに、ですか？」

祐機はそう言うと、首を横に振った。

「そういう心配はご無用です。ちゃんと対策してありますので。——注目《アテンション》、U619からU629！」

祐機が叫ぶと、十体のマシンがさっと頭を上げた。祐機は命じた。

「灰は灰に《Ashes to ashes,》、塵は塵に《dust to dust.》。実行！」

するとマシンたちは自分の腹に首を突っ込み、もそもそと四角い箱を引っ張り出して、地面に置いた。それからゆるゆると膝を折り、頭《こうべ》を垂れた。

「この通り、命令ひとつで自分のバッテリーを抜くようになっています」

「そういう仕組みは、必ず狂うことになってるだろ。ハリウッド映画では」

ミンガが言い、周りの男たちが噴き出した。ジョークが出てくるのは、いい兆候だ。

「ごもっともです。あ、そこの人、いい物をお持ちですね」

祐機は深くうなずき、後ろのほうにいた男を指差した。男は手に持っていた鉄パイプを、さっと後ろ手に隠したが、祐機の目当てはそれだった。そばに近づいて、その男をマシンのそばまで押し出す。

「そいつを殴ってください」

「え?」

「ぶん殴って。全力で」

「いいのか?」

「ええ、ガーンとやっちゃってください。首のつけ根が弱点です」

男はためらいがちに鉄パイプを振りかぶり、マシンを殴りつけた。あまり腰の入っていない打撃だったが、グシャッとパーツが割れて、マシンは倒れた。

「この通り、Uマシンはとてつもなく弱っちいんです。なにしろ、精製もしていない岩石の粉を焼いただけですからね。万が一、安全装置が故障したとしても、直接壊してしまえばいい。ぶっちゃけ蹴っただけでも壊れます。ちょっとやってみてください」

勧められて、男たちはその辺のマシンを蹴り始めた。素焼きの花瓶か何かのように、マシンはガチャガチャと音を立てて壊れていく。調子に乗った若い連中が、とび蹴りを連発し始めたので、祐機は止めた。

「ああ、その辺にしてください！　あまり何十体も壊されると、復旧が大変ですから」

男たちが集まってきた。娯楽の少ないこの島のこと、よほど楽しかったらしくハァハァと息を荒らげて笑っている。祐機は台数を数えて、言った。

「四十五体、ですか。これが従来型の産業用ロボットだったら、百万ドルぐらいの損害になりますが――」

別のマシンが集まってきて、残骸の中から電子パーツを引っ張り出し、自分の工作に利用し始めた。

「この通り、Uマシンはリサイクルが可能なので、ほとんどロスが出ません。タダみたいなもんです」

「なるほど、あんたが何をやってるのかはよくわかった。魔法使いじゃないみたいだな。

――いや、ある意味では魔法にしか見えんが」

「僕はただの技術者《アーキテクト》ですよ」

「町でぶらぶらしているあんたの相棒は？　ナウル中の女を口説きそうな勢いだが」

「……あれはただのプレイボーイです。いろんな意味で……」

「はっは、そうか」

ミンガは快活に笑い、祐機の肩を叩いた。つられたように仲間たちも笑った。

「それで、この子馬たちは何をするんだ？　ナウルを覆い尽くすんでなければ」

ミンガの言葉にひやりとしながら、祐機は何食わぬ顔で答えた。

「まず整地をしますね。ここを。ザーッと平らに」

「平らにか」

「ええ、あなたたちが見たこともないぐらいまっ平らに」

「平らにして、どうするんだ」

「ひとまず、そこまでの契約でやっています。できるものならやってみろと言われまして。その後のことも腹案があるんですが、ここはあなた方のものですし」

「あれは出んだろうな？　なんだ、その、廃棄物やら、汚染物質やらは」

「出ません。見ての通り、ここにあるものを電気と熱で変換しているだけです。Uマシンはほぼゼロ・エミッションのシステムです」

「それならまあ……いいかもしれんな」

うなずくミンガの後ろで、仲間たちがざわざわと周りの荒地を見回していた。この景色が平地に変わるところが想像できないのだろう。祐機はやぶへビにならないよう祈りつつ、さりげなく言う。

「みなさんの大切な土地に、断りなく入ってしまって、申し訳ありません」

「あ？　いや、いっこう構わんよ。この土地に使い道があるものなら、使ってくれていい」

ナウル人が、建物の下のリン鉱石を掘り尽くすために、国会議事堂まで壊してしまったことを祐機は思い出した。そういう点では、ドライというか、現金な国民性らしい。

「僕がカニ使いではないと、わかっていただけました？」

「おや、あんた」

噂を知っていたのか、と言いたげに、ミンガがにやにや笑った。

そのときエンジン音がして、広場に何台もの自動車が入ってきた。

「おおい、何をやっている！」

先頭のジープから身を乗り出して怒鳴っているのは、誰あろうナウル共和国大統領閣下だ。おおかた、国庫に入るはずのドルを心配してやってきたのだろう。ナウルに軍隊なてものはないのだが、代わりに、腰ぎんちゃくやら取り巻きやらごろつきやら、その辺にいた人間をかき集めてきたらしい。大夜のバンも見えた。

「やれやれ、うるさいのが来た」

ミンガが仲間に向き直ってナウル語らしい言葉で呼びかけた。男たちはぞろぞろと車に乗り込み、去っていった。

入れ違いに大統領一派が車を止めた。バンから飛び降りた大夜が走ってくる。

「おい、大丈夫か。うわ、こりゃ派手にやられたな」

周囲の残骸に目をやって、眉をひそめる。祐機は首を振って答えた。

「いや、心配しなくていい。こんなもん一日で回復する」

「説明したのか？　あのこと」

「あのこと？」

大夜が顔を寄せて、ひそひそと言った。

「こいつらが、めっさんこ増えるっていうこと」

「どうだろうな……」

その通り、祐機が二番目に心配していたのは、増殖するUマシンに恐怖感を持たれることだった。Uマシンは一日半で倍の数になる。これは、もしパーツさえ供給してやれば、わずか一ヵ月で百万体を超えるほどの増殖速度だ。

「おぼろげにしかわかっていなかったみたいだけどな」

ナウル島を覆い尽くすのか、とミンガは言っていた。本人は冗談のつもりだったろう。

「そうか、ならいいが。普通の人間に、増える機械なんてものを見せたら、怖がるに決まってるからなあ」

「一番の問題はそれじゃないけどな」

「ん？」

大夜が振り向く。祐機は口の端《は》を歪めて、渋い口調で言った。

「問題なのは、連中が友好的すぎるってことだ」

「どゆ意味？」

首をかしげた大夜に、祐機は首を振って、大統領のほうを指差した。

「後でまた説明してやるよ。それより、あの連中をほっといていいのか？　なんかUマシンに腰を抜かしてるみたいだが」

「ああ、そうだった！　大統領もマシンを見るのは初めてだった。レクチャーしてやってくれよ、祐機」

「はいよ」

祐機は、軽く答えた。


Uマシンは増え続けたが、その速度は落ちていた。完成したのに稼働しないロボットの数が増えていた。祐機はその原因を調べ、記録していった。

「やっぱコピーミスが一番響いてくるな」

「なんよ、コピーミスって」

「平たく言えば完全性の低下だ。直列コピーでは必ず発生する。俺がU14を作り、U14は

U15を作り、U15はU17を作った。それぞれの代で一パーセントのミスがあったとすると、U14の完全性は九九パーセント、U15の完全性は九八・〇一パーセント、U17の完全性は九七・〇三パーセントとなる。そんな風に一世代ごとに完全性は低下していき、システムの冗長性《じょうちょうせい》によってそれをカバーしきれなくなると、その世代で故障する」

「よくわからんが、子供の子供はだんだんアホになっていくってことか」

「そんなところだ」

「人間と違うな」

「人間は成長するからな。Uマシンは成長しない。親から受け継いだボディとソフトウエアを子供へ伝えるだけだ」

「直す方法は？」

「どっかで較正《こうせい》することだな。数が少なければ、一体ずつ初代U14に検定させればいいが……」

「もうすぐ万を超えるんじゃないの？」

「超える。つまり、一体ずつ検定するなんて、無理だ。だからU14をラインから外して、検定専用のマシンを何体か作らせる。そいつらを下流へ送って、精度を配る」

「長老直属のエリート集団を作って、原理主義を布教させる、と」

「うんうん、そんな感じだ。まあどっちにしろ俺たちの仕事は減らない。コピーミス以外にもわんさか故障が発生してる。全体の歩留《ぶど》まりは八割を切ってきた。どんどん直していかないと」

「おまえのUマシンって、もっと超すごい未来ロボットじゃなかったの？」

「超すごいロボットだよ。こいつの強靭《ロバスト》さにもっと驚けよ。世の中のロボットのほとんどは、ネジ一本抜けただけでも止まるんだぞ」

「横文字ワカリマセーン」

他にも障害はあった。マシンは雨が降ると発電できなくて止まった。ぬかるみや岩の割れ目にはまると止まった。サビ、カビ、漏電、ソフトウエアのバグ、その他さまざまな理由で止まった。最終的に歩留まりは七割以下となった。

それでも、全体として、マシンは増え続けた。

二十六日目――ホテルで目を覚ました祐機は、コントローラー代わりに使っている携帯の画面を覗いて、大夜を蹴り起こした。

「起きろ。フェイズ1終了だ」

「むにゃ、何？」

「増殖し終わったってことだよ。五万体だ」

台地へ向かい、岩の上によじ登った二人は、それを実感した。

一キロ四方にわたって、機械の子馬たちがくまなく散開していた。およそ五メートルごとに一体の勘定だ。ところどころに、群れというか、ダマを作っているのは、精度検定中の集団だ。それ以外はすべて、太陽電池シートのそばにうずくまり、命令を待つ軍隊のように待機していた。

「見事なもんだなあ……」

「フェイズ2だ。行け、そして働け《Go work today.》」

『Vi!』

見事にハモったブザー音が、野面《のづら》を渡ってきた。

五万体のUマシンが整地を開始した。

整地フェイズのUマシンが使う道具は、主に三つ。馬の口にあたる部分にセットされている、細径の振動ドリルと、棒状の通電ジャッキ、それに足だ。

整地に入ったマシンは、まず周囲を画像認識して、標高の高い物体に近づき、押し倒そうとする。動きそうならば頭数を集めて倒すが、動かせない物であれば破壊する。

物体の表面から、線状の部分を識別する。線状の部分は裂け目や節理《せつり》であることが多い。そこにドリルで穴を開け、棒状の通電ジャッキを差し込む。ジャッキは電流を流すことで膨張する特殊な樹脂でできており、その膨張率はわずか数パーセントだが、膨張の圧力は一平方センチ当たり三トン以上に達する。

その力で岩を内側から剝離《はくり》させて崩す。

たちまちにして、祐機の周りでは、ドリルの回転音と、きしむような岩の剝落《はくらく》音が湧き起こった。大夜が圧倒されて声を漏らす。

「うへあ……戦争みてー。すっげぇ迫力」

「見回りするぞ。一般人がまぎれ込んでたら、えらいことになる」

「危険はないんだろ？」

「設計上はな。危険はないし、人間を発見したら停止して報告することになっている」

祐機はバックパックを背負い、大夜を促した。

「でも機械ってものは、フィールドでは決して設計通りには動かない。おまえ西な。俺は東。トラブルを見つけたら、携帯ナビで経緯度を確かめて報告。事故が起きたらこれ使え」

祐機は発炎筒を投げた。うむ、と大夜が受け取った。

二人はいくつかのトラブルを発見した。たとえば、不燃ゴミの山を岩と誤認してマシンが群がっていた。空のボトルや壊れた家電の山は、いくらドリルを利かせても崩れるだけで破壊できず、マシンが集まる一方だった。逆に、深さ四メートルほどの穴にマシンがはまり込んでいるポイントもあった。そこは斜面が風化して崩れやすくなっており、近づいたマシンが何体も落下していた。

祐機はそういったところに近づかないよう、マシンに指示した。

一方、大夜は子供たちのグループが入り込んでいるのを見つけた。台地に近づかないよう回覧を出してあったが、子供たちは逆に興味を持ってやってきた。大夜は工事現場であることを説き聞かせて、追い払った。

一回りすると、二人はすっかりへたばってしまった。ペットボトルの水をごくごく飲みながら大夜が愚痴った。

「これ、いかんわ。足場悪すぎ。普通に歩くだけでも、すごいだるい」

「だな。しょうがねえ、歩哨《ほしょう》を立てるか」

祐機は携帯を取り出し、その場で簡単なプログラムを組んで、送信した。そのコマンドは携帯電話回線からインターネットに入り、西海岸の会社にあるサーバを通ってから、ナウル島に戻ってきて、携帯電話の電波として野に放たれた。五万体のマシンが備える小さなチップがそれを受信し、解釈した。

差し渡し一キロ四方の土地の周りで、百体ほどの子馬がひょこひょこと岩の上に登り、周囲を見回し始めた。それを確かめて、祐機は携帯を閉じた。

「監視専門の個体を置いた。誰か来たらメールを打ってくる」

「おー」

大夜がパチパチと拍手をした。

十一日後までに、最初に手をつけた一平方キロの土地は、更地になった。比高《ひこう》五センチを超える物体が、ほぼすべて破壊され、均《なら》され、踏み固められた。

「いかがでしょうか」

大統領ら高官とともに広場を訪れ、祐機は成果を示した。そこは砂利敷きの駐車場を思わせる平らな地面になっていた。散らばった子馬たちが、草でも食べるように首を低く差し伸べて、わずかに残った岩石やスクラップを相手に、ドリルの音を立てていた。

大統領は目を丸くして尋ねた。

「ただの機械に、どうしてこんなことができたんだ?」

祐機はあっさりと答えた。

「周囲より標高の高いものを破壊しろ、と命じたんです」

「それだけで?」

「それだけです。何も難しいことはありませんでした」

実は途中の見回りや修理、プログラムの調整などで、十日間ほとんど寝られなかったのだが、祐機はさくっと答えた。大統領はいたく感心した顔で言った。

「素晴らしい。ところで君たちは、この土地の利用法についても腹案があると言っていたな」

「申し上げました」

「では、それを実現させてもらおうじゃないか。君たちはナウルの救世主だ」

熱烈な顔で握手されて、内心でちょっと引きながら、祐機はそれを受けた。

その日の夕方、祐機はシャワーの後でホテルのテラスに出て、デッキチェアに寝そべっていた大夜に声をかけた。

「明日と明後日は、休みな」

「マジで？」

サングラスを持ち上げて大夜が聞く。祐機は愛用の野帳を覗きながら、うなずく。

「四十日以上、ぶっ通しだったろ。形のある成果を出したから、ここで一区切りだ」

「やっほう！　――よし、そんなら飲むか」

大夜は部屋に入ると、XXXX《フォー・エックス》の缶を二つ持ってきた。北オーストラリア産のビールである。祐機はつぶやく。

「ほどほどにしとけよ」

「おまえも飲むんだよ」

「俺も⁉」

「それともずっとオレンジジュースで通す？」

祐機に一缶を押しつけて、大夜は、もう一缶のプルリングを引き、喉を鳴らして飲んだ。

「ぷはーっ！」と盛大に息を吐き出す。祐機は醒めた目で見つめる。

「CMかよ」

「ささ、祐機君も」

祐機は栓を開けると、目をつぶって一気に三分の一ほど流し込んでみた。喉が痛み、舌の根がこわばった。

「苦《にげ》ェ……」

「慣れだ、慣れ」

大夜が笑っていた。

祐機は喉が渇いていた。目の前に、赤道地帯の雄大な夕焼けが広がっていた。いろいろなことがどうでもよくなり、デッキチェアに身を預けて、一本飲んでしまった。

生まれて初めてまともにアルコールを飲んだ祐機は、体がふわふわと浮くような気分になった。彼にしては珍しく、まとまりのない連想が心に浮かんでくる。

ほんの一年前には、水濃の堤防で同じように空を見ていた。高度成長期とバブル期が終わった後の、抜け殻のような日本の片田舎で。

そして今、長い長い享楽の時代を終えて、先行きを見失って滅びかけていた島で、こうして夕焼けを見ている。

偶然ではない。わざわざそういう土地を探して、自分のキャリアの第一歩を刻んだのだ。

だが果たして、自分のしていることは、善いことなのだろうか……。

その時、かたわらのテーブルに置いた携帯が、着信音を上げた。画面を開いた祐機は、軽く眉をひそめ、それを閉じた。

大夜が聞く。

「マシン？」

「カナダだ」

「おお。なんて？」

「見に来るって」

大夜がデッキチェアに身を起こす。

「いつ？」

「来月」

祐機は反対に、デッキチェアに深々と身を預けた。

ジスレーヌがUマシンの成果を見にやってくる。嬉しいような、怖いような、複雑な気分だった。

嬉しいのはもちろん、彼女に凡庸《ぼんよう》でないところがあるからだ。祐機は才能のある人間が好きだ。――だが、彼女は友達としてではなく、スポンサーとして来るのである。そこでは祐機の事業の価値が、測られるだろう。

彼女は、どんな評価を下すだろうか。

一ヵ月後、ジスレーヌがナウル島にやってきた。

「ひさしぶり……元気だった？」

例の男女の部下の後について、自家用のボンバルディア機から降りてきた彼女は、相変わらず赤毛を三つ編みにし、地味な淡い色の夏服をまとって、はにかむような微笑を浮かべていた。タラップカーの下で待っていた祐機と大夜は、それぞれの挨拶で迎えた。

「よくぞいらせられませ、お嬢さま」

「おつかれ。水でも飲む？　まずいけど」

見比べたジスレーヌが、くすりと笑った。

「相変わらずね、二人とも」

メールや電話でのやり取りはしているが、顔を見るのは数ヵ月ぶりだ。しかも、西海岸にいた間は、多くの用事のうちのひとつ、という形であわただしくやってきて、去っていくのが常だった。こんな風に、祐機と会うことだけが目的でやってきたのは、まだ二度目でしかない。

祐機は尋ねる。

「忙しかったんだろ。こんなところまで来て、いいの？」

「いいの、大事なことだから。でも、ナウル航空は欠航が多いって聞いたから、これで」

ちらっと背後の中型ジェット機を振り返って、ジスレーヌは言った。

彼女は今、さまざまな形で三百億円あまりの資金を運用していると聞く。母親には及ばないまでも、セレブリティの部類に入る人間だ。かなわないような気がちらっとして、祐機は首を振った。

「じゃ、ホテルに行こうか。荷物あるだろ」

「いいえ、先に現場を見たい。ちょっとでもいいから、まず見せて」

「わかった」

一行が空港ビルから出ようとしたとき、近くにいた一人の男が足早にやってきた。タイレナとベイリアルがジスレーヌをかばおうとしたが、その必要はなかった。

「あ、あー。俺を雇ってもらえないか。ミス、ミス……」

それは、リンの夫のウィラードだった。タイレナと祐機に交互に目をやりながら、たどたどしく言う。

「あんた方は、台地で大きな工事をやっているね。先の長い工事なんだろう。人手が要るんじゃないかと……」

「なんのことだかわからないわ。急ぐので」

タイレナがそっけなく遮って言った。冷たいようだが、要人の付き人としては当然の態度だと言えた。

　バンに乗り込むと、ジスレーヌが言った。

「さっきの人、何ができるのか聞いてもよかったんじゃない？　どうせ現地事務所を作るんだから」

「彼なら知ってる。ウィラードという名だ」

　祐機は言った。ジスレーヌが振り向いた。

「そうなの？　何者なの？」

「何者でもない。毎日ぶらぶらしている。近くの華僑レストランの入り婿《むこ》だ」

　ジスレーヌが失望したようだったので、祐機はつけ加えた。

「ここの人間は、みんなぶらぶらしているんだ」

「……ああ」

　ジスレーヌが納得したようにうなずいた。ナウルの国情について予習してきたのだろう。

「まあ、必要があれば後で連絡はつくから」

　大夜が車を出した。車内からビル前を振り返ると、ウィラードがしょんぼりと背を丸めていた。

　道端には例によって、無気力な男たちが座り込み、ゴミが放置されていた。台地へ上ると、以前広場だった所よりもさらに一キロほど先へ進んでから、祐機は一行を降ろした。

　さて、と唇を舐《な》める。一年前の公約を、ここで果たそう。

ジスレーヌはどんな評価をしてくれるか？

「ナウル汎用湛水池《はんようたんすいち》だ」

一行の前に、広大な空のプールを思わせるくぼ地が広がっていた。

整地した更地を、三メートルほどの深さまで、傾斜をつけて掘り下げた方形の施設だ。その一方の縁《へり》は、一キロほど先の台地の端から始まっており、手前の辺りでは、今でも無数の子馬たちが取りついて工事を続けている。斜面と底は鏡のように滑らかに舗装されているように見える。

祐機は一行を斜面の近くに案内した。舗装に見えたのは融結《ゆうけつ》したガラス質で、子馬たち自体のボディと同様、岩石を加熱して生成したものだった。

「ここはスコールがよく降るけれど、地質構造がスカスカのサンゴ礁だから、今まではほとんど水を貯められなかった。これからは違う。ガラス舗装はほぼ完全な遮水性能がある。降れば降った分だけ真水を貯めることができる」

掘削現場で、一列に連なって少しずつ土をかき出している数千体の子馬たちの後ろで、別の子馬たちが列を作って、悪臭のする煙を立てている。

それが舗装担当のマシンだった。子馬たちは斜面に鼻面を押しつけ、強力なレーザー光を放ちながら一ミリまた一ミリと進み、表面の砕石をゆっくりと溶かし合わせているのだった。

「レーザーの幅は五センチで、秒速二ミリ。一日の稼働時間は十時間で、スコールがあると止まるから、稼働率は九〇パーセント。二平方キロの土地を舗装するのに、一体だけだとどれぐらいの時間がかかると思う」

「約一六九一年」

子馬たちを見つめていたジスレーヌが素早く暗算する。祐機はうなずく。

「そう。二〇二九二ヵ月」

「あなたはそれを一ヵ月でやったのね」

「ああ」

ジスレーヌは周囲を見回し、溜め池と反対側の、まだ整地すら済んでいない荒地のほうへ向かった。止めようとしたタイレナたちを制し、鉱滓《こうさい》の小山の上に登る。

その上から、ジスレーヌは島を見回した。強い風にあおられて、髪とスカートがはためいた。貿易風が吹いている。その風に乗って、水気をたっぷり含んだ濃い綿雲が頭上を通り過ぎ、強い日差しをたびたび遮った。

祐機は彼女を見上げて待った。

やがて、ジスレーヌが降りてきた。彼女は軽く上気した頬で、祐機に聞いた。

「この後は?」

「荒地の残りの岩石を、マシンの粉砕機《ミル》にかけて土壌を作る。元が肥料だから肥沃な農地になる」

「農地？　何を植えるの？」

「サゴヤシを考えてる」

「何ヤシ？」

「サゴーヤシ。ちょっと前から東南アジアで人気が出ている、湿地性のヤシの木の一種だよ。幹に大量のデンプンを蓄える性質がある。言ってみりゃ木の形をしたジャガイモだ。そのために溜め池を作った。台地全体で栽培すれば、島の食料を十分賄《まかな》える」

「ぶらぶらしてばっかりのナウルの人たちが、農業なんかやると思う？」

「彼らがやらないなら、他人がやるだろうよ。華僑がいるし、それ以外にも移民はいる。――もっとも僕は、そこまであきらめちゃいないがね。空港で会った、ウィラードのような人もいるから。この島には、ただ真水と産業だけがなかったんだ」

　ちょっと首をかしげて、祐機は肩をすくめてみせた。

「Uプロジェクト第一弾。南太平洋の小さな島を、子馬一頭で村おこし。投資の価値はあったかな？」

「私の見込んだ通りだったわ、ユーキ」

　ジスレーヌが目を細めて笑った。

その夜、ホテルのテラスで開いたささやかな歓迎パーティーの後、祐機はジスレーヌと話し合った。

「昼間に話したことは、実を言うとUマシンの本質の半分でしかない。こういった自己増殖型フォン《V》・ノイマン《N》・マシンには、もうひとつ、暗黒の側面があるんだ」

「どんな?」

「まず、暴走。マシンの増殖が止まらなくなる危険性があった。だから孤島を最初の実験場にした」

「そういえば、カリフォルニアでは、屋内の小規模な実験しか、していなかったわね」

「ここなら、万が一マシンが暴走しても、太平洋が遮ってくれるからな。それにもう一つ、人間の仕事を奪うという影響がある。あの工事を従来の技術でやったなら、きっと何百人分もの雇用が生まれただろう。でもこの島なら……」

「みんなぶらぶらしているから、誰も文句を言わない、と」

「そう」

「そこまで考えていたんだ」

デッキチェアの上で膝を抱えて、ジスレーヌが言った。テーブルを挟んだ隣のチェアで、祐機は星空を見ていた。大夜はタイレナとともに近くのテーブルに陣取り、せっかくだからと呼んできたウィラード夫妻を相手に、何やら笑いながら話している。

「でも」

ジンジャーエールを口にして息を継ぎながら、ジスレーヌが言った。

「そういう危険を冒してまで、ユーキがＶＮマシンを作るのは、なぜ？　私には、あなたがただの技術オ……技術好きだとは思えないんだけど」

「オタク《ナード》だよ、僕は。部品を与える必要のない、完全な自己増殖機械——第一種ＶＮマシンは、僕の目標だが、まあ、究極の目標、つまり、目的ではないね」

両手を広げて、天の川にかざし、祐機は言った。

「僕はただ、物作りがしたいだけ」

「それとマシンとどういう関係が？」

「君は、グローバル化、と呼ばれる潮流についてどう思う？」

「ええっと……経済の？　文化の？　それとも政治……」

「なんでもいい。とにかくその流れが、僕たちを激しい競争にさらすようになった。大小無数の檻《おり》に分かれていた世界は、すべて通路でつながれた。その結果、世界一の勢力だけが勝つようになって、地方の強者なんてものは滅亡したか、滅亡しつつある。——こんなことは君だってよく知ってるね？」

「……うん」

ジスレーヌが、ためらいがちにうなずいた。

「金融は一番影響を受けているから……」

「そう、一億人が千ドルずつ持っているよりも、千人が一億ドルずつ持っているほうが有効に投資できる。そう考えられ、そう変えられた。事実そのおかげで巨大な問題に巨大な資金がぶつけられ、解決が進んでいる分野もある。金融、科学、医学、エネルギー、環境。でも生産はそうじゃない。断じてそうじゃない」

「わからないな。生産の世界でも、集約化と効率化が進んでるんじゃないの？」

「進んでる。そして、作り手が殺されている。みんな、生産を、製品の面だけから見ている。創作意欲という面からは、誰一人見ようとしないんだ。——それが人間の一番の楽しみなのに」

　祐機は両手を握り締める。

「そう、人間には、物を作りたいという気持ちがあるんだ。うまいものを食べ、快適に暮らし、ゆっくりと眠りたいと思うのと同じぐらいに。その気持ちは効率を求めているだけでは満たされない。決して満たされない。僕が達成したいのはそれなんだ。作りたい人が、作ることのできる世界だ」

　祐機は短く息をついただけで続ける。

「Uマシンは基礎工事や基礎生産、その他の大規模単純工事に適している。改良によって工場労働のほとんどをこなせるようになるだろうし、僕はそうするつもりだ。僕はUマシンで、世界一の生産性を達成する。発展途上国の工場やら、労働者やらよりも、はるかに効率よく生産をやってのける。そして——大量生産の仕組みそのものを変えてやるんだ」

「それでは、世界中の人間を失業させてしまうんじゃないの？」

けげんそうにジスレーヌが言うと、祐機は軽く笑ってのけた。

「構わない。その世界には、マシンが作ったインフラと食料があふれているはずだから。——それと多分、避妊具も」

「避妊具は必要でしょうね。でも、なんだかSFみたいに聞こえる」

「カレル・チャペックが夢見た世界を語ってるんだろうな、僕は」

祐機はひと息つき、ビール缶を手に取った。ごくごくと飲み干して、ジスレーヌに目を向ける。

「でも、それが僕の目指すものだ。これを人に言ったのは初めてだよ」

「ダイヤには言ったんじゃないの？」

「いや、あいつはこういうの、全然わからないから」

「ううん、わかってると思うな」

ジスレーヌが笑い、静かに言った。

「じゃあ、私の話もしていいかな。人に言ったことのない」

「——ああ」

うなずいてから、祐機は思わず、聞き返してしまった。

「いいの？」

「あなたに賭けてもいいと思ったから」

深い緑の瞳が、祐機を見つめた。祐機はごくりと唾を飲んで、うなずいた。

「途中、わからないことを言ってしまったら、ごめんね。でも、さっきからユーキだって
そういうことを言ってたんだから、許してね」

断りを口にしてから、ジスレーヌは話し始めた。

‡

カエデの国の田舎町で、すすけたレンガ造りのフラットの一室に住み、まだ普通の親子
として暮らしていたころ、ジスレーヌはオービーヌによく誘われた。
「ジス、『どっさりゲーム』をやるわよ」
母はそう言って、テーブルに大量のカードを積んだ。カードには企業のシンボルマーク
と説明文が手書きされていた。たとえばこんな具合だ。
「フェニックス・コーラ」「シーメンタム・プロウズ」「グロックス」「ナルキャンディ」
「Tボンド」そして「株主資本利益率30」「負債残高50M＄」「純益3％ボーナス」「経営者

スキャンダルのリスクあり」。

「最初は私が親ね」

母はいつもそこで笑ってから、自分と娘にチップを配って、ゲームを始めた。やり方は単純だ。手持ち一万ドルから始めて、場に散らしたカードをお互いに一枚取り、チップを好きなだけ積む。すなわちそれで、株式を（あるいは確定利付証券を）買ったことになる。次にダイスを転がして手書きの表を覗き、マーケット・イベントを発生させる。

「うそお、ここで連邦準備銀行《FRB》介入⁉」

「うふふ、予測してたもんね」

「あーあ、二億ドル吹っ飛んだ……」

最後にカードごとの成長性に従って資本が増加する。増加した分は配当としてチップでもらってもいいし、テーブルから余分なカードを得るのに使ってもいい。十分な資本が貯まれば、相手のカードを強奪することもできる。

それで一ターン終了。次のカードを引く。

なぜこれが『どっさりゲーム』なのかというと、ターンが進むにつれて、二人の手元にカードとチップがどっさり貯まっていくからだ。そこで母がそんな名前をつけた。

彼女にネーミングのセンスはなかった。というより、ひとつのことを除いて何の才能もなかった。創作のセンスも料理の腕前もなく、歌も踊りも運動も社交もダメダメだった。

顔とボディはジスレーヌが見てもまああだけど、化粧とお洒落は壊滅状態だった。

ただひとつの才能――それは、成長性がわかるということだった。

『どっさりゲーム』のカードには、成長性の数字が書いていなかった。必要なかったからだ。カードを見ただけで、オービーヌにはそれが年に何パーセント成長するかわかった。

そして、ジスレーヌにもその力はあった。

だから二人の間ではこのゲームが成立したのだ。

二人が読めるのは会社についてだけではなかった。たとえば「Tボンド」は三十年償還米財務省証券を指したが、その利率がどう変わっていくのかがわかった。貴金属、エネルギー、農産物などの商品先物の先行きも見えたし、赤ペンで派手に縁取った「米ドル」「カナダドル」「円」「元」「ユーロ」等、各国通貨のレートも見えた（米ドルカードをゲットすると、すべての取引に二五パーセントのプレミアムが付く！　――ただしマーケットで「戦争」が起きなければ）。

そして二人がその力を発揮できるのは、ゲームの中だけに限らなかった。

牛乳を見れば、いつ腐るかわかった。

川を見れば、いつ洪水になるかわかった。

自分たちの住むこの星が、徐々になんとなく、窮屈に、息苦しくなっていくのがわかった。――さすがにこれはモノが大きすぎて、一体どういう意味での「成長」を感じ取っているのか、自分たちでもわからなかったけれど。

とにかく、二人には才能があった。オービーヌは昼の間、その才能を使って働いていた。幼いジスレーヌは彼女がどんな仕事をしているのか知らなかったが、存分に楽しんでいるのは知っていた。体の線の出ないダボワンピを着て、カンバス地のぼてっとしたトートバッグを提《さ》げて歩く、ダサくてどん臭い女だったが、その時だけは別人だった。

「来た、来た、来たわよジス」

いい「カード」を手にした母からはオーラが出た。オーラとは眼光、紅潮、戦慄《せんりつ》、体臭、そういった要素の混ざり合った、いわく言いがたい存在感のようなものだ。姿勢が伸び、肌がぴんと張りさえした。その姿は美しかった。けれども同時に恐ろしかった。

「ジス、あの学校でいいお勉強はできないわ。こっちにしましょう」

時として母は、ジスレーヌにとって大切なことを、いともあっさりと独断で変更した。理由はもちろん、成長性、およびそれをもとに予測されるさまざまな結果に不満があるから、だった。

「ジス、その靴はだめ。すぐ底が剝がれちゃうわ」

「ジス、このフレークがいいわ、発癌《はつがん》性が低いから」

成長性がわかるというのは、ある意味で、予知ができるのに近かった。オービーヌは娘の前では実にあっけらかんとその力を行使した。あまりにも無造作すぎて、次第に無神経に思えるようになってきた。

「ジス、あっちの犬のほうが長生きよ。その子は再来年に」

ペットショップでそう言われたとき、初めてジスレーヌは抗議した。

「そんなこと、わざわざ言わないでよ！」

母はびっくりして目を丸くし、そのあと落ち込んでいた。なぜ娘に怒られたのかわからないようだった。夜にジスレーヌのベッドへ来て、これからはあまり構わないようにするから、と謝った。

それでも彼女は、何が悪いのか、本当の意味ではわかっていなかった。

それがはっきりしたのは、ジスレーヌが初めて恋をしたときだった。十四歳、ジュニアハイスクールの年上の男の子。乗馬クラブに入っていて、州の弁論大会で二位になった。

その彼が、母に似てさっぱり冴えない容姿だったジスレーヌを、同級生のパーティーに誘ってくれたのだ。エスコートされていた二時間、ジスレーヌは足元がカーペットなのか池の水なのかもわからないほど舞い上がっていた。

彼に送られて家に帰ったジスレーヌに、母が宣告した。

「彼はだめよ」

「……どうして？」

素晴らしかった時間のことを話そうとしていたジスレーヌは、出鼻をくじかれて、戸惑った。オービーヌの態度は考えられないものだった。何度か問い返して、ようやく交際を禁じられているのだと理解すると、初めて怒りがこみ上げてきた。

「どうしてそんなこと言うの？　彼のことなんか、何も知らないくせに！」

「――わかるもの」

緊張に顔を青ざめさせ、握り締めた拳《こぶし》をぶるぶると震わせながら、母はジスレーヌの前に立ちはだかった。オービーヌはもともと説教をするだけの威厳がなく、そうまでして何かを告げようとしたことは初めてだった。

「彼はじきに挫折して、みじめな人生を送るわ」

ジスレーヌは手近にあったクッションや雑誌を、たて続けに彼女に投げつけてから、自室に駆け込んで大泣きした。母が思いつめた声でどこかに電話しているのが聞こえた。

翌日、彼にさよならを告げられた。ジスレーヌは驚き、落ち込み、それでも無理に笑って受け入れようとした（怒って問い詰めるなんて無理だった！）。すると彼は、ジスレーヌがかわいそうになったのか、こんなことを打ち明けてくれた。

「口止めされてたけど、こっそり教えるよ。パパが昇進して、職場を移ることになったんだ」

「引っ越すの？　どこへ？」

「……ロンドン」

大西洋の向こう。

彼の表情は実に複雑だった。別れの寂しさとは反対の気分も多分に混じっているように見えた。もともとジスレーヌのほうが、一人で入れ込んでいただけなのかもしれない。

しょんぼりとうちに帰ると、母がキッチンのテーブルで書類の束に目を通しながら言った。

「まさか、大西洋の向こうまで追いかけて行ったりしないわよね」

彼女がそれを仕組んだと理解するまで、しばらく時間がかかった。

なぜそんなことをしたのかは、わかっていた。だが、どうやってやったのか？　オービーヌに対する怒りとともに、その当然の疑問が、湧き起こった。

それを調べ始めたジスレーヌは――自分が、いかに奇妙で稀有《けう》な才能の母を持っていたのかを知ったのである。

世界第四位の女富豪！（この時点では、まだ）。

娘の恋人とその家族を、納得ずくで遠ざけることなど、朝飯前だったろう。どんな手だって使えたはずだ。

ジスレーヌは、母が富豪だったという事実を、どう受け止めたらいいのか、かなり長い間わからなかった。娘の前では本当に普通の、間の抜けた母親だったのだ。知ってからは、母を避けることしかできなかった。

しかし、母のことがわからなくなるのとは逆に、自分の能力については、驚くほどのスピードで理解していった。母の実績が、すべてを教えてくれていた。この力は、こう使うことができるのだ。あのカードゲームには、そういう意味があったのだ。

オービーヌの存在に、徐々に圧迫感を覚え始めていたジスレーヌにとって、この自覚は天の助けとなった。

三ヵ月後、ジスレーヌは家を出た。母は最初、あの手この手で引き止めようとしたが、ジスレーヌが聞かないとわかると、餞別《せんべつ》だと言ってひとつの口座と二人の部下を押しつけた。

ジスレーヌはフラットから道路に出ると、一度だけ通帳を覗いた。思った通り、数えるのも面倒なほどのゼロが並んでいた。それを閉じ、二つに裂いて側溝に捨てた。

二人の部下も捨てたかったが、ジスレーヌの身を守り、暮らしを手伝うよう命じられていると言って、離れなかった。その部下にしても、一文無しのジスレーヌがこれからどうするつもりなのかがよくわからず、困惑しているようだった。

目顔で尋ねる彼らの前で、ジスレーヌは通りの端に立って、半時間ほど通行人を眺めた。

やがて一人の中年男が通った。

知らない人に話しかけるのは苦手だったが、勇気をふるい起こして声をかけた。

「こ、こんにちは、おじさん。ちょっとお話ししていいですか」

「俺かい？」

自分を指差して戸惑ったような顔をする男に、ジスレーヌはうなずいてみせた。

「あなたは何か事業をやっていませんか」

「事業？　やあ、事業なんてもんじゃないが、小さなサンドイッチバーをやってるよ。それがどうしたんだい？」

ジスレーヌは、精一杯努力して、にっこりと魅力的な笑顔を作った。

「は、働かせてください。あなたのお店は人手が足りないはずです。――でなければ、来週にも足りなくなると思います」

ジスレーヌを雇った四日後、「ロイクのサンドイッチバー」は、有名なグルメの評論家に全カナダ放送で紹介され、たちまち大人気となった。

三ヵ月後、ジスレーヌはその店をやめた。新店舗の開店準備で忙しい店主に、給金を倍にするから残ってくれと頼まれたが、丁重に断った。

「だいじょうぶよ、おじさん。私がいなくてもお店は繁盛するから」

ジスレーヌには、今後二十年でこの店が全カナダにフランチャイズチェーンを展開することがわかっていた。

町へ出たジスレーヌの懐《ふところ》には、三ヵ月分の給金から貯めた一千ドルがあった。捨てた通帳にあった金額と比べれば微々たる額だが、母に頼らず得た金だ。それが大事だった。

ずっとついてきた二人の部下の片方が尋ねた。

「それで、これからどちらへ？」

「証券会社へ。このお金を増やすわ。ひとつだけ問題があるのだけど……」

「どんな問題ですか」

「私は若すぎて、まだ口座を作れない。あなたに頼んでいい？　ええと――」

名前を呼ぼうとして、まだ知らないことに気づいた。住みこみで働いていたこの三ヵ月、慣れない仕事をこなすのに精いっぱいで、彼女らのことにまで気が回らなかった。

自分の服がいつの間にか洗濯してあったり、買い出し中にナンパしてきた若い男が急に逃げ出したり、店の裏のゴミ箱で起きた小火（※ぼや）が誰かに消火されていたりといったことがたくさんあったのに、ジスレーヌは何も知らなかった。多分それをやってくれたはずの二人が、どこで寝起きして、どうやって自分を見守って、どんな気持ちでいたのかを。

気恥ずかしい思いで、ジスレーヌは尋ねた。

「……名前を教えてもらっていい？」

女の部下は顔をほころばせて、自分と、隣で黙って休めの姿勢をしている男を示した。

「タイレナです。彼はベイリアル。やっと聞いてくださいましたね」

「タイレナとベイリアルね。今まで私、その……何も」

「いいんですよ、いいんです。とてもやり甲斐のある三ヵ月でした。それで、頼みとは？」

聞かれたジスレーヌは、改めて顔を上げ、決意を告げた。

「タイレナ、口座を貸して。代わりにこれからは、私がお給料を払う」

「あなたがそう言ってくださるのを待っていました。でも、私たちは高いですからね」

ジスレーヌが差し出した封筒を、タイレナはうやうやしく受け取った。


その千ドルを一億ドルまで増やすのに、三百九十五日かかった。

‡

「それで私は投資をしているの」

ジスレーヌの長い話を聞き終えた祐機は、しばらく呆然としていたが、ようやく聞き返した。

「その、ロンドンへ行っちまった彼氏を取り返すため？」

「ばか。……彼のことは、もういいの」

「じゃあ、なぜ？」

そう聞くと、ジスレーヌはテーブル越しに手を伸ばして、祐機の頬に触れた。思わず身を硬くすると、ふふっ、と彼女に笑われた。

「いま私、さっきのあなたと同じ顔をしていると思う」

「……どんな?」

「とても大げさなことを言ったときの顔」

ジスレーヌは照れくさそうに微笑むと、両手を頭上に伸ばして、ぐっと宙をつかんだ。

「私はお母さんに勝つ。一千億ドル稼いで、サスカチュワン・ハザリーを買収してやるのよ」


二十世紀末にリン鉱石が枯渇し、国家的な迷走を続けていたナウル共和国で、大規模な農地開発が行われた。それだけのことなら、世界中のメディアに取り上げられるような騒ぎにはならなかっただろう。

だが、最低でも五千万ドルの工費と三年の工期、それに多数の建設機械が必要だと見込まれるその工事が、費用・期間ともに十分の一で、しかもたった二人のオペレーターの手で完工させられたとなると、話は別だった。

その話は最初、あまりにも突拍子がないため、ゴシップやコラムとして取り上げられたが、じきに土木工学や経済の専門家の目に留まった。半信半疑の彼らによって、詳しい検証がなされた後、ようやく、注目の的になったのだった。

ナウル汎用湛水池《たんすいち》を設計・施工したのは、アメリカ在住日本人の工学技術者《アーキテクト》で、米建設大手シーメンタム・プロウズ社の非常勤研究員、トダ・ユーキとフカザワ・ダイヤ。

そして、彼らに資金を提供したのは、シーメンタム・プロウズ社の大口個人株主であり、過去十八ヵ月の収益率が一五万五千パーセントという未曾有《みぞう》のパフォーマンスを示している、カナダのＧＳファンドのファンドマネージャー、ジスレーヌ・サン＝ティエール。

彼らの名前が知れ渡ってから、工事と投資と取材の依頼が殺到するまで、半日とかからなかった。

スイス・グラウビュンデン州、ダボス市。

白銀の嶺々《みねみね》に囲まれた谷間にある、静かで美しいその町の一角。仕立てのいいダークグリーンのスーツを着込み、茶色がかった威厳のある金髪をきれいに後ろへ撫でつけた壮年の男が、早朝の街角を歩いていき、自分の小さなオフィスへ入った。

「おはようございます、ボス」

「おはよう、エンリケ」

挨拶をした男性秘書に、丁寧に返事をして、上着を脱ぐ。秘書の手でよく磨かれた木のデスクにつき、プリントアウトされた十数通のメールと、同じくプリントアウトされた十数枚のネットニュースの抜粋《ばっすい》に目を通す。熱心で、てきぱきとした動作。

ペーパーをめくるその手が、止まった。同じページを、二度読み返す。

その動作を、横手のデスクでPC画面を見ていた秘書が、目ざとく捉えた。それまでの作業を中断して、上司のスケジュール表を呼び出す。

壮年の男が、ふっとつぶやいた。

「東南アジアからの招待は、何件溜まっていたかな?」

秘書はほんの五秒ほどキーボードを叩いて、ソートしたリストを読み上げる。

「九件です。ベトナムが二件、インドネシアが三件、タイ、フィリピン、パプア・ニューギニア、東ティモールが一件ずつ」

「じゃあ、これで十件だ。できるだけ近い時期に、それぞれ二泊ずつの日程で視察の予定を組んでおくれ」

キーボードを叩く寸前、秘書は顔を上げて、笑いながら聞いた。

「十件目はどこですか?」

「ナウル共和国」

ジャクソン・〝BBB〟・グーテンベルガーは言った。

生産性と名のつくものには目がない男が、祐機たちに目をつけたのだ。

Invest-3　百億ドルより大事なこと

空調の効いた窓のない密室で、デスクについたジスレーヌが眉間にしわを寄せて、三段七列、二十一面のディスプレイを眺めている。ボウルに山盛りのサラダにフォークを突き立て、始終しゃくしゃくしゃくと咀嚼《そしゃく》し、しばしばシュガーレスドリンクを飲む。

そして五分から十分に一度、マイクのスイッチを押してつぶやきを漏らす。

「キルギスのビシケク毛織物、上がる」

この台詞《せりふ》は時と場合によって、「中国のなんとか公司《コンス》、上がる」だったり、「アルゼンチンのなんとか冷凍倉庫、下がる」だったりする。それらは会社名を指すが、別の場合には「南アフリカのランド通貨」だの、「シドニーの金《きん》」だの、「ベトナムのコーヒー」だのといった予想が告げられることもある。

ジスレーヌがそうした言葉を漏らすと、隣室のスピーカーがそれを拡声する。

『キルギスのビシケク毛織物、上がる』

そこは広々としたオフィスフロアになっていて、およそ四十人もの男女が詰めている。ジスレーヌの声が降ってくるたびに、それっとばかりに彼らは動き出す。電話をかけ、メールを打ち、ネットを通じて指示を出す。値上がりを告げられたあらゆるものを買い、値下がりを告げられたものを売る。それは株式に限らないし、国内市場で手に入るものとも限らない。ランドを買い、金《きん》を売り、コーヒー豆を買い、天然ガスを売る。

彼らは単に証券会社に連絡して株を売買するだけにとどまらず——それだけのことなら、昨日口座を開いたばかりの、そこいらへんのおばちゃんにでもできる——銀行や、機関投資家や、オンラインしていない小さな証券取引場や、場合によっては各国官庁や作物・資源メジャーにまで、直接渡りをつけて売買を行う。可能ならば、どの商品にも巨大な借入資本《レバレッジ》を効かせて、売買オプションを縦横に駆使して、最大限の利益を稼ぎ出す。

一歩間違えれば、元手の何十倍もの損害を出してしまう、綱渡りのような取引の連続だ。オフィスに入って日が浅いスタッフの中には、キーを打つ手が震えて、数字を入力できず、隣の人間に聞いて確かめている者もいる。無理もない。ハイリスクが常識のヘッジファンドの中でも、ここのやり方は飛びぬけて大胆で適当だった。

「ビ、ビシケク毛織物は、昨年倒産しかけた会社だが、本当にいいのかな」

「いいのいいの、ほら」

「あっ」

隣席のマネージャーが手を伸ばしてマウスをクリックしてしまった。取引が執行され、売買価格が表示される。一億ドル単位の数値に、スタッフが顔を青ざめさせる。

「買っちゃった、買っちゃった！」

「早いところ慣れるんだね」

マネージャーはどこ吹く風だ。彼らはスピーカーの声を全面的に信頼していた。

そんな大口取引の後にも、ジスレーヌは平然としてアスパラをしゃくしゃく食べている。動揺した様子はまるでない。何が来るかは彼女にとって明らかなのだ。

ジスレーヌは必ずしも、金融取引に詳しいわけではなかった。というより、経営学修士《MBA》を取って証券会社で実務を身につけたトレーダーに比べれば、素人同然だった。いま彼女が眺めている二十一面のディスプレイにも、金融情報など一行も表示されていない。それらの画面が映し出しているのは、世界各国の地元ニュースである。

ジスレーヌにわかるのは万物の成長性だ。報道される事件からそれがわかる。だが、それらの情報には、直接的には金融と結びついていないものも多い。情報を基にオペレーションを行うプロフェッショナルが必要だ。

隣室の男女は、そのために雇った人々である。彼らはジスレーヌにない取引ノウハウや交渉チャンネルを持っており、彼女の託宣《たくせん》のような情報を有効に生かして、利益に変えてくれるのだった。

公募した資金を元手に、ジスレーヌの指示に基づく短期の大規模なオペレーションを繰り返し、利益を得る。

現状、これがGSファンドの実態だった。

『スイスの製薬全般、下がる。今日はここまで、解散～』

午前中の三時間が過ぎると、ジスレーヌはそう告げてディスプレイを消し、眉間を指で揉《も》んだ。背後のドアをノックして、タイレナが入ってきた。

「お疲れさまです、お嬢さま」

「あら、報告?」

「いえ、お客さまです」

「GSFの? それともUMSの?」

この質問は、過渡期にあるジスレーヌの立場を表していた。

二年前まで、ジスレーヌはGSファンドの主宰者という立場だった。例の一千ドルを百倍程度まで増やして、法で定められた準備金を作った後、何十人もの資産家を募り、彼らの金を預かって資金運用を行っていた。規模の大きな取引をすることで、大きな利益を出した。

今では新規の投資家は募集していない。もっと成長性の高い、新たな事業に軸足を移しつつある。それが、戸田祐機が動かしているUMS社だ。ジスレーヌはその経営者の座に就き、徐々に注力している。

だから心情的にはUMS社のためだけに働きたい。けれどもGSファンドはまだ残っている。潰そうにも、パフォーマンスが高すぎて顧客が許してくれなかったのだ。それでまだ続けている。それにぶっちゃけ、ファンドの仕事は簡単なので、暇つぶしにもなる。

そんなわけでジスレーヌにとっては、GSFの客か、UMSの客かで、優先順位が変わってくるのだった。

タイレナは首を振って言った。

「どちらのお客さまでもありません。GAWP《ガウプ》のグーテンベルガー氏です」

「……最悪じゃない」

ジスレーヌは眉をひそめ、ただの疲れた顔から、警戒した顔になった。

「お昼が終わるまで待ってもらって」

「朝から待っていらっしゃるんです。九時五分にお着きになりました」

「もう……上にお通しして。お食事も要るわね」

ジスレーヌは折れた。

数多くの風力発電プロペラが連なる、カリフォルニア州アルタモントの丘に、ガラス張りの白く広い建物が建っている。GSファンドの本部を兼ねる、ジスレーヌの私邸である。

またそこは、二年前に設立されたUマ《U》シン・シ《M》ステムズ《S》の本社でもある。

　一般社員にも開放されている、四階の高さにある屋上植物園。その片隅の東屋《あずまや》で、ジスレーヌたちはグーテンベルガーを迎えた。

「グーテンベルガーと申します。世《G》界生産《A》に関する一《W》般協定《P》の」

「『ＧＡＷＰ協定書附属書２・生産性改善に関する執行措置』に従事していらっしゃる、民間コンサルタントの方ですね？」

　タイレナの言葉に、グーテンベルガーが軽く目を見張った。

「いやいや、お見通しですか」

「我々は何年も前から、いずれあなたがいらっしゃると思っていました」

「なぜ、私が来ると？」

「悪いことは避けられないものだから」

　横を向いていたジスレーヌがぼそっと言った。初めての発言だった。内気なジスレーヌだが、話し始めれば積極的になる。タイレナは身を引く。

　ジスレーヌが上背のあるグーテンベルガーを見上げて、片手を差し出した。

「ジスレーヌ・サン＝ティエールです。ＵＭＳの」

「よろしく、素敵なお嬢さん」

　グーテンベルガーが、にっこりと微笑んで手を握った。

「私がどういう用件で伺ったか、とっくにご存知のようですね」

「徴税官より怖い方だって聞いてるわ」

「とんでもない、それは誤解です」

「知的財産権の破壊者、とも言われているとか」

「それも誤解です」

「じゃあ一体どんなことを？」

「ＧＡＷＰは国際機関です。人類の福祉に貢献していますよ」

「んむぅ」

ジスレーヌが口を尖らせた。

タイレナがとりなすように言った。

「ランチにしましょう」

タイレナがとりなすように言った。三人は東屋の席に着く。

ウェイターが来て軽食の皿を並べる。魚とソーセージと大量のサラダ。ジスレーヌはけっこうな勢いで平らげ始めるが、グーテンベルガーは手をつけない。タイレナが聞く。

「お昼は、もう？」

「公務です。饗応《きょうおう》は受けられません」

「じゃ、お代をいただくわ。お帰りの時、受付で」

ジスレーヌが言うと、グーテンベルガーは微笑んだ。

「それなら、喜んで」

そしてゆったりと、かつ大口で、食べ始めた。

それを見てジスレーヌはいくぶん表情をゆるめる。グーテンベルガーの割り切った言動は、役人臭くなくて好感が持てた。

そう思ってしまった後で、あわててぶるぶると首を振る。そんな気持ちを抱いてはいけない。こいつは敵だ、敵。

グーテンベルガーが言った。

「UMS社のこれまでの仕事を拝見しましたよ」

「拝見というと?」

「実地で見分して参りました」

ジスレーヌはフォークを止めて、男を見つめた。グーテンベルガーは悠然と食べ続けている。

さらっと言ったが、この人は、ナウルとナスカとパソーとソルトン湖を全部見回ってきたのか。

UMSがこの二年で工事を行った各国の現場を思い出して、ジスレーヌは舌を巻いた。

「ほんのわずかな資本と装置を投入するだけで、巨大かつ広汎《こうはん》な土木工学的成果を達成された。大変、素晴らしいお仕事でした」

「それはどうも」

「Uマシンは一見、奇抜で風変わりな技術のようです。けれども一つ一つの要素技術を調べると、奇妙なところは何もない。極めて健全で堅実な発想の積み重ねでできている。気に入りました。私がもっとも理想とするタイプの応用技術です」

「お誉めにあずかって光栄です」

「いかがです。この技術を開放してみては」

「開放？」

「オープンソース化、ということですか」

タイレナの問いに、ええ、とグーテンベルガーはうなずく。

「Uマシンが取得している、アメリカを始めとする各国の特許を、無料か、それに近い低料金で開放するんです。汎用性の高い技術ですから、世界中で利用されることでしょう」

「素敵なご提案ですね」

「きっと、多くの人から賞讃され、感謝されると思いますよ」

「今よりもっと多くの人に、感謝されるということですね」

ジスレーヌは嫌味を込めてうなずいた。Uマシンは現段階でも十分に感謝されている。

「グーテンベルガーさん、それがあなたのおっしゃりたいことですか？」

「理想としてはね」

「ええ、理想ですね。人生を捧げてUマシンの開発を進めている、私たちの仲間のトダと、彼を早くから強力に応援してきた私たちが、すべてを手放さなければ為《な》しえないことですものね」

グーテンベルガーは微笑を崩さずに食事を続ける。ジスレーヌの返答は予測のうちだったのだろう。口にしたジスレーヌ自身も、ちょっと大人げなかったか、と思った。

男は言った。

「理想的な合意にたどり着けないのであれば、現実的な解決を目指すしかありませんね」

「解決も何も、問題なんかありません」

「世界には、低い生産性に苦しんでいる人々が大勢います」

食事を終え、彼はデザートに取りかかっていた。スプーンでメロンをすくいながら言う。

「問題の多くが、怠惰や無知、偏見や圧政など、彼ら自身の責任で生じていることは確かです。しかし、適切な援助の手が差し伸べられないために、最初の一歩を踏み出せない人が多いのも、また事実なのです。たとえばアフリカ大陸西部では、工業化の最初の芽生えが始まっています。しかし彼らには必要な生産手段がない。――生産機械や工場建屋《たてや》はおろか、水や電気すら足りていない。そんな彼らに向かって、まず発電所と浄水場を作ってから、紡織《ぼうしょく》やプラスチック成形を始めろというのは、人道的な要求と言えるでしょうか？順番が違っていると思いませんか？」

「論議のすり替えです。そういったことに配慮すべきなのは、私たちじゃありません」

「私たちですよ」

ジスレーヌが使ったのと同じ言葉を、グーテンベルガーは違う枠組みで使ったようだった。彼は手のひらを広げ、自分とジスレーヌを交互に指し示した。

「基礎的な生産の知識あるいは手段を、それが不足する地域や分野に投じて、世界全体の生産の底上げを図る——そんなことができるのは、生産の最先端にいる私たちだけですよ」

「そうかもしれません。だけど私たちがいるのは、私有財産制度の認められた自由の国ですね？」

「自由を支えているのは、多くの厳然たる法の存在です。そして、これはぜひとも認めていただきたいところですが、どんな国にだって税はあるのですよ。形はともかくね」

グーテンベルガーは言葉を切った。ジスレーヌも口元を引き結んで彼を見つめた。

社交辞令の時は終わりつつあるようだった。相手が鞘《さや》から剣を抜き始めている。ジスレーヌは、それに立ち向かうことにした。口調を変える。

「グーテンベルガーさん、ちょっとお話を戻しましょう」

「どこまで？」

「Uマシンについて。あなたはUマシンのある側面を無視したわ。わかっててそうしたのだと思うけれど」

「どんな側面ですか？」

「その危険性について」

ジスレーヌは一口先にデザートを食べ終えた。ナプキンで口を拭いて言葉を切り、グーテンベルガーを見つめなおす。

「Uマシンは使い方次第で強力な兵器にもなる。現に、そうさせてくれという申し出がたくさん来ています。それに対して私たちは、法的措置と技術的セキュリティの両方で守りを固めています。今のところUマシンに人殺しをさせるつもりはありません。――あなたがさっき言ったみたいに公開してしまったら、誰かがそれを使って人を殺すでしょう。それが一人なのか、百万人なのか、あなたに予想がつきますか」

　それを聞いたグーテンベルガーは、まるで動じず、穏やかに切り返した。

「技術は常に模倣されます。互換的《コモディティ》な技術は特にそうであり、Uマシンはコモディティな技術の集大成です。それを秘匿《ひとく》しようとする努力は無意味ですよ。賭けてもよろしいですが、今この瞬間にも、ペンタゴンの一室、あるいはパキスタン国境やトルコの山中で、Uマシンの徹底的な調査と複製が行われていると思いますね。遅かれ早かれコピーが出てくる。私たちが手を打たねば、それは争いにしか使われないかもしれません」

「それについては、私は、トダを信頼しています」

ジスレーヌは短く言った。グーテンベルガーが聞き返す。

「エンジニアが対策を打つと?」

「ええ」

「理性的な予言ではないと思いませんか?」

「理性的なやり方で、アルタモントに四階建てのビルを建てられたと思いますか?」

グーテンベルガーは息を吐き、両手を挙げた。頃合いと見たようだった。

立ち上がり、片手を差し出す。事務的にジスレーヌたちも同じことをした。握手の後、グーテンベルガーは丁重に別れの挨拶をした。

「そろそろお暇《いとま》させていただきます。けっこうなお昼でしたよ」

「有料ですから。受付で三十ドル」

「はっは、心得ましたとも。それでは――」

東屋を離れて数歩行ってから、男は振り向いて言った。

「ここへ食事に来る人間は、この先増えるでしょうな」

「……ご忠告、ありがとうございます。お帰りはあちら」

ジスレーヌはわざわざ指差してやった。グーテンベルガーは肩をすくめて去っていった。

彼の姿が見えなくなると、タイレナがジスレーヌの耳元でささやいた。

「聞きました? お嬢さま」

「わかってるわよ」

ジスレーヌは憮然としてうなずいた。あのひと言は脅しだろう。

「ＧＡＷＰの人って初めて会ったけど、ああいう態度ってどこかで見たわね……」

グーテンベルガーの、どこまでも穏やかな物腰と笑顔に隠された、異質な強い信念は、ある種の人間を連想させた。しばらく考えて、ジスレーヌはつぶやいた。

「宗教家か」

「世界生産に関する一般協定《ＧＡＷＰ》」は、世界銀行や世界食糧計画などと同じく人類の福祉に奉仕する機関である。しかし、加盟国からの分担金で運営される国連機関と違って、ＧＡＷＰの資金は、その全額が、世界経済フォーラムに加盟する民間組織や企業から拠出されている。グローバル化を推進し、世界の生産性を底上げするという明確なビジョンを掲げ、活動的な人材を数多く抱えている。

最大の特徴は、執行権というものを唱えていることだ。彼らによれば、それは国家の課税権や司法権に準ずる、多数の幸福のための権利だという。その権利によって、彼らは特許権や私有財産権の侵害を正当化している。そうした理念を掲げて、彼らは生産性を、その高い所から低い所へ移植する。

ＧＡＷＰの活動は加盟各国で立法化されており、これに反抗すると処罰される。

タイレナがわずらわしそうに言った。

「彼らの年次報告書《アニュアルレポート》によれば、彼らの活動によって、毎年五千億ドル以上の経済効果が生まれているそうですよ」

「威張ることじゃないわ。人からぶん取って人に配ってるだけなんだから。まったく嫌なのに目をつけられちゃった」

頭を振ってため息をつくと、ジスレーヌは振り向いて言った。

「出かけるわ」

タイレナが含み笑いのような顔になった。ジスレーヌがああいう人物と会った後で、どこへ出かけようとするのか、彼女はよく知っていた。

「ロサンゼルス《LA》ですね？」

「ソルトン湖の工事はもう峠を越えたでしょ」

「そうでした。今はウズ――ウジ――」

「ウズベキスタンよ！」

そう言って東の空を指差してから、やや迷って、ジスレーヌは振り向いた。

「東だっけ。それとも西？」

経度にしてちょうど一八〇度離れた、中央アジアのウズベキスタン共和国、大河アムダリア川沿いのポンプ小屋に、戸田祐機と深沢大夜は閉じこもっていた。

「なあ祐機」

「なんだ」

「あとどれぐらいかかるかな」

「部品の文字が、全部キリル文字だからな」

「難しいってわけだ」

「ほとんど勘だな」

「もうちょーっとだけ、急いでもらえんかなあ」

「ちょっとか」

「おう。ちょっとだけでいいから——ほんとに——具体的に言うと今すぐ！」

「そいつは難しいな」

二人の会話を、ウズベク語の怒声と、ガンガンという騒音がかき消した。

コンクリートのポンプ小屋の周囲に、死神の大鎌のような麦刈り鎌や鉄パイプを持った髭もじゃの男たちが集まって、鉄扉《てっぴ》を激しく叩いているのだった。

「それにしてもあいつら、なんでこんなに怒ってるんだ」

祐機はとんでもなく旧式な自動車電話にかがみ込んで、それを携帯用の工具で修理している。その電話で助けを呼ぶつもりだ。手持ちの携帯は電波が届かない。

「そりゃあ、俺が悪いからな」

肩で扉を支えながら、大夜が言った。

「何やったんだ」

「見えなかった？　ダッシュボードに顔が届かなかったかな」

「うるせえよそこまで小さくねえよ」

「さっき、アヒル轢《ひ》いたんだよ」

「ちゃんと避《よ》けろよ！」

「ベンツだから大丈夫だと思ったんだ」

「ベンツでもカローラでもアヒル轢けば死ぬだろうが！」

「でもこっちの人は、ベンツだと凄い勢いで避けるじゃんか」

「きっと昔は共産党幹部の車だったんだろうな」

その中古ベンツは、さっき取り囲まれそうになった時に外に乗り捨ててきたから、今ごろは暴徒の手でスクラップにされてしまっただろう。いや、よそへ持っていかれてしまったかもしれない。

そんなことを祐機が考えていると、金髪の若い女が半泣きで肩に取りすがってきた。

「ねえ、まだなの？　まだ直らないの？　本当に直るの？　私たち助かるの？　ねえ、ねえってば！」

二人とともに小屋に逃げ込んだ、ウズベク語の通訳嬢である。この国で仕事を始めるときに首都で雇ったのだ。モスクワ大を出たという触れ込みの、英語ペラペラの美女なのだが、今は化粧が崩れて大変な顔になっている。人間こういうときに素が出るなあと、妙に冷静に考えながら、祐機は言ってみた。

「ちょっと外の連中に声かけてよ。アヒルは弁償するって」

「弁償?」

取り乱していた通訳が、仕事を与えられたためか、いくらか正気を取り戻した。扉越しに声をかけて問答する。

やがて祐機に向かって言った。

「アヒルはいい、仕事をよこせって言ってます」

「ああ……」

「それじゃあ……」

「どうしようもないな」

祐機と大夜は顔を見合わせ、結論づけた。通訳が再び叫んだ。

「どうしようもないって、なんとかしてください!」

「でも俺たちが悪いからね」

祐機は超然と言った。

その時、手元で自動車電話がピッと音を立てた。祐機はドライバーを当てたまま、よし、とつぶやく。

「直った。君、これ持って」

「え？　あ、はい」

むき出しの基板の接点を片手で押さえたまま、片手で受話器を通訳に押しつけた。受け取った通訳が聞き返す。

「どこにかけましょうか？」

「警察か軍隊」

「知りません」

「じゃあ番号案内」

「何ですって？」

「ウズベキスタンには番号案内、ないの？」

「聞いたことも……」

「勘弁してくれ、途上国」

祐機は天を仰いだ。

すると大夜が、「ちょいちょい」と言って通訳の手から受話器を取った。どこかの番号をプッシュする。そのまま顔と肩で挟んで、ドアを支えに戻った。

「ああ、もしもし？　元気？　うん、おれー、今ちょっと困ってるんだけどさ。助けてもらえたら嬉しいなって……ああ、そう？　そうなんだ。そりゃあ助かる。じゃ、うん……よろしくー」

能天気に会話して、切った。

祐機は妙な顔で彼を見る。

「どこだよ今の」

「ジス」

「はあ？」

「ジスの携帯にかけた」

「おまえ、頭大丈夫か？　あの子、サンフランシスコだぞ？」

「でも、助けてくれるってよ」

大夜の語尾に、何やら重々しい轟音《ごうおん》がかぶさり始めた。扉の外で叫び声が上がる。じきに人の気配がしなくなったので、三人はポンプ小屋の外へ出た。あれだけいた暴徒は逃げ散ってしまっていた。そばの綿花畑に強風を叩きつけて、まがまがしい機関砲を備えた濃緑色の軍用ヘリが降下してくる。通訳が腰を抜かして座り込んだ。

大夜が喜んで叫ぶ。

「おー、ハインドだ。これいっぺん乗ってみたかったんだよな」

祐機は唖然とした。

「なんだこりゃ。いつの間に来たんだ？」

「なんでもいいじゃん。おーい」

機体の腹にある窓の中で、赤毛の若い女が手を振っていた。


ウズベキスタン共和国。旧ソ連から独立した中央アジアの小国で、北をカザフスタン、南をトルクメニスタンに挟まれた二重内陸国《ダブル・ランドロックド・カントリー》。

祐機がこの国で手をつけたのは、アラル海再生プロジェクトである。

一九六〇年代まで世界四位の面積を持つ湖だったアラル海は、アムダリア・シルダリア両河川での過剰な取水により、二十世紀末にはすっかり縮小してしまった。琵琶湖八十個分におよぶ湖底が露出して砂漠化し、湖の生き物は激減した。沿岸の人々は塩混じりの砂嵐に苦しめられるようになった。

川から奪われた水は、主に上流の綿花の栽培に使われていたが、ただ土を掘っただけの掘割水路のせいで、八割以上の水が漏れていた。この漏水を、治水によって防ぐだけで、アラル海は再生すると考えられた。ただし、試算によればそれに必要な資金は百五十億ドル（一兆六千億円）に及ぶとされ、流域の小国は二の足を踏んでいた。

祐機はそこへやってきて、五億ドルでやりましょう、と言ったのである。

今、上昇するヘリコプターから見下ろすと、広大な綿花畑に網の目のように張り巡らされた水路の中に、無数の子馬たちが突っ立っているのが見えた。

水中に突っ込んだ鼻先から、まばゆい青色の光を放つ。川底の土を焼いて、即席のレンガ張りにしているのだ。レーザーは水の中でも照射可能なので、工事のために水流を止めずに済んでいる。

高度を上げていくと、個々のマシンは見分けられなくなる。縦横に走る水路が全体にわたって青く発光しているように見える。それは光で描いた地上絵のような、滑走路のような、不思議な光景だった。

施工範囲は、河口の町(今では砂漠の町だ)ムイナクから、カラクーム運河の取水口がある上流のケルキの町までの、約一千キロ。Uマシン五十万頭が流域に散らばっている。たった一頭のUマシンで工事を開始したのは、わずか二ヵ月前のことだった。

「壮観ね、ユーキ」

窓を覗く祐機の隣に、ジスレーヌが来た。水の入った軍用水筒を差し出す。喉が渇いていた祐機は、ぐびぐびとひと息に飲んだ。そして顔をしかめた。

「まずい」

「それ、ユーキが作った水よ」

「わかってる、だから言ったんだ」

Uマシンへの実装を狙っている、低圧多段フラッシュ型造水器の水の味だった。少し前、リベートとしてウズベキスタン軍に試作品をプレゼントしたのである。ジスレーヌがヘリに乗る前にもらってきたのだろう。

「こうまずいと、やっぱり逆浸透膜《しんとうまく》造水器にしたいな……でも生産性がなあ。膜の製造工程なんて、どう組み込めばいいいんだか」

「相変わらずね、ユーキは」

ジスレーヌが嬉しそうに笑っていた。祐機は口元を拳で拭って、聞いた。

「で、わざわざこっちへ来た用件は？」

「用件がないとダメ？」

「いや全然ダメじゃないけど、お互い暇じゃないだろ」

「私はけっこう暇よ。なんにもしなくても、祐機が稼いでくれるんだもの」

「よく言うよ。俺はポンプ小屋に閉じこもって、修理屋みたいなことをしているだけなのに、うちへ帰ると通帳からゼロがはみ出している。君のほうがよっぽど恐ろしいよ」

「売る物があるから儲《もう》かるのよ」

それでもこの子、いやこの女と組めたのは幸運だった、と祐機は心底思っていた。

ナウル島で大きな成果を出してから、祐機とジスレーヌの計画は飛躍的に前進した。

世界各国のメディアが二人と子馬とナウル島を紹介し、世界各国から問い合わせと依頼が舞い込んだ。それに応えるため、新たにＵＭＳ社を設立した。祐機はエグゼクティブ・

オフィサー兼テクニカル・マネージャー、すなわち副社長兼技術部長という大変な地位に出世した。大夜はそのおまけでセクレタリーとなった。もうゼネコンの下っ端ではなくなった。

とはいえ、祐機自身は仕事の内容を変えなかった。事務や法務や人事といったことは、新しくできた部下に全部押しつけた。金のことはもちろんジスレーヌに任せっぱなし。ひたすらUマシンの研究を続け、現場に持っていって動かした。

新会社の初仕事には、あの広大なナスカの地上絵の風化防止工事を選び、二ヵ月で完工させた。評判はさらに高まった。

それに続けてマレーシアの原生林で土砂流失を食い止め、ロサンゼルス近郊のソルトン湖を灌漑《かんがい》による消滅から救った。ここでの最後の工事は、先進国の人口密集地での工事であり、続々と増えていく子馬たちは注目の的となった。Uマシンが工事を終え、最後にスクラップ集積所へ集まって自己分解を始めると、〝L♡VE－PONY〟の横断幕を掲げて別れを惜しむ女の子たちまで現れた。CNNそのほかのメディアがやってきて大々的に紹介した。ゼロ・エミッションで環境を汚さない（本当は中枢部分の製造時に多少廃棄物が出る）Uマシンは、次世代主流の工事手段になるともてはやされた。祐機と会社の評判はますます高まった。

ウズベキスタン政府からお声がかかったのは、おそらくそのおかげである。

ＵＭＳ社には出資や提携、買収などの申し出が殺到した。建設、機械、電気、アグリなどの各企業が接近してきた。インテルとディズニーと二〇世紀フォックスが白紙の小切手を持ってきた。実際、祐機たちが想像もしなかった人々まで、興味を持ってくれたようだった。一度などは、ホーチミン市の路上で祐機がフォーガーというベトナム風鶏肉《とりにく》うどんを立ち食いしているときに、屋台の店員から電話を手渡された。

「ミスター・トダですか？　こちらは英国国防技術研究所《キネティック》のグラムと申します。失礼ですが今お時間は……」

祐機は、ベトナム風鶏肉うどんを食べるのに忙しいので今度にしてほしい、と丁重に断った。

後にベトナム風鶏肉うどんを食べていないときにも電話がかかってきたが、そのとき祐機はＵマシンの研究に忙しかったので、断った。うどんを食っていなくたって、やることはたくさんあるのだ。

祐機は、まずＵマシンに浄水／造水機能を持たせようと思っていた。世界の国々で今もっとも求められているのは、真水である。人間のあらゆる活動は真水に依存している。金のある国は大規模な造水施設で真水を作っているが、貧しい地域の人々は、塩混じりの清潔でない水を飲んでいる。あるいは、そもそも飲む水がない。

Ｕマシンにその機能を持たせれば、世界はさらに変わるし、それは可能なはずだった。

性能の低い浄水器を積むだけでいいのだから。Uマシンは数で性能を補える。

それに続いて祐機はさまざまな改良をもくろんでいたが、究極的な目標は、完全な自己複製の達成だった。

それ——第一種VN《フォン・ノイマン》マシンが実現すれば補給の必要がなくなり、利益率は百パーセント近くになる。

もっとも、営業的に見れば、第二種VNマシンである現在のUマシンでも、十分以上の成果が上がっていた。UMS社の営業利益はすでに五百億円以上に達している。宣伝効果や、付随的な経済効果まで含めれば、一千億円分以上の利益を出していると言えた。

自分の道楽を金に換えてくれているのは、ジスレーヌの手腕である。祐機はつぶやく。

「錬金術師《アルケミスト》の娘だけはある」

すると、ところで、とジスレーヌが口調を改めた。

「Uマシンって複製可能なの？」

「ん？　もちろん。っていうか、してる」

「自己増殖じゃなくて。コピー品を作ることは？」

「売るのか？　ライセンス生産に出す？」

面倒くさいな、と祐機は思った。Uマシンはまだまだ改良の途上にある。他人に任せられるようなものではない。もし他人にオペレートさせたら、教育や意思疎通に多くの時間を取られるだろう。それに加えて権利関係のうざったい問題も起きそうだ。

「いえ、そうでなくて」

ぱたぱたと手を振ったジスレーヌが、顔を寄せた。素朴な石鹸《せっけん》の香りがする。

「デッドコピーされる危険性を聞いてるの」

「ああ……そういうことか」

祐機は頭をかいた。髪が砂でじゃりじゃりする。

Uマシンに施してある、ソフトウエア的なアンチクラッキングや、門外不出にしている運用上のノウハウなどについての説明が、脳裏をかすめた。話せば長くなりそうだったので、肝心なところだけを祐機は口にした。

「エンテルサイト合金というものがあって」

「何合金？」

「エンテルサイト。電磁石材料」

「それはコモディティな技術じゃないの？」

「互換性があるのは原料だけだよ。エンテルサイトは多くの岩石の主要成分から分離できる。だからUマシンがそこら辺の土からいくらでも製造できるんだ。しかしそれを自在に取り扱えるのは、世界でも俺だけだ」

言ってから、ふと眉根を寄せて、訂正した。

「……俺か、うちの工場の人間だけだ」

「うちって戸田特鋼？」

ウズベキスタン兵にAK銃を貸してもらって、ガチャガチャ遊んでいた大夜が、振り向いた。そうだ、と祐機は答える。

「とにかく、Uマシンの駆動部にはこれを使ってる。Uマシンがモーターもないのに駆動できるのは、エンテルサイトのアクチュエーターを持っているからだ。万が一ゲリラや民兵がマシンを盗んでバラしても、首をひねるだけだと思うね」

「十分な技術を持った相手なら？　たとえば……合衆国の人間とか」

「さすがに、世界レベルの天才が何人か集まれば、REされちまうと思うけど」

逆行分析《リバース・エンジニアリング》は、技術盗用の基本的な手法だ。Uマシンを分解、解析して、設計思想と構造を完全に解き明かしてしまう人間が現れないとは、祐機には言い切れなかった。ハイテク製品ではそれを防ぐために、枢要部を樹脂で封入してブラックボックス化してしまうなどの手法をとるが、Uマシンは構造を簡素化するため、ブラックボックスを採用していない。

祐機は不吉な予感を覚えて、顔をしかめた。

「それほどの相手が、敵に回りそうだっていうのか」

「合衆国政府は、多分もうやってると思う。シリコンバレーのいくつかの企業と、大きな大学でも」

「その辺は想定内だ。対策も取ってある」

「どんな？」

「ソフトのソースコードの一部を地元の方言で書いた。アメリカ人には読めない」

「それって有効なの？」

「冗談だよ、昔の戦争で使われた手だ。他にも手は打ってある。話すと長くなるから省略するが、今後十年は大丈夫だ」

「じゃあ、それを信用するけど、想定内じゃない事態ってたとえばどんな事態なの？」

「難しいことを聞くな、君は」

祐機は腕組みして、考え込んだ。

「一番危ないのは、やはりソーシャルハッキングかなあ。シーメンタム・プロウズ社で一緒だった研究員なんかが買収をかけられていたら、漏洩《ろうえい》は絶対ないとは言えない」

「それは今のUMSの社員にもあてはまる問題ね。対策はとってあるけど」

逆買収制度とかか、と聞きかけて、祐機はやめた。北米人のジスレーヌはわりと平気でそういうことを口にするが、大和民族の祐機としては、あまり聞きたくなかった。

「その他には？」

「それぐらい。まあ、誰かが俺の特許を避けて、まったく別方式のフォン・ノイマン・マシンを投入してくる可能性のほうが、大きいと思う。そしてそのほうがやばい。エジソン対テスラの、直流交流戦争みたいなことになるかもな」

「その方面での脅威はもうあるの？」

「わかんね」

祐機は肩をすくめ、ヘリの座席に体を預けた。

「俺はこの方式が一番だと思ったから、これで突っ走ってきた。他の方式、たとえばドレクスラーのナノマシンみたいな、超ちっさい自己増殖機械については、正直詳しくない。そんなもんが大気中で運用可能だとは思えないけど、もし出てきたら、どう対抗していいか見当もつかないね」

「そう……」

ジスレーヌは軽く息をついて身を引いた。

祐機は聞き返す。

「なんかやばいことになってるのか」

ジスレーヌはしばらくためらっていたが、やがて言った。

「GAWP《ガウプ》のコンサルタントが接触してきたの。グーテンベルガーという男」

「……あいつが？」

祐機は顔を引き締めた。ジスレーヌが目を覗き込む。

「知ってるの？」

「言ってなかったかな。そいつはうちの実家の工場を潰した」

「……そう」

「あいつが何をしに来たって？　俺たちはもう、あいつに指導されるいわれなんかないはずだ。世界生産に貢献してる側なんだから」

「そう、だからよ。その高い生産性を、他人にも分け与えろって言いに来たの。つまり──Uマシンをよこせって」

「なんだって？」

理解するのに、少し時間がかかった。

これまで祐機にとってGAWPとは、言わば上から目線の相手だった。戸田特鋼の親会社を指導して変革したときのように、外の大義を押しつけてくる存在だった。

だが、考えてみれば、彼らが錦《にしき》の御旗《みはた》のように掲げている生産性向上の手段なるものには、当然その出所がなければならない。国際機関のGAWPといえども、何もないところから知恵やノウハウを持ち出せるわけがない。それを持っているところを見つけ出し、手に入れてきているはずだった。

自分たちは今やその「出所」に、つまり、押しつけられるのではなく奪い取られる側になったわけだ。思わず、皮肉なひと言をつぶやかずにはいられなかった。

「生産性を上げた結果がこれか！」

「聞くまでもないと思うけど、彼に協力する気はないんでしょう？」

「ないね、申し訳ないが」

にべもなく言ってから、祐機はジスレーヌに厳しい目を向けた。

「まさか君は、うんと言ったんじゃないだろうな」

「そんなわけ！　Uマシンは半分私のものでもあるのに、誰が渡すもんですか」

ジスレーヌが声を上げたので、そうだよな、と祐機はうなずいた。

だが、しばらくしてジスレーヌがやや気弱そうにつぶやいた。

「渡したくはない……それで間違ってないわよね？」

「ないない」

顔の前に手のひらを立てて、祐機はわざと軽薄に振ってみせた。

そう、とうなずいたジスレーヌだが、自分たちの正しさに自信が持てなくなったのか、
今度は別の心配を口にし始めた。

「さっきのあれはなんだったの。武器を持った人たちに囲まれていたように見えたけど」

「あれか。ありゃ地元の建設労働者さんたちだよ。仕事を返せってさ」

UMS社は一兆六千億円の仕事を、五百億円で受注してしまった。これは政府など金を
払う側にとっては、大変お買い得であったが、逆に地元作業員にしてみれば、差額の一兆

数千億円分、食いっぱぐれたわけだった。

これほどのプロジェクトともなれば、ウズベキスタン一国にとどまらず、カザフスタンやトルクメニスタンなど、中央アジア全域への波及的な経済効果があったはずである。祐機たちはそれをフイにしてしまったのだ。恨まれるのも当然である。

「川の流量が戻れば、その流域と湖で、いくらでも新しい事業を始められるって説明してるんだがな。あまり通じてない。ソ連がぶっ潰れてからもうじき二十年だっていうのに、まだ彼らは、仕事は天から降ってくるものだと思ってるんだ。ちょっとはナウル島の人間を見習ってもらいたいもんだ」

「それって、GAWPと同じ主張じゃないのかな」

痛いところを突かれて、祐機は苦い顔になった。

「公共工事で儲けてるだけの連中は嫌いだ」

ジスレーヌはなおも何か言おうとしたようだが、祐機の顔を見て口を閉ざした。祐機もなんとなく居心地が悪くなって、窓のほうに顔を背けた。

大河に太陽が反射してまばゆくきらめいていた。

その夜は、開発拠点としている西部の州都ヌクスで、政府要人による大げさな心配と丁重な謝罪、そしてレセプションと観劇があった。正直なところ、早く帰って寝たかったが、何分、祐機たちは大金持ちなので、軽々しい行動はできなかった。機嫌を損ねてはならじと向こうも必死であり、祐機たちは酒を飲まされすぎないようにするのが精一杯だった。

ホテルに帰れば帰ったで、通訳嬢が迫ってきた。

「副社長、昼間は素敵でした。あんなに大勢に囲まれたのに、うろたえずに冷静に行動なさって……」

じゃあまた、と別れようとしたときに、ちょっと相談がと言われて、バーまでつき合ってしまったのが失敗だった。一杯飲んで勢いをつけた通訳嬢が、シャツの胸元をギリギリまで開けて迫ってきた。よく見ればいつの間にか化粧も直している。念の入ったことだと、祐機は疲れた頭で感心した。

九頭身のスラブ美女の誘惑に、祐機は酔いもあってクラッとしかけた。身長は相変わらず伸びていないが、一方で財布の中身は膨れ上がっている。相手には玉の輿《こし》を狙う絶好のチャンスだと思われていることだろう。そういえば実家に家族九人がいると聞いた。

しかし、それがどうしたというのか。別に結婚しているわけでなし、一晩ぐらい何かあっても構わないではないか――。

ふらふらと胸の谷間に顔を突っ込む寸前、祐機は、ふと我に返った。頭の中で天使と悪魔が戦っていたような気がした。

体を起こし、通訳嬢の目を見つめた。

「俺より大夜のほうが立派だよ。いろんな意味で」

「そんなこと……」

「あいつもけっこう金持ちだしな。君の実家の九人家族ぐらいは養えるよ」

「あら、そうなんですか」

彼女の胸の中で、打算の天秤《てんびん》が逆に傾いたように見えたので、祐機は大夜に電話した。わけを話すと部屋からすっ飛んできて、祐機の代わりに彼女の隣に座った。

「なに、寝られないんだって？　早く呼んでくれればよかったんだ、朝までだってつき合うよ」

後を彼に任せてその場を離れたが、エレベーターのところで振り向くと、二人はもう抱き合っていた。

祐機は何か非常に落ち着かない気分になった。こういうことがあるたびに大夜に任せてきたが、どうも子供っぽいことをしている気がした。俺は潔癖症だったろうか、と胸に手を当ててみると、そうでもない、という答えがあった。それに、こだわるべき宗教も持っていない。

じゃあなんで女だけ苦手なんだ。ガキなのか。

その時ふと、祐機はジスレーヌが同じホテルに投宿していることを思い出した。

部屋に行ってノックしてから、何も口実がないことに気づいたが、引き返すより早く、護衛のベイリアルが顔を出した。祐機だとわかると、すぐにジスレーヌ本人が出てきた。シャワー後らしく赤毛をバスタオルで巻いており、コットンのぼてっとしたネグリジェ姿だった。いつも通り微妙に野暮ったく、可愛らしかった。

「なに？　ユーキ……」

けげんそうな彼女の姿を十秒ほど見つめて、祐機は思いついたことを口にした。

「君ってさ、好きな人いる？」

「え？」

軽く目を見張ってから、ジスレーヌは首を振った。

「別にいないわ。そういうの、あんまり考えないから」

「そうか。俺と一緒だ」

「それが何か……？」

祐機は目を閉じて吐息を漏らした。いつの間にか気持ちが落ち着いていた。

「いや、なんでもない。おやすみ」

「そう？　おやすみなさい」

祐機は部屋に戻ってぐっすり寝た。

翌朝起きると一番に大夜に電話して、レストランに呼び出した。祐機が朝食をとり始めて二十分もたってから、大夜がやってきて座った。

「おっは、祐機」

祐機は彼に目をやった。朝からシャワーを浴びてきたらしく髪が濡れていたが、気にならなかった。今までは微妙にもやもやした気分になったものだが。

「彼女は？」

「まだ寝てる。今日休みだろ？」

「うん。おまえさ、まじめな話、誰かとくっつく気はあんの？」

「なくは、ないよ？」

大夜がとぼけた顔で言った。何百年先だと祐機は言い返した。

ボルシチにナンを沈めて、寝起きとは思えない勢いでがつがつ食べながら、大夜は言う。

「それで何？　休みの日の朝っぱらから呼び出して」

「いや、ちょっと聞きたくて」

「何よ」

「俺、どうもジスが好きらしい」

口に入っていたナンを飲み込んでから、大夜はまじまじと祐機を見て、ごく普通の口調で言った。

「それで？」

「それでじゃねえだろう。人が思い切って打ち明けたのに」

「いや、だって、それ昔からだろ」

「……そうなのか？」

「そうだよ。ジスならおまえのクソ高い評価レベルにかなってるもん。っていうか、おまえがジス以外の誰かをちょっとでも検討したっていうなら、そのほうが驚きだわ。ああ、でも検討しちゃったんだな？　その反動で自覚したか」

「そこまでわかんの？」

「いや勘だけど。まあ当たったからいいじゃん」

またぞろ大夜の適当さにムカついたが、今は普段と立場が逆なので我慢して、祐機は続けた。

「で、どうしたらいいんだろう」

「携帯出せよ」

「なんで？」

「かけてやるから。ジスに」

「死ねよおまえ」

「俺ならそうするもん。おまえがどうしたいかだろ？」

「わかんねえ。初めてで」

大夜が、ぐっと口元に力を込めた。吹き出すのをこらえたんだな、と祐機は見当がついた。

「待て、考える」

手のひらを祐機に向けて言うと、大夜は顔を背けた。かなり長いあいだ、ぶつぶつと独り言を漏らして、何度もうなずく。たまりかねて祐機は聞いた。

「なんだよ、こっち向いて言えよ」

「思い出してるんだよ。太古、こういう場合に自分がどうやっていたかを」

「そんなに何億年も前じゃないだろ」

やがてこちらへ向き直った大夜が、重々しく言った。

「プレゼントだ」

「何が。……ああ」

「まず、個人的なプレゼントをするのがいい。タイレナに彼女の好みを聞いてみろ」

「考えたわりには芸のないアドバイスだな」

「今この場で電話してぶちまけてやろうか」

「やれば？　……ちょっ、待て、マジか」

大夜が携帯を取り出したので、祐機は身を乗り出した。乗り出してから、しまったと思った。普段なら絶対にいびられるパターンだ。

だが大夜は携帯をしまって、手を伸ばし、何をするかと思えば祐機の頭をなでた。

「俺は嬉しい」

「何がだ。ほっとけ！」

大夜が本当に嬉しそうな顔をしていたので、祐機はなんだか恐ろしくむかついた。

「あっ、ジス！」

大夜が祐機の肩越しに指差した。その手は食うかと思いつつ振り向いたら、本当に彼女だった。お付きの二人とともにエレベーターから出て、足早にやってくる。

ジスレーヌの姿を見た途端、祐機は鼓動が速まるのを感じた。動揺する。自覚って怖いな、と胸の中で一人ごちた。

ものすごく面白いおもちゃを手に入れたような顔で、大夜がジスレーヌに手を振った。

「おうい、ジス。今日も可愛いねえ、一緒にこっちで食べようぜ」

こちらに気づくと、ジスレーヌ自らが小走りにやってきた。タイレナはフロントへ向かう。

そばに来たジスレーヌが、こちらをまっすぐに見た。心を見透かされたような気がして、祐機は激しくうろたえたが、そうではなかった。ジスレーヌはこちらの様子になど頓着していなかった。そんな余裕はなかった。

そっとかがみ込んで、こわばった顔で言った。

「本社から電話があった。ＳＥＣの手入れを受けたって」

「え？」

祐機と大夜は固まる。何を言われているのかわからない。

ジスレーヌがさらに顔を近づけた。つやつやした広いおでこが目の前に来る。思春期が過ぎたせいか、最近そばかすの消えてきた白い鼻と、みずみずしい唇が迫る。

「アメリカ証券取引委員会《Securities and Exchange Commission》よ。私にインサイダー取引の容疑がかかったの！　それでＧＳファンドが強制捜査を受けた」

「それ、まずいのか？」

いかにもまずそうな話だと思ったが、つい今しがたまで浮かれモードだったため、祐機は間抜けな返事をしてしまった。ジスレーヌがじれったそうに言う。

「まずいわよ。ＧＡＷＰの差し金かもしれない」

「グーテンベルガーか！」

「そうよ、ちょっとはあわててもらえる？」

確かに祐機はあわてた。あわてたが、それは必ずしもいま知った事実のためではなかった。苛立ったジスレーヌが詰め寄ってくるのに、耐えられなくなったからだ。

「待て、ちょっと待て、ジス」

「どうしたの？　顔、真っ赤よ。風邪でも引いたの？」

「大丈夫だ、正常だ。頼むから、一フィート離れてくれ」

いぶかしげに瞬きしたジスレーヌが、こう？　と体を起こした。祐機は彼女と大夜のいないほうへ顔を向け、胸に手を当てて深呼吸した。

ったく、なんだこのうろたえぶりは。馬鹿か俺は。情けない。

十秒ほど自分で自分を責めていると、気持ちが落ち着いた。

前に向き直って言う。

「ＳＥＣというとアメリカの経済犯罪を取り締まる機関だな。容疑はなんだって、インサイダー取引？　君、そんなことをやったのか」

「やってないわよ！　やましいところは何もないわ。疑うの？」

「やってないなら、どうしてまた」

「彼らにはそう見えたんでしょうね。私は何もしていないけど、潔白も証明できないから」

「……ああ、つまり、君の取引手法は普通の人間に可能な方法じゃないから、傍《はた》から見れば犯罪としか思えないわけだな。他人が同じパフォーマンスを達成しようと思ったら、そうするしかない、と」

「そうだと思うわ」

「で、その捜査がＧＡＷＰの差し金だっていうのか」

「ＧＡＷＰは、協力しない企業や団体の弱みを見つけて、裁判沙汰《ざた》に持ち込むことがよくあるの。そこまで行かなくても、直接買収するよりは、第三者を表に立てて、自分たちはアドバイザーに徹することが多いみたい」

言われて祐機は、思い出した。戸田特鋼が、その生み出す利益ごと親会社に買収されたのは、ＧＡＷＰの助言を受けたためだった。

「ということは……本当の狙いはＵマシンだ」

「だと思う。犯罪の摘発は、多分おまけよ」

「まあそうは言っても、ジスはお尋ね者になってしまったわけだ」

「違うってば！」

ジスレーヌが抗弁したので、祐機は言い方を和らげた。

「あくまでも法的には、だよ。――負けて前科がつくの、気になる？」

「そりゃあ気になるわよ。ユーキは、ならないの？」

ジスレーヌは眉をきゅっと吊り上げて言った。実を言えば祐機は、そんな理由で着せられる汚名などたいして気にならなかったが、彼女がそういうところにモラルの基準を置くのは好ましい気がして、首を横に振った。

「いや、前科はないほうがいいね」

ふと気づくと、大夜がテーブルの中央の大皿に、朝食のナンやら果物やらをむやみと積み上げていた。取っ手を握って持ち上げようとする。

「何をしてる」

「逃げる準備」

「誰から？」

「追っ手から。ジス、逮捕されるんだろ？」

言われた祐機は彼女を見た。

「されるのか？　ここで」

「わからないわ。わからないから逃げようと思ったんだけど……」

そのとき、フロントのほうで大声が上がった。

「何を言ってるの？　これはブラックカードよ」

見ればタイレナだった。フロントの従業員にクレジットカードを差し出しているが、使えないようだ。じきにベイリアルが彼女と代わったが、同じだった。

二人はこちらへやってきて、言った。

「お嬢さま、申し訳ありません」

「どうしたの」

「カードを止められました」

それを聞いた途端、祐機と大夜は腰を浮かせた。

「ＳＥＣなのか？」

「多分。グロックスのブラックカードが止められるなんて、そうとしか考えられません」

クレジットカードを管理しているのはアメリカの信販会社だから、当局がそれを使用中止にさせるのは簡単だったろう。地球の裏も表も関係ない。用心しておくべきだった。

様子がおかしいのに気づいたのか、体格のいいセキュリティがフロントの辺りに集まって、こちらをじろじろと見つめ始めた。

祐機たちはひそひそ声で相談する。

「まさか、有り金全部、差し押さえられちまったのか？」

「ううん、大丈夫。資金は分散してあるから、ホテルを出れば手に入ると思うわ。でも、外の一億ドルの話をするより、今の千ドルの話をするべきよ」

「大夜、スム貨の現金持ってたか」

「お菓子が買える程度かなあ。それより俺と祐機のカードはだめかな。ＧＳファンドとは関係ないよね」

「試してくれる？」

大夜がフロントへ行き、やがて頭をかきながらへらへらと振り向いた。それを見ただけでだめだとわかり、祐機は激しく手招きして彼を呼び戻した。

「他に何か思いつかない？」

「伝手《つて》をたどってみよう」

政府の開発担当大臣に、困ったことがあったら頼ってこい、と言われていた。親分肌の首長が幅を利かせる地域である。アメリカの魔手から守ってくれるかもしれない。祐機は携帯を取り出した。

「頼むぞ、中央アジア長老主義」

受話器を耳に当てると、英語のアナウンスが流れ出した。

『お客様のご事情により、おつなぎできません』

「料金払ってるだろうが！」

これもアメリカのキャリアーと契約した電話だった。

「くそっ、これはまずいな」

カードも電話も止めてくるとは、敵も本気のようだ。しかも、と祐機は気づく。そのどちらも、使えばただちに足のつく道具だ。今の一連の行動で、自分たちの居場所はアメリカの当局に把握されたと見るべきだろう。

次にどういう手が打たれるのだろうか。外交ルートを通じて、ジスを引き渡すよう圧力がかけられるのか、それとも直接官憲がやってくるのか。その辺のことは祐機の知識の外だった。

その時、大夜が言った。

「ちょっと静かにしてくれる？」

「何を言ってる、こんな時に！　……あれ」

祐機が振り向くと、大夜が通じないはずの電話をかけていた。誰かとにこやかに話している。

「おまえ、何それ」

「ん？　いいっしょ」

よく見れば大夜は携帯電話を複数持っていた。彼の話しぶりからして、その目的は明らかに思えた。「ナンパ用に電話用意すんな、こいつは……」

どうやら当局は、大夜の私用電話までは探知していなかったらしい。無事通話を終えて、彼は笑顔で振り向いた。

「マーリャが払ってくれるって」

「誰？」

「誰じゃないだろう、おまえ」

大夜が怖い顔になって、祐機の頭を拳で突いた。

ほどなく、例の通訳嬢がエレベーターから出てきた。祐機はうなずく。

「ああ……なるほど」

フロントの男たちを気にしながらやってきた通訳嬢ことマーリャが、笑顔の大夜のそばに寄り添って、心配そうに聞いた。

「何がどうしたんですって？　電話じゃよくわからなかったんですけど」

「悪いね、うん、この五人分なんだけど」

「お財布が空っぽになっちゃう。あの、ほんとに後で返してもらえるんですか」

「十倍にして返すよ。な？」

マーリャの肩を抱いた大夜が、得意げに振り向いた。

この時ばかりは祐機もジスレーヌも、真剣にうなずいたものだった。


ホテルを出た祐機たちは資金を手に入れようとした。ジスレーヌはスウェーデンを始め各国に秘密口座を持っており、それにアクセスさえできればどうとでもなるはずだった。だが、ウズベキスタン国内からその資金にアクセスするためには、外国為替公認銀行なる長たらしい名前の銀行に頼るしかなく、その銀行に出向いたところ、身分証明を要求された。

すみませんやっぱりいいです、と退散するしかなかった。

「くそっ、社会主義め」

「どっちかというと、今私たちが苦労しているのは、資本主義のせいだけどね」

祐機の愚痴に、タイレナが答えた。

銀行を出たものの、使える財布がマーリャのものひとつだけという、情けない状況なので、そこらの茶店《チャイハナ》にも入れない。仕方なく、路上で突っ立ったまま相談する。このヌクスという町は、ウズベキスタンに属するカラカルパック自治共和国の首都にあたる都会だが、それでも人口二十万もない。外国人の一行は珍しいので、道行く人々がじろじろと遠慮のない視線を向ける。見世物同然の、情けないありさまだ。

銀行前の花壇に腰かけたジスレーヌが、居心地悪そうにつぶやいた。

「あわててチェックアウトしないほうがよかったかな……」

「いや、あれでよかった。居場所はなるべく秘匿《ひとく》しておくべきです」

ぼそぼそと聞き取りにくい声で言ったのは、ベイリアルである。ジスレーヌが彼に目を向けて言った。

「そんなにすぐ追っ手がかかるの？　こういう場合」

「行方がわからない、と向こうに思わせておくだけでも効果があります。アメリカ本土の捜査官の身になってみてください。ホテルに容疑者本人がいるとわかっていれば、急いで出向かなければ、という気になるでしょう」

「なるほどね」

祐機は、この謎めいたダークスーツの小男が、こんなに長々としゃべるのを初めて見た。いい機会なので、ちょっと聞いてみた。

「ベイリアル——」そう言えば下の名前も知らない。「あんたはこういうのに慣れてるの？」

　小男はちらりと祐機に目をやったが、無愛想に顔を背けた。代わりにタイレナが教えてくれた。

「彼は昔、アメリカの財務省検察部にいたことがあるのよ」

「……大統領警護官《シークレット・サービス》？　そいつは頼もしいね」

　祐機はさすがに驚いた。

　そういうことなら、安全保障に関しては任せておいていいだろうと思って、祐機は当面の問題に考えを戻そうとした。

「開発担当大臣に、なんとか連絡しよう。工事が中断して一番困るのは彼だから、力を貸してくれるはずだ。そうだ、アムダリア川の工事がある間は、保護を当てにできるはずだ。完工まではまだ数ヵ月かかる。その間に将来の計画を立て直せば……」

「立て直せる？」

　祐機はジスレーヌを見つめなおした。彼女は疲れたような顔で、頬杖をついている。

「立て直せるかな、ユーキ」

「そのつもりだが」

「ＳＥＣににらまれたままで？　西側の国の多くはアメリカと協定を結んでる。当分、というよりずっと、そういう国には入れないわ。合衆国の土は二度と踏めないだろうし、カリフォルニアの資産も社屋も、絶望的。それでも？」

物憂げにため息をついて、ジスレーヌはつぶやいた。

「なんだかなあ。……それなりに頑張って稼いだのにな。がっかりだわ。儲けちゃいけないってことなのかしら」

座っているジスレーヌの頭上で、忙しく視線が交わされた。すぐにそれは祐機に集中した。祐機は宙を見上げ、苦心して言葉を組み立てた。人を慰めるのは得意ではない。

「えーと……ジス、あのさ」

「なに？」

「さっきの続きだが、もちろん計画の立て直しは可能だ。というのは、俺たちの仕事先は西側じゃなくってても全然構わないからだ。たとえば隣の国のカザフスタンでシルダリア川の工事を提案できるだろう。中国や、アフリカでも売り込み先はある」

「そうそう、シベリアなんかもいいよね、涼しそうで。俺シベリア行ってみたいんだ。ジスは？」

「シベリアは、ちょっとな。緯度が高すぎてUマシンのための日照が足りない」

大夜がせっかく明るく言い添えた言葉を、祐機は遮ってしまった。おまえ空気読めよという顔で大夜がにらむが、祐機は気づかない。

ジスレーヌが目だけを上げて、言う。

「よかったね」

その一言に、祐機はカチンと来た。気になっている相手だが――気になっている相手だからこそ、強さと切れ味を求めてしまった。

「……何をそんなに落ち込んでるんだ？　そんなに落ち込まなくってもいいだろ？」

「落ち込んでないし」

「そんなに落ち込んでるじゃないか。財産がなくなったのがそんなにショックか」

「そんなこと私言ってないけど。私が言ったのは」

「じゃあ、なんだよ」

「私が言ったのは、私の方法が否定されたんじゃないかっていう」

「されたらどうだっていうんだ。それが好きで、それしかないんだろ。他人がどう出ようが関係は」

「ちょっと、ユーキうるさい」

「関係ない。資産を増やすのが、利殖が好きなんだろう。金額はたいしたことじゃないって言ってたじゃないか。じゃあ結果を失ったことは問題じゃないだろう。またよそでやればいい。それともやっぱり総額が大事なのか。通帳のゼロの数が。多いほうが勝ちか。君のお母さんのほうが――」

「あーあーあ、のど渇いた！　渇かない？　渇いたろ？　祐機ほら、あそこの屋台にコーラが！」

大夜が大声を上げて割って入った。祐機は無視して議論を続けようとしたが、首根っこを抱きかかえられて引き離されてしまった。仕方なく、ぶつぶつ言いながら一緒にコーラを買いに行く。

残されたジスレーヌがうつむいて、鼻をすすった。タイレナがハンカチを差し出しながら、ふとつぶやいた。

「そう言えば、不思議ですね」

「何が」

「オービーヌさまです。あの方はGAWPに目をつけられていないんでしょうか。お嬢さまより――いえ、平均より並外れて高い生産性を、示していらっしゃるわけですけども」

「知らない」

ジスレーヌがハンカチを目頭《めがしら》に当てながら、そっけなくつぶやいた。

やがて、コーラのボトルを腕で抱えて、大夜と祐機が戻ってきた。祐機はジスレーヌにボトルを差し出して、言った。

「すまない」

「何が？」

「いろいろ」

ジスレーヌは横を向いていたが、祐機がボトルを差し出したまま辛抱強く粘ったので、やがてそれを手に取った。ぐぐーっとひと息で半分ぐらい飲んで、ぷはーっと息を吐く。

「ウズベキスタンにもコーラは売ってるのね」

「売ってる。それに、サンドイッチバーはないけど、あっちでシシカバブーを売っている」

串焼き屋の屋台を指してから、祐機は言った。

「あれ、どう？　将来性」

「どれよ。――あれか。まあまあよ。これから十年の間に、のれん分けして三台に増えるわ」

「そうか。……まあ、シシカバブーのフランチャイズなんて、無理だろうからなあ」

祐機は腕組みして、頭をかいた。それから自分のコーラをぐびぐびと飲み干した。

ジスレーヌに目を戻すと、彼女はぽかんとこちらを見ていた。

「ユーキ、今の」

「なに」

「今の、もしかして、励ましか何か？」

「最初からそうだよ」

「……へったくそ」

ジスレーヌが立ち上がって空き瓶を突き出した。祐機が受け取ると、背後のコーラの屋台を指差した。

「捨てて来いって？」

「あっちの屋台は十年後、ボトラーの権利を買って、この自治区で最大の飲料チェーンを作るわ」

祐機が黙り込むと、ジスレーヌはようやく微笑を見せた。

「ええ、そうね。洋の東西を問わず、見込みのある人はどこにでもいる。ここでしばらく頑張るわ、私」

祐機はほっとして、肩の力を抜いた。

「そうだ、元気出してくれよ」

その後四ヵ月、祐機は政府の保護を受けてプロジェクトを続けた。ウズベキスタンという国は、金鉱石の採掘と綿花の輸出で外貨のほとんどを稼いでいる国なので、綿花栽培を支えるアムダリア川の治水が、国の死活を握っている。一方でアメリカとの直接的な経済取引はほとんどない。

祐機が会った開発担当大臣は、アメリカからジスレーヌの引き渡し要求が来ていることを明かして、引き延ばしてやるから気にせず仕事をしろ、と受け合ってくれた。少なくとも最初のうちは、この約束は守られた。

ジスレーヌは大臣の力を借りて国外とのチャンネルを再び手に入れ、本国の様子を慎重に探った。GSファンドの資産十数億ドルはSECに凍結され、手を出せないことがわかった。カリフォルニアのUMS社の施設と設備にも監視がついていた。インサイダー取引の容疑ならUMS社まで監視しなくてもいいはずだ。ジスレーヌにワシントンの知り合いは少なかったが、それでも同情的な政治家の一人が教えてくれた。今回の捜査は、GAWPの強い意向で決行されたそうだった。

どうやらやはり、米本土の資産と設備はあきらめなければいけないようだった。

ジスレーヌの元に残ったのは、スウェーデンや中国、ブラジルなどの銀行に預けてあった、併せて五百万ドルほどの現金と、ヌクス空港まで乗ってきた自家用機、ラ・フルール号だけのようだった。当座の使い道がないのに、旅客機並みのジェット機など持っていても仕方がないので、これは売ることにした。マーリャが通訳仲間の伝手をたどって、地元ウズベキスタンの買い手を連れてきた。この男はケンブリッジに留学した後、国へ帰ってきて、元は国営だった農機具工場を買い取ったという青年実業家で、飛行機の取引の後も、マーリャを通じてなにかと力になってくれた。

そんなわけで、ジスレーヌの動産は着替えの入ったトランク二つだけになってしまった。

本人も周りの人間もそう思っていた。実は、もうひとつ大切な財産が残っていたのだが、しばらくみんな忘れていた。

ジスレーヌはネットを介して潔白を訴え、アムダリア川工事の順調な進展を宣伝しようとしたが、反対にバッシングに遭ってしまった。潔白ならアメリカに戻って申し開きしろ、というもっともな批判を浴びせられた。それでなくても、いささか儲けすぎていた。ジスレーヌは、またちょっとへこみ、しばらく露出を控えることにした。

「『ほとぼりを冷ます』なんて、映画に出てくる犯罪者のすることだと思ってた」

「ま、おとなしくしてればみんなすぐに忘れるよ。世間なんてそんなもんだ」

落ち込んでいると、大夜が陽気に慰めてくれた。まったく彼はいつでもこうなのだ。泣いたり怒ったりもするが、まるで後を引かない。通り雨のようにパッと降ってさっと晴れる。

「ねえ、ダイヤ」

「ん？」

「どうしてそんなに前向きに生きられるの？　うらやましいわ」

「うらやましいだって？　おいおい、照れるよ。君にそんなことを言われるのは。ジスこそ前向きで周りにうらやましがられてるじゃないか」

「私が？　誰によ、みんな守銭奴《しゅせんど》だとか、女の皮をかぶった詐欺師だとか、もっとひどいいろいろなことを言ってるわ」

「なんでわざわざそんな連中の言うことを聞くの？　外野なんてほっときゃいいのさ。こっちを向いてなよ。俺や祐機や、それにほかにもいっぱいジスを好きな人間がいるんだから。な？」

大夜に親身な顔で見つめられて、ジスレーヌは少しだけ、どきっとしてしまった。どうして彼が女性に人気があるのかわかったような気がした。

一方で、こういうことにかけては、まるきり気が利かないのが祐機である。ジスレーヌが落ち込んでいるのを見ても、慣れない外国暮らしで疲れたのだろうぐらいにしか思わず、挙句《あげく》の果てには無神経なことを言って、ジスレーヌを怒らせてしまった。

「バッシングされた？　常人の十年分の稼ぎを電話一本半ぐらいで手に入れるくせに、何を言うかな。妬《ねた》まれるのは当然だろう」

「ひどい、ユーキは私が悪いって言うの？」

「悪くはないが、ヴェニスの商人の昔から、金貸しは好かれる仕事じゃないってことだよ。投資して利息だの利ザヤだのを取る君の仕事は、高利貸しみたいなもんだろう。多少の非難は甘んじて受けなきゃ」

祐機はそう言いつつ、パソコンの画面を覗いてUマシンのソフトを十行ほど書き換えた後、つけ加えた。

「まあ、むしろ相手はたいてい金持ちだから、そんなに気にすることはないが。……あれ、ジス？」

振り返ると彼女がいなかった。ちょっと首をひねっただけで、気にせず作業に没頭した。後から大夜が来て、沈痛な面持ちで首を振った。

「おまえなあ……好きならもう少しなんとかしろよ。女の子にはきれいと細い以外は、本当のことを言っちゃいかんのだぞ」

「なんのことだ？」

祐機は何を言ったか覚えていなかった。それほど上の空だったのだ。

ジスレーヌはこの扱いに怒って、翌週の資金提供をボイコットした。そのせいで祐機は首都タシュケントに出張している真っ最中に財布が空になり、水だけで一日過ごす羽目になった。

その間にも、大河の川辺で勤勉な子馬たちは増え続け、働き続けた。工事は進んだが、一方でアメリカからの圧力も段階的に強くなっていった。ある時、ウズベキスタン政府の態度が大きく変わって、警護のために居場所を毎日報告しろと言い出した。

マーリャの友人の実業家に頼んで調べてもらったところ、アメリカだけでなくイギリスからもジスレーヌの引き渡し要求が来ていた。アメリカと違って、イギリスはウズベキスタン国内の金鉱山へ出資している。政府がいつまでも要求を拒否できるとは思えなかった。

祐機は用心の必要を感じ始めた。

ジスレーヌが入国してから四ヵ月後、北半球が冬になったある日。ヌクスの下流に作られたムイナク人工湖で、祐機はコンクリート製の巨大な堤防の上に立っていた。これはUマシンが作ったものではなく、世界銀行の資金で地元建設会社が作った堤防だったが、いま、その堤防にひたひたと押し寄せている膨大な量の湖水は、間違いなく祐機がもたらしたものだった。

Uマシンによる水路改修工事が始まる前、この堤防は乾きかけの泥地《でいち》に突っ立っていた。Uマシンの工事が進むにつれて、この辺りではほんの小川のようだったアムダリア川の流れが堂々とした大河に戻り、人工湖を潤すようになったのだ。

翡翠《ひすい》色の湖水がきらめく南側とは対照的に、堤防を挟んだ北側には、三十年前までアラル海と呼ばれていた、荒れ果てた砂漠が広がっている。人工湖の形成は、アラル海再生の第一歩だった。絶滅しかかっていた動植物が、この人工湖で生きながらえているのだ。

やがて大アラル海に水が戻れば、生き物たちもそこへ帰っていくだろう。

堤防のたもとの公園で完工式典が開かれ、たくさんの住民が招かれた。黒髪で東洋系の顔立ちのような、だがよく見れば目鼻立ちがはっきりしている西洋系のような、ウズベク人たちが大勢集まった。ウズベキスタン大統領と、カザフスタン大統領と、自治区の首長が演説をしたが、人々はそわそわした様子であまり反応しなかった。

　工事完了のデモンストレーションとして、祐機が壇上に上がり、シリアルナンバーU－150000の子馬を自己分解させたときでさえも、お義理のような拍手が上がっただけだった。

　群衆の関心は別のところにあったのだ。

　楽隊の演奏とともに、並んだ水門が次々と開かれ、湖水が渦を巻きながら砂漠へ流れ出したとき、初めて人々は声を上げた。それも、とどろくような大歓声を。男は天に腕を差し伸べてアラーの名を呼び、女は何度も地に伏して祈った。何十人もの男たちが、よみがえる湖に飛び込もうとして湖岸へ走り出し、警備の軍隊に制止された。

　皆が涙を流していた。

　この放水は、アラル海すべてを再生するものではない。そんなことをしたら、ずっと小さい人工湖が干上がってしまう。あくまでも、人工湖で余剰となった水を送って、アラル海の一部だけを湿らせる程度のものだ。

　それでも、湖岸に住む人々は、まるで、渇ききった我が身に水がもたらされたかのように感じたらしかった。年配の船乗りや漁師ほど、自分が若かったころの湖の姿を思い出したのか、狂喜乱舞していた。

「うおー、すげえなあ……」

祐機たちも貴賓《きひん》席から出て、熱狂する人々を間近に見ていた。それがいけなかった。

若者の一人がこちらを見て何か叫んだ。次の瞬間には歓喜する群衆に取り囲まれていた。握手される、背中を叩かれる、抱きすくめられる、キスされる。若い女性もいく人かいたかもしれない。だが熱狂の性質上、煙草と香料臭いおっさんが圧倒的に多かった。どうも祐機が小柄でムスリム風の髭を生やしていないのが気に入られたらしく、むやみやたらと大勢に抱かれる、撫でられる、触られる。

「うおおい、勘弁してくれ！」

鳥肌を立ててもがいていると、誰かが腕をつかんで、人ごみからぐいと引っ張り出してくれた。やれ助かったと思ったとたん、横っ面を殴り飛ばされた。

「痛《い》ってぇ⁉」

よく見れば、ヘルメットをあみだにかぶって、武骨な作業服や戦闘服を着た筋骨たくましい男たちが、周囲を取り囲んでいた。

「ああ、あんたらか……お久しぶり」

いつぞや、ポンプ小屋に追い込んでくれた連中らしかった。

男たちは祐機の胸倉をつかみ上げて何やら猛烈に罵《のの》り、突き飛ばしたり吹っ飛ばしたりした。隙を見て逃げ出そうとすると、すぐさま襟首をつかんで引き倒された。作業靴の蹴りが何発も入り、重い痛みに呼吸が止まる。

——畜生、懐かしいことしやがる。

この男たちは、祐機の事業のせいで仕事を取られて怒っている。昔、祐機を殴りつけた水濃市のチンピラとは、主張もその深刻さも全然違うのだが、なぜか似通っている気がした。この野郎いい加減にしろ、と思いつつ、自分があまり怒りを覚えていないことに気づいて、祐機は驚いた。

なぜだろう。引け目など感じていないと思っていたのに。

突然、地元語の大声がかけられて、周りの人波がばらばらと動いた。男たちの間に別の男たちが突っ込んできて、揉《も》み合う。軍隊が制止に来たのかと思ったが、争っているのは民間人同士だ。さっき喜んでくれた人々のようだ。

半白の顎髭を生やした壮年の男が、祐機の腕をつかんで、ぐいっと引き起こしてくれた。塩気と砂気でぼろぼろになったターバンを巻き、洗いざらしのぞろっとしたローブを羽織った、風格のあるおっさんだ。イスラムの師《ウラマー》だろうか。おっさんは何やらとても真面目な顔で祐機の目を覗きながら、噛んで含めるような口調で語りかけ、浅黒い手で自分の胸と祐機の胸を交互に押した。それから、先ほど祐機をボッコにした連中を指差し、両手の拳を縦に重ねて、牛の乳でも搾《しぼ》るように、ギュッギュッと握ってみせた。

祐機は、彼の言いたいことがなんとなくわかって、思わず顔をほころばせた。自分が知っている唯一つのイスラムの作法——右手を額にやる、額手礼《サラーム》をしてみせた。

おっさんは立ち上がり、サラームを返すと、怒鳴りながら乱闘の中に突っ込んでいった。

「あっはっは、なんだありゃ」

祐機は痛みも忘れて笑った。

乱闘の集団は祐機から勝手に離れて行き、じきに見えなくなった。それでもまだ、周りでは人々が浮かれ騒ぎ、嬉しそうに語り合っている。どうも式典はぐだぐだになって終わったらしい。すぐ近くを、騒々しく警笛を鳴らして群衆を押しのけ、大型車の列がのろのろと走っていった。貴顕紳士のたぐいが退散したのだろう。

「祐機、どこだ！」

大夜の声が聞こえたので、祐機はジャンプしてこっちだと叫び返した。そばに来た大夜は、祐機の両肩をつかんでぐいっと裏表を確かめ、ふむ、と鼻を鳴らした。

「どこも壊れてないみたいだな」

「ばかやろう、人をオモチャみたいに言うな」

「水濃のチンピラのパンチよりは効いたろ」

「たいして変わんねえよ。それに——」

労働者連中が逃げていったほうを眺めて、祐機はつぶやいた。

「ああいう痛みを食らうのは、しょうがない」

「なんかカッコつけてない？」

「ねーよ。ところでジスは？」

「それが見てないんだな」

「おまえ、あわてろよ！　俺より女の子のほうが大事だろ⁉」

「だってあっちには、タイレナやベッさんがついてるじゃん」

「どんな呼び方だ。ジス！　ジスレーヌ！」

祐機が叫んでいると、人ごみの向こうから、副社長！　と女の声がした。そんな風に呼ぶのは通訳のマーリャしかいないが、なぜか姿を見せない。祐機たちが声を頼りに近づくと、彼女は道端のベンチにかがみ込んでいた。どういうわけかそこにはベイリアルが寝ていた。

「ベッさん、どうしたの！」

祐機たちが駆け寄ると、彼につき添っていたマーリャが泣かんばかりにして取りすがってきた。

「ダイヤ、お嬢さまが、お嬢さまが！」

タイレナを見習って、マーリャもジスレーヌのことをそう呼ぶようになっていた。祐機は彼女の肩をつかんで声をかける。

「落ち着け、ジスがどうした？」

「さらわれたの！」

「はあ？　誰に？」

「わかりません、でも黒い大きな車に乗っていったわ」

「……警察だ」

　低い声で言って、ベイリアルが身を起こそうとした。ウッ、とうめいてこめかみを押さえる。彼は五人がかりでやられたの、とマーリャが説明した。

　ベイリアルを助け起こして、祐機は尋ねた。

「警察がジスレーヌをさらったって？　確かか、ミスター・ベイリアル」

「いや、さらったんじゃない、連行していった」

「どう違うんだよ」

「つまり、正規の命令があったように見えた、ということだ。軍隊も大統領警備隊も周りにいたのに、動かなかった」

「タイレナも一緒にさらわれたのか」

「だと思うがね。私はトダを助けようと少し離れてしまったんだ。しくじった」

「俺を？　それは悪かった」

　祐機がつぶやくと、いや、とベイリアルは首を振り、自分の体のあちこちに触れて傷を確かめ始めた。

「えーと、ウズベキスタン政府がジスをさらったってこと？　大統領に気に入られちゃったんかしら」

大夜が困惑した顔で一同を見回す。馬鹿、と横からどついて、祐機は言った。

「このタイミングで、つまり俺たちの仕事が終わったところでジスレーヌを捕まえたってことは、アメリカに売るために決まってるだろうが」

しかしこんな時に来なくても、と祐機は苦々しく思った。いつか袂《たもと》を分かたねばならないとは思っていたが、もうちょっと理性的に別れたかった。乱暴なことをするものだ。

だが、嘆いていても始まらない。

「役立たずはポイってことか。シビアだねえ」

「ため息ついてる場合か、助け出すぞ。なめやがって、俺たちを放っといたことを後悔させてやる」

「できんのかよ、ジスがいないってことは、俺たち文無しよ？　助けるどころか、居場所を突き止めるのだって難しそうだけど」

「居場所はおそらくサマルカンドだ。ソ連時代の政治犯収容所がある」

ベイリアルが口を挟んだ。大夜が聞き返す。

「なんでそこだと思うの」

「式典中、そこの所長がお嬢さまの後ろに座っていた」

「よく顔を知ってたね」

「商売柄な」

「よし、場所さえわかればなんとかなる。マーリャ、例のトラクター屋の彼に連絡してくれ。ボロでもいいから車がほしい」

「トダ、ひとつ聞くが」

「ん？」

ベイリアルが、わずかにためらった後で言った。

「逃げないのか？」

「は？　なんで？」

「おまえたちにはＳＥＣの手配はかかってない」

祐機と大夜は顔を見合わせ、すぐにまたベイリアルを見た。

「だから？」

ベイリアルはまったく感情の読めない顔で祐機を見つめていたが、やがてぼそりとつぶやいた。

「……ダドソン・ベイリアルだ」

「え？」

「なんでもない。この先、私の名にミスターはつけなくていい」

「じゃあ、ダディ」

大夜がなれなれしく呼びかけたが、これは無視された。

たいして堪《こた》えた風でもなく、大夜は続ける。

「で、向こうへ行ってどうするの。三人で殴り込む？」

「いや、もうちょっと大勢でだ」

祐機は胸ポケットから携帯電話を出した。人工湖に目を向ける。

「バックドアなんか作っとくのは、仁義に反するかとも思ったんだが、やっといてよかった」

番号を打って、発信ボタンを押した。

公園やその周りに残っていた、地元の人間や兵士たちが、人工湖に目を向けて、騒ぎ始めた。指を差し、ホーッと感嘆の声を上げる。

水底から、子馬たちが続々と姿を現したのだ。

祐機はパチンと携帯を閉じて振り向いた。

「底砂の浚渫《しゅんせつ》用に、全体の一パーセントほど残しといた」

「……一万五千頭も？」

「サマルカンド近辺の水路にいるのはその一部だけどな。陽動には十分だろ？」

大夜が呆れたように肩をすくめた。

「ほとんど反則だな、これ」

「俺もそう思う」

祐機はうなずいた。


半日ほどの強制的な旅行の後、ジスレーヌは、ホテルと病院の中間のような古びた建物の、殺風景な部屋に閉じ込められた。扱いは乱暴ではなかったが、丁寧でもなかった。少なくとも、着替えや暖房器具の差し入れはなかった。そして、夜ごと急速に冷え込みつつある宿舎で、その扱いはかなり堪えた。

「ったく、アメリカへの贈り物が風邪を引いてもいいのかしら」

「アメリカ人は風邪を引かないとでも思ってるんじゃないでしょうか」

「どっちにしろ的外れよ、私たちはカナダ人なんだから」

唯一の慰めは、タイレナと同室にされたことだった。

ひとつしかない椅子に並んで座り、ベッドのシーツを二人でかぶった。何らかの行動をするには大変不便な状態だったが、そもそも何もすることがないので、問題ないと言えばなかった。

「私、やっぱりもう一度交渉してみます」

立ち上がりかけたタイレナの手を引いて、ジスレーヌは言う。

「いいわよ、このままで。くっついていればあったかいもの」

「しかし」

「今度は平手じゃ済まないかもしれないでしょ」

タイレナはためらったものの、腰を下ろした。

彼女は一度、待遇の改善を訴えて、看守の男に頰を殴られたのだった。男は別に逆上した様子でもなく、聞き分けのない子供を黙らせるように、無造作にタイレナを平手打ちした。自分たちが育ってきた男女平等の国と違って、ここではそれが普通なのだ、と思い知らされた。ジスレーヌはひそかに、次に何か訴える時は自分がやろう、と思っていた。

シーツの中でタイレナにもたれて、外に目をやる。

鉄格子の入った窓の外には、灰色の雲の垂れ込めた空と、古びた石造りの家々が谷間に並んでいる、ほこりっぽい街の景色が見えた。建物の間のあちこちに、大きなアイスクリームのような、鮮やかなトルコブルーのモスクがにょきにょきと建っている。はっきりとはわからないが、タシュケントかサマルカンドか、とにかくその辺の街なのだろうと見当がついた。

見えるものといえばその窓の景色ぐらいだった。じっと見ているうちに、ジスレーヌは突然あることに気づいた。

景色がほこりっぽいのではない——外に粉雪が舞っているのだ。道理で寒いわけだ。

ぶるっ、と身を震わせて、ジスレーヌはぼんやりと考えた。

完工式典で捕まってから、五日ほどが過ぎていた。この扱いの意味は、わかっているつもりだ。自分たちは政治的な取引の材料にされるのだ。間もなくアメリカから引き取り手が来て、連行されるのだろう。

あの国の裁判のやり方から考えて、先行きはあまり明るくない。経済犯でも、見せしめのために何十年もの禁固刑が科されることがある。腕のいい弁護士を雇わなければならないだろうが、雇ったところで無罪になる保証はないし、何年もの時間が浪費される。

悲しいというより、馬鹿馬鹿しく、やりきれない気分だった。

「はぁ……」

「お嬢さま、ため息はいけませんよ」

「希望が逃げる?」

「ええ。まだ見込みはあります。ユーキたちが頑張ってくれているはず」

「本当にそう思ってる?」

ごそごそと体を回して、大柄なタイレナが、ジスレーヌを見下ろした。「お嬢さま?」と聞いてくる。

「ユーキだったらどうするか、考えてる」

「……」

「ユーキだったら、いろいろな可能性を検討するわ。彼はとても頭がいいもの。スポンサーが消え、国家の後ろ盾《だて》もなくなった状態で、何をどうするのがもっとも自分たちの利益になるか。それはもちろん、新しいスポンサーを見つけることに決まっている」

「お嬢さま」

「Uマシンをほしがる人は数多くいる。隣のカザフスタンがシルダリア川で同じ工事を要請するかもしれないし、別の国の別の現場で需要があるかもしれない。いずれにせよ、彼とダイヤにはSECの指名手配はかかっていない。どこへでも、どうやってでも逃げられる。ユーキが逃げたら、ダイヤだってついていくはず。ベイリアルはあの時倒れていた。一体彼は生きてるのかしら？」

寒気が身に染みて、ジスレーヌはぶるぶると震え始めた。考えれば考えるほど、良くないことばかり思い浮かんだ。

と、その時――タイレナの腕が、しっかりと肩を抱きしめてくれた。

「お嬢さま……まったく、何を言ってるの、この子」

「ふぇ……？」

心細い気分で見上げると、頼れる秘書がおかしくてたまらないという風に目を細めていた。

「ものすごく頭がいいくせに、なんにもわかってない。笑ってしまうわ」

「なんのこと？」

「今あなたが言ったことは、全部間違ってるってことよ。トダは逃げない。他の現場には行かないし、他のスポンサーだって探さない。国家の後ろ盾なんかなくたって平気。そして――恐らくこの件に関しては、もっとも馬鹿な行動を取る」

「ええっ？　なんで？」

「さあ、なんででしょうね？」

ジスレーヌはわけがわからず、焦って考える。見つめるタイレナの顔に、本物の笑いが浮かび始める。

「それがわからないのは、トダに対していささか失礼ってものです」

「あの、タイレナ、本当にわからないんだけど……どうして？　どうしてあのユーキが馬鹿なことをするの？」

天井の隅を見上げたりしていたタイレナが、軽く息をついて目を戻した。

「これは黙っているべきなんでしょうけど、ま、場合が場合ですから。――あのですねお嬢さま」

タイレナが顔を寄せて、耳元でささやいた。

「へ」

ジスレーヌは目を点にした。それから驚いて否定した。

「はあ？　彼が？　ありえないでしょ、そんなこと！」

「ありえないとまで言いますか。彼だって男ですよ」

「でも彼はマシン以外に興味ないじゃない！　そんなそぶりを見せたことなんていっぺんも」

「たとえばヌクスのホテルで、いきなり部屋に来たことがありましたね」

「……」

「他にも何度かありました。私よりもお嬢さまのほうが心当たりがおありでしょうけど」

「待って、考える」

ジスレーヌはシーツの中で秘書を押し離して、できるだけ理性的に記憶を点検してみた。

数分後、眉間にしわを寄せてうなずいた。

「言われてみれば、確かにそうかも……」

「あ、やっぱりですか」

「うん……って、冗談だったの？」

「いいえ。でも本人に確かめたわけじゃありませんし」

「もう……」

「そういうわけです。だから、彼は来ます。安心して待っていましょう」

「そっか……」

うなずいてタイレナにもたれたジスレーヌは、しばらくして、また出し抜けに身を起こした。

「来たらどうしよう?」

「お好きなように」

「お好きなように、って」

「彼が本当に、今言ったような気持ちであっても、こっちが合わせる義理はないんですから」

「そりゃあそうだわ」

「ええ。知らんぷりして、もらえるものを、もらっておけばいいんです」

「そうよね」

ジスレーヌは確かめるように何度もうなずいた。

それでようやく安心した気分になって、タイレナにもたれ、口の中でつぶやいた。

「そうなんだ、ユーキ……」

その時、部屋の入り口で鍵を回す音がした。二人はハッと身構える。

ノックもせずにドアを開けて、タイレナを殴った例の看守が顔を出した。だが彼はすぐに引っ込んで、別の女が入ってきた。

目が合うと、ジスレーヌはぽかんと口を開けた。

その女は髪をひっつめにして、ずどーんとした筒のような、センスの悪い厚手のワンピースを身に着け、部屋着のようなカーディガンを引っかけていた。まるで近所に買い物にでも行くかのような、カンバス地のぼてっとしたトートバッグを、左腕に提げている。

童顔を隠そうと無理に化粧したために、ごてっとした感じになっている、見慣れた顔が、ジスレーヌをまじまじと見つめていた。

「マ……ママ？」

「ジスぅ！」

オービーヌ・サン＝ティエールが、顔をくしゃくしゃにして抱きついてきたので、ジスレーヌは動顚《どうてん》した。「ちょちょ、何ママ。なん、何してるの？」

「何じゃないわよ、ジスを助けに来てあげたんじゃない！　無事なのね？　ケガなんかしてない？　こんなところに何日いたの？　もうほんと心配したのよ！」

床に膝をついた母が、赤ん坊にするように、ほっぺたにちゅっちゅっとキスをする。抵抗したいが、体を包むシーツごと抱きしめられたので、動けない。隣のタイレナは引きつった顔で身を離そうとしている。

ジスレーヌは混乱して尋ねた。

「助けにって、どうしてここがわかったの？」

「あら、あなたの居場所は前から知っていたのよ。でも無理に連れ帰ると怒るだろうと思って、ずっと我慢していたの。ママ、すごくすごく寂しかったわ」
なんだか大変なことをあっさりと言われて、ジスレーヌは驚いた。居場所を知っている
って、一体どういう意味で？
どうもこうも、完璧な意味でに決まっている。金と人と機械を使って調べていたのだろ
う。きっと地球の裏側に居ながらにして、ジスレーヌのここ数年の行動を、十五分刻みの
レポートで受け取っていたに違いない。
「でも、そろそろSECの人たちが怒り始めちゃったし、こっちのお仕事も終わりそうだ
って聞いたから、逮捕される前にっ、と思って連れ戻しに来たのよ」
「前にっ、じゃないわ。そんな簡単に言うけど、どうやって」
「簡単だったわよ？　ジスを助けたいからなんとかしてってって言ったら、すぐ」
「言ったって、誰に、どこで」
「会社で、みんなに。今も空港で待ってるわ」
何をそんなに驚いているのかとでも言いたげに、オービーヌは首をかしげている。
つまり、世界最強の投資持株会社であるサスカチュワン・ハザリーが、あらゆる段取り
をつけたということなのだろう。
ただ、その彼らといえども、地球の裏側にある二重内陸国の治安組織に渡りをつけるの
は、生易しいことではなかったはずだ。

このすっとぼけた母親を、普段着でここに送るために、一体何千万ドルが使われ、何百人が苦労したのかを考えると、ジスレーヌは頭の中がぐるぐる回り始めるような気がした。オービーヌは屈託なく笑っている。きっと、ナイアガラの滝を越えてカナダからアメリカに入る観光客と、たいして変わらないぐらいの気軽さでいるのだろう。今さらだが、この人は投資ができる以外は極度に非常識な人なのだ、ということをジスレーヌは思い出した。

しゃにむに身震いしてシーツを体から振りほどくと、ジスレーヌは力任せに母を押し離した。

「ちょっと、やめてよ！　私が何歳になったと思ってるの？」

「何歳だってママの子よ。さあ、カナダに戻って一緒に暮らしましょ。ジスが喜ぶように、広いお庭の大きいおうちも買ってあるから」

「……私が喜ぶように？」

ジスレーヌは眉をひそめて、無邪気に再会を喜んでいる母親を見つめた。

「なんで私がそれで喜ぶと思うの？」

「え、大きなおうちがほしくてお金儲けをしていたんじゃないの？」

「そ……そんなわけないでしょうが！」

思わず身を乗り出して怒鳴りつけた。オービーヌが子供のように首をすくめる。

「違うの？　でもカリフォルニアに……」

「カリフォルニアに社屋は建てたけど、あれはあれだけのものよ、私の望むものなんかじゃないわ」

「じゃあどうしてトゥーンの家《うち》を出たのよ。あそこが狭くて貧乏だったからじゃないの？」

「全然わかってないし反省してないのね！　じゃあ言うわよ、ママがマイクを馬鹿にして、追っ払っちゃったからよ！」

「マイク？　って、あなたとつき合おうとしてた彼？　それは仕方ないじゃない、彼の将来はジスと全然釣り合わなかったんですもの。あなたは別物なのよ、ジス――」

母のその言葉を聞いた途端、ジスレーヌはひどくおぞましいものを感じて、叫んだ。

「だめ、だめーっ！」

「ジス？」

「言わないで、それ以上！　私は自分の成長性なんか聞きたくないんだから！」

オービーヌが戸惑った顔で、口を閉じた。ジスレーヌは自分が出した大声に驚きながら、あることに気づいた。

それだ。

自分が家を出た理由は……これだったのだ。本物の天才である母に、将来を読まれてしまいそうだったからだ。

　この人なら、ほっぺたについたジャムを指摘するよりあっさりと、他人の人生を予言することができる。そんな調子で自分の人生も決めつけられてしまうのが怖くて、自分は逃げ出したのだ。

「ママ……」

　いろいろなことがわかった気がした。

「ママ、よそでもそんな調子？」

「え？」

「会う人ごとに、成長性の話をしてるのね？　何年でいくら儲けるとか、どれほど人気が出るかとか」

「え、ええ。そうよ？」

「それ、嫌われなかった？　ああ、待って、わかる。嫌われてたのよね、若いころは。でも、それでお金儲けができるようになってからは、一転して大人気になった。ものすごく頭の切れる人が山のようにやってきて、ママを世界一のお金持ちにした。そうじゃない？」

「どうしてわかるの……？」

「パパもそれでいなくなった？」

　じわ、とオービーヌの目に涙が浮かんだ。

「そうなのよぉ、ずっといてくれると思ったのに！」

「やっぱり……」

悪気もなく人の生涯の収入を当てるような女のそばには、居づらかったんだろうと、ジスレーヌにも想像がついた。

カナダでシングルマザーは珍しくもなかったし、子供のころから、たいして生活の苦労をしたことがなかったので、父親の不在はあまり気にならなかった。実際、今でも他のことが忙しくて関心はない。

それよりも、母の姿が自分の将来を暗示しているようで、ジスレーヌにはそのことのほうが身につまされた。

「じゃあ一体、なんのためにそんな大金持ってるのよ……」

ジスレーヌの背中で、タイレナが小さく動いた。多分、うなずいたのだろう。

トートバッグから出したハンドタオルでぐしぐしと顔を拭いて、オービーヌは再び手を出した。

「ねえ、わかったでしょう。ママはジスのことが本当に大切なの。お願い、一緒に帰ってちょうだい」

「それは違うわ、ママ」

ジスレーヌは首を横に振った。

物事の成長性を見抜いて、それを当てていくのは楽しい。同じことのできるジスレーヌだからこそ、母の気持ちがわかる。それは、この世の何もかもを知り尽くしているかのような錯覚を与えてくれる。

だが、それだけでは真実を知ることにはならないのだ。

「成長性も大事だけど、それ以外にも大事なものはいっぱいあるのよ」

「それ以外って？」

「ひと言では言えないけど——じゃあたとえば、パパの将来性以外の点はどうだったの？」

「どうって」

面食らったようにオービーヌは口を閉ざし、宙に目をさまよわせた。あれ、これはまずいかな、とジスレーヌは思う。何ひとつ覚えていない、などと言われたら話が続かない。

だがオービーヌの答えは、ジスレーヌの想像と違うものだった。

「優しくって、いい匂いがしたわ」

「……うん、そういうことをもうちょっと見直したらいいんじゃない」

「どういうこと……？」

「つまり、ね」

ジスレーヌはオービーヌの手を取ると、一度ぎゅっと握ってから、押し戻した。

「私の成長性を見るのも、やめてってこと」

オービーヌが、はっと目を見張った。

ジスレーヌは、少し寂しい思いで、微笑んだ。

「そしたら、帰ってもいいかな」

「ジス……」

オービーヌが顔を伏せ、どうしたらいいかわからないというように、首を振った。

その時だった。

廊下でギャッと誰かの悲鳴がしたかと思うと、ドアが開いた。目出し帽をかぶった小柄な人影が、スパナを構えて入ってくる。ジスレーヌたちはぎょっとしたが、そいつはこちらに気づいた途端に、目出し帽を脱ぎ捨てて声をあげた。

「ジス！」

「……ユーキ！」

ジスレーヌは驚きに目を丸くし、タイレナと顔を見合わせた。だから言ったでしょ、というように秘書は微笑んでいた。

「ジス、大丈夫か」

近寄ってきた祐機が、ジスレーヌの手を取った。何か言おうとしたが、思いがけなく胸が詰まって、言葉が出なかった。返事の代わりに、こくこくと何度もうなずく。

代わりにタイレナが言ってくれた。

「お嬢さまはご無事よ。私は一度殴られたけど」

「なに？　どいつだ、そんなことをしたのは」

「さっきあなたがやっつけてくれたわ」

　廊下でのびている看守のほうを振り向いて、しまった、もっと強く殴るんだった、と祐機が舌打ちした。

　こちらに向き直り、オービーヌを見て首をかしげる。

「ジス、そちらは？」

「ええと……母よ」

　オービーヌは突然現れた祐機に度肝を抜かれたのか、ぽかんとして見つめている。祐機がさらに不思議そうな顔になった。

「お母さん？　君のか？　なぜこんな所に？　人質か？」

「話すととても長くなる。ところで、私たちを助けに来てくれたのよね？」

「そうだ、外で大夜とベイリアルたちが待ってる。車で国境へ向かう。一人ぐらい増えても大丈夫だぞ。でも時間はないから、来るなら早く」

「わかったわ。ママ、どうする。一人で帰れる？」

「……ジスずるい」

「え？」

　祐機を見つめていたオービーヌはのっそりと立ち上がり、ジスレーヌの肩をつかんで悔しそうな目でにらんだ。

「あんたって子は、ママには成長性は関係ないとかなんとか言っておきながら、なんなの彼は！　ずるいじゃない！」

「え？　あ！」

ジスレーヌは思い当たった。自分がひと目で祐機の可能性に気づいたように、母も彼が持つ力に気づいたのだろう。ひょっとしたら、自分以上に。

「報告はもらってたけど、彼があんな子だなんて、ママ全然知らなかったわ！　もおお、もおお！」

首をぶんぶんと振って、オービーヌはまた泣きそうな顔でハンドタオルを噛んだ。

「いいなぁ、ジスは……」「マ、ママ……」

ジスレーヌも彼女が気の毒になったが、のんびりと慰めている場合ではない。いったん廊下へ向かった祐機が、外を覗いて「早く！」とせかす。

「あの子、くれない？」

オービーヌがそう言ったことで、ジスレーヌの決意は固まった。

きっぱりと首を左右に振って、言い返す。

「あげない！」

「そう……」

「私たち、行くわ。ママも元気で」

母をその場に残して、ジスレーヌとタイレナは廊下に出た。

祐機が聞く。

「お母さんはいいのか？」

「大丈夫、あの人はどっちの政府からも大事にされるはずだから」

「そうか」

それ以上は聞かず、祐機がジスレーヌの手を引いて走り出した。

少し痛いほどの引き方が、心地よい。追いつこうと懸命に走りながら、ジスレーヌは聞く。

「来てくれてありがとう！　大変だった？」

「いいや？　全然」

祐機はこともなげに言う。自信家ぶりはいつも通りのようだ。そのくせ服には土と苔《こけ》がこびりついている。苦労してここまで侵入してきたのだろう。

「あいつらもいたしな」

階段を駆け下りながら窓から外を見ると、施設の前庭にあふれんばかりの子馬が乱入して、狼藉《ろうぜき》の限りを尽くしていた。庭木を荒らす、人を蹴る、数十頭がかりで自動車を踏み潰す。それを施設の職員が大わらわで退治している。

「マシンがある限り、俺にできないことはない」

そう言って一階の廊下へ出た途端、看守がつかみかかってきた。祐機はそいつを、スパナで殴り倒して飛び越える。

「大きく出すぎよ！」

言いながら、ジスレーヌも勢いよく看守を飛び越えた。


九時間後の日暮れすぎ、一行はサマルカンドから南東へ二百キロにある、テルメズの町に近づいた。そこはウズベキスタンの南端にあたり、数キロ先をアフガニスタンとの国境線が走っている。

運転手の大夜が、町の手前の丘の陰で車を止めた。

ワンボックス車の中にいるのは、祐機、大夜、ジスレーヌ、タイレナ、ベイリアル、それに通訳のマーリャ。彼女が車を用意し、ついでにナンとチーズの弁当まで作ってきてくれた。

それを平らげながら、一行は話し合った。

「空港は監視されているし、飛行機はすぐ足がつく。海のほうがずっと安全だ。しかしウズベキスタンには海がない。そういうわけで、俺たちは海へ向かうためにアフガニスタンに入る」

「健康になれるなら死んでもいい、みたいな考え方だよねそれって」

「黙ってろ。アフガンは内戦で大変なことになってるが、幸い北部の都市に知り合いがいる。途上国開発フォーラムで知り会った日本人のドクターだ。彼に頼んでパキスタンに入り、そこからアラビア海に出る。カラチの港にリバティ号がいるはずだ」

全員忘れていたが、そういう切り札が残っていた。リバティ号は、ナウル島開発のときに購入したUプロジェクト用の輸送船で、貴重なUマシンの部品と設備を積んでいる。半年前、この船はSECの監視がつく寸前に、西海岸のオークランド港を抜け出し、なんとそのままインド洋まで逃げていた。今まで慎重に身を隠してきたその船長が、四日前に祐機に連絡してきた。天の助けとでもいうべきタイミングだった。

「公海に出たら、次の現場へ直接向かう」

「次の現場って、当てはあるの？」

「もう中国政府と契約した。黄土高原の表土流出を止める。その後はウクライナでチェルノブイリ汚染地域の浄化工事だ」

祐機が澄ました口調で言った。後席のジスレーヌは啞然としていたが、じきに祐機の気配りがわかって、微笑んだ。

「何も心配はいらない、ってことね？」

「そうだよ」

「ありがとう、ユーキ」

何か思うところがあったのか、助手席の祐機がもぞもぞと身動きした。遠くの街灯に照らされた彼の横顔に、かすかに赤みが差しているような気がした。

ふとジスレーヌは、話したいことがあるなら今済ませたほうがいい、ということに気づいた。アフガニスタンは危険な土地だ。

「ユーキ、ちょっといい？　外で」

「ん」

車外は寒く、星が目に痛いほどまぶしかった。牧草地に面した石垣の上に、ジスレーヌは腰かけた。近くの農家で、馬が鼻を鳴らす音がした。

「ユーキさあ、私が前に言ったこと覚えてる？」

白い息を吐きながら、ジスレーヌは言った。近くをぶらぶらと歩いていた祐機の影が「どのこと？」と言った。

「私がなぜ投資をするかってこと」

「世界一の金持ちになってお母さんを負かしたいんだろ」

「覚えてた。でもあれ、もういいや」

「……何かあった？」

「まあね」

祐機の影が寄ってきて、顔が見えるようになった。気がかりそうに覗き込んで言う。

「じゃあ、次はどうする？」

「どうしようか。祐機はどうしてほしい？」

「好きにすればいい。……いや、ちょっと訂正」

「ん？」

「俺の仕事に必要な分は稼いでほしい。俺は金稼ぎなんてわからないから」

「私が必要？」

「ああ、絶対に」

祐機が、はーっと盛大に白い息を吐いた。そしてじっとジスレーヌを見た。

ジスレーヌは、その視線を感じつつ、考えてみた。

自分には彼が必要だろうか。必要だとしたら、どんな意味でだろうか。

「祐機は、何を続けるの？　Uマシンで、フォン・ノイマン・マシンで。それを使って世界を変えるのは、あなたにとってどういうこと？」

「そうだな……今の世界とケンカすることかもしれない」

「ケンカ？」

ジスレーヌは眉をひそめる。彼もまた、前と違うことを言うようになったのか。

「それは戦争をするということ？」

「誰がそんなチャチなこと」

鼻で笑うと、祐機は両手を広げた。

「やるのは世界と、この不全な世界とだ。善かれと思ってしたことで、必ず誰かが文句を言う。手をつければつけただけ壊れていく。何もしなければますます悪くなる。――そこにあえて、手を加えるんだ。どうだい、やり甲斐《がい》ありそうだろう」

「雲をつかむみたいな話ね」

「世界がそんな感じだからな」

「生産性はもういいの？」

「生産性の向上はただの必要条件だ。俺が言ってるのは世界一を達成した後のことだよ」

祐機は肩をすくめてうそぶいた。

ジスレーヌは、目を細めて彼を見る。実はここへ来るまでの車内で、大夜に話を聞かされた。ムイナクの式典で、彼が殴られていたこと。助けられた途端に、ジスレーヌの心配をしていたこと。ウズベキスタンの暴徒に対して、なぜかちっとも怒っていなかったこと。

話の間、祐機はぐっすりと眠っていた。

この国での工事で――いや、ナウルでの経験のせいもあるに違いない――祐機も、今まで違う目標を見つけつつあるのだろう。誰も想像したこともない目標を。

もちろん、ＧＡＷＰなんかには思いもつかないものを。

そこに気づいたとき、ジスレーヌは自然に、こう言っていた。

「私もユーキが必要よ」

「そうか」

「嬉しい？」

祐機は面食らったように顎《あご》を上げて、言葉に詰まった様子で少し黙ってから、言った。

「君と同じぐらいにはね」


車に戻るとマーリャがいなかった。

例のウズベク人の実業家が高級車で追ってきて、プロポーズして連れ去ったのだ。

先に向こうから振られた、と大夜がへコんでいた。

祐機は彼を一発殴って、車を出させた。


三ヵ月後、世界で二つの新会社が設立された。

一社は、黄土神農増機集団。本社は中国。経営者はダイヤ・フカザワという無名の人物。

もう一社は、レプリキット。本社はドイツ。株主リストには、ＧＡＷＰ協賛の大企業の名がいくつも並んだ。

その年から二種類のＶ　Ｎマシン《フォン・ノイマン》が世界にあふれた。

Invest-4　砂漠を越えて

中洲《なかす》の北端の仮設テントで、腕まくりしてノートパソコンのキーを叩きまくる祐機の背後から、暴徒の怒声が聞こえてくる。バリケード役の社員たちとUマシンの悲鳴が重なり合って届く。

「チーフ、まだなのか！　もう防ぎきれない！」

「Vi！」

「もうちょい粘れ！」

叫び返して、祐機はひたすら画面に集中しようとした。

中洲を挟む流れには、数百隻もの小舟がゆらゆらと浮いている。

南アジア、バングラデシュ。大河ガンジスが生み出した巨大な河口デルタに、国全体が乗っかっている国家だ。日本の三分の一の国土面積に、日本とほぼ同数の人口がひしめいている。利用できる土地は少なく、その奪い合いは激しい。

土地が貴重なそのバングラデシュの中でも、さらに特殊な事情を持つのが、いま祐機たちのいる中洲である。

このニカマル島は、二つの巨大河川の合流する地点に生まれた。生まれたというのは比《ひ》喩《ゆ》でもなんでもない。ここにはもともと何もなかったのだ。二本の川の流れに、土砂が寄せ集められて、南北二十キロもあるこの島になったのである。

ただの土砂の島だから全体が非常にもろく、常に形を変えている。河流のぶつかる北端は削られ続け、反対に流れの当たらない南端には新たな土砂が溜まっていく。その様子はあたかも、島がじりじりと南下していくようにも見える。しかしそれは見かけ上のことであり、実際には島の上の物は動いてない。だから島の南下とともに、北端にあるものが次々と崩れ落ちていく。

ニカマル島の「南下」の速度は、年間二百メートルにも達する。

大変ユニークな現象であり、この島が先進国にあったなら、興味深い研究の対象となったことだろう。

だがここバングラデシュでは、こんな土地でも遊ばせておく余裕はなかった。四十万人もの人が住み着いている。

五十年で半分削られて位置を変える島に、大都市並みの人口が生活しているのである。崩壊することがわかっているから、社会資本《インフラストラクチャー》はほとんど作られていない。掘っ立て小屋と適当な田畑を作ってその日暮らしをしている。そしていよいよ土地のなくなる日が来ると、家が壊れるのを泣き喚《わめ》きながら見守る。気が済むまで泣くと、この地方特有の下膨《ハ》れ鍋《リ》に、わずかな食べ物や貴重品を入れて、南方に新しくできた土地へ、とぼとぼと引っ越していくのだ。

こんなひどい状態が、何十年も続いてきた。

祐機たちの黄神増機《ホアンシエン》が、ここへ乗り込んできたのは、バングラデシュ政府と二つの事業の契約を結んだためだ。

一つは、ニカマル島繋止《けいし》プロジェクト。厳密には島を繋ぎ止めるのではなく、流れをそらすための工事だが、祐機はそう称した。理由はもちろん、そのほうがインパクトがあってカッコいいからである。

そして今、その工事が山場を迎えつつあるこの時期に、突然地元の一部住民が怒鳴り込んできたのだった。

配置済みのマシンの様子が表示されたディスプレイをにらみながら、エビアン水をグッとひと口あおって、祐機は背後の部下に叫ぶ。

「住民の要求は?」

「わからない、とにかく出て行けと!」

現地雇いのバングラデシュ人スタッフが叫び返す。

「わからん？　じゃあ、そいつらは何者なんだ？」

並んだUマシンが作る防壁を挟んで、しばらく相手と声高に話していたスタッフが、祐機のところまでやって来て、耳打ちした。

「土建屋だよ」

「またか」

祐機は苦笑した。家の建て替えを請け負っていた連中だろう。祐機が島の崩壊を止めれば、新規の建て替えがなくなると思っているのだ。

どこでもこうだった。黄土高原でもチェルノブイリでも、パプア・ニューギニアでも南米のマットグロッソでも、なんらかの既得権益を持つ人々がいた。祐機たちが新しい計画を始めると、彼らは冷笑しながら見守っている。しかし祐機たちが成功しそうだと見ると、一転してあわて始め、妨害しに来るのだ。

褐色の肌の現地スタッフが、険しい顔で言う。

「軍の応援を頼もう。早いほうがいい」

「いや、その必要はない」

祐機は短い言葉で遮った。彼はもう慣れていた。地元の事情に詳しい現地の人間があわてるということは、裏を返せば、祐機たちの仕事が成功しつつあるという証明なのだ。現場から現場へと移っていくたびに、その証明がより短い期間で、はっきりと表れるようになってきた。今ではもう、デモ隊はまだか、と待ち構えるほどの余裕すら出てきた。

「俺が相手をするよ」

最後にいくつかのコマンドを入れて、立ち上がった戸田祐機は、二十三歳。

Uマシンを作動させるため、主に日照の強い地域ばかり回ってきたせいで、浅黒い精悍《せいかん》な顔になり、髪はバサバサに荒れていた。だが自信に満ちた目の光と口元の皮肉っぽい笑みは、ますます強まっている。

ただし、背丈だけは、いまだに百六十を超えない。

その小柄な体でバリケードへ出て行って、群集に向かって言った。

「責任者のトダ・ユーキだ。代表の人間はいるか」

代表と聞いて、面食らったようなざわめきが起きた。ひそひそ話が飛び交い、やがて中背で隙のない雰囲気の若い男が出てきた。

「俺がカンだ。中国人のボスはあんたか」

「中国人じゃない、日本人だ」

「嘘《うそ》をつけ、おまえたちの会社は中国の会社だ」

「それは登記上のことだ。うちの会社はアメリカ政府ににらまれているから、アメリカに対抗できる国に会社を置いたんだ」

「アメリカににらまれているのか。何をやった」

「何もしてないよ、強欲な連中に濡れ衣を着せられたんだ。誓って悪いことはやっちゃいない」

カンは黙って宙をにらみ、取り巻きたちがガヤガヤ言った。さてどうだ、と祐機は様子を見る。ここ二年の間に祐機たちが足を踏み入れた土地では、アメリカの敵だと言うと、見直されることが多かった。そういう国ばかりを選んできたのだから当然だが。

待ちながらさりげなく腕時計に目を走らせたりしていると、カンがまた言った。

「じゃあ一体、おまえたちは何をやってるんだ。あんなに何万隻も舟を浮かべるから、魚が獲れないじゃないか。俺たちはここに住んでいるんだ。おかしなことをされたら困る」

そうだそうだ、と調子を取り戻して、男たちが気勢を上げる。魚獲りなんかこの中にはいないだろうに、ばれはしないと踏んでいるのだろう。

攻め方を変えてきたなと思いつつ、祐機は答えた。

「堤防を作ってるんだよ。この島が崩れないように」

「聞いたか、堤防だと」

カンは振り返って叫んだ。男たちが大笑いした。

「トダ・ユーキ、ここには前にも、おまえたちのような外国人がやってきたことがある。そして、コンクリートの大掛かりな堤防を作った。それがどうなったか、知っているか」

祐機が黙っていると、カンはもったいぶって言った。

「沈んでしまったのさ。重いコンクリートの堤防は、五年もたたないうちにガンジスの土に埋もれてしまった。ブクブクブク……。ここではどんなものもそうなる。家も堤防も、この国自体もな」

そう言うと、男たちはまたワッと笑った。心地よい笑いではなく、どこか投げやりな響きがあった。

カンの言ったことが事実であると、祐機は知っていた。ガンジスデルタには、地耐力の低い沖積層《ちゅうせきそう》の泥土が、深さ十五キロまで積もっている。これは軟弱地盤で知られる東京湾の二十倍以上の厚さだ。実質上、岩盤がないと言っていい。重厚型の施設を建てるには、国全体が向いていないのだ。

だが、だからこそ、祐機たちはここへやってきた。

Uマシンを支える思想は、従来型の重厚なシステムとは根本的に異なっているのだ。

男たちが笑いやむのを待って、祐機は言った。

「口で言うより、見てもらったほうが早いだろう。こっちへ」

祐機は人々を先導して歩き出した。それにつれて子馬たちが隊形を変えて、通路を作る。カンと男たちは、整然としたマシンの動きに驚いたようだが、それでもぞろぞろとついてきた。

川岸の通路は陶器のモザイクのようなもので覆われている。Uマシンによる焼結舗装だ。

モザイクの隙間からじくじくと泥水がにじみ出ている。その通路を通って、一行は陸地の突端にある崖に向かった。一日に一メートル近く削られていくニカマル島の、北端である。

そこからは、真っ青な空の下に広がる、雄大な川面が一望できた。

左がガンジス・プラマプトラ川、右がメグナ川。川というより湖のように広大な水面だ。両岸までは二キロ以上ある。祐機たちの足元には、茶色く濁った水が打ち寄せ、渦を巻いて川下へ流れ去る。じっと見ていると川が流れているのではなく、島のほうが進んでいるような錯覚すら覚える。

合流点から上流数キロにわたって、無数の小舟が浮いていた。カンが言うように何万隻もいるわけではないが、それでも千隻は超えている。これは「Gボート」といって、Uマシンのボート版である。祐機は最初、なんのひねりもなくUボートというコードネームで呼んでいたのだが、軍用潜水艦なのかと人から聞かれることが何度もあったので、しぶしぶ改名した。だが、この名前にしても、頭文字をもらった当人からは、いい顔をされていない。

そのGボートは、船体から川下へ広々としたシートを広げて、静かに浮かんでいる。例の太陽電池シートだ。シートの役割は二つ。水上のGボートと、水中のUマシンに電力を供給することだ。

一千隻のボートは、それぞれ百頭ずつのUマシンを従えている。

Gボートも U マシンも、ここからほど近い河口の干潟で増殖させた。例によって電子・電装パーツは外注で、インドのムンバイで作らせた。

そして三ヵ月前から、大河の水中で難工事に従事しているのだった。

しばらく景色を眺めていたカンが、やがて拍子抜けしたように言った。

「堤防が全然見当たらないな。まさか、工事をしているってのは口先だけなのか」

返事の代わりに、祐機はまた腕時計を覗いた。これまでタイミングをはかってきたが、そろそろのようだった。

「あれを」

祐機は短く言って、ボートの群れの中を指差した。

その指の先で、川面に渦が現れた。水中から何かが浮上しようとしていた。

「おお……」

男たちがつぶやく前で、茶色の水が丘のように盛り上がる。そのなめらかな丘を割って、水中から黒いものが顔を出した。クジラだ、と誰かが叫んだ。確かにそれはクジラに似ていたが、大きさはその五倍もあった。

全長百メートルに達するクロロプレン製のゴム堰《ぜき》が、その正体だった。水底に折りたたまれていた風船のようなゴム堰が、その一部に水流の導流を受けて膨張し、姿を現したのだ。

「また出たぞ！」

ゴム堰はひとつではなかった。最初のひとつの後ろに、ひとつ、またひとつと並んで姿を現した。その隊列は川の流れに対してゆるい角度を持っている。まるでクジラの群れが斜めに川を横切っているような光景だ。

「こっちもだ」

皆が一斉に振り向いた。今までは中洲の北西方向を見ていたが、北東方向にも、同様の現象が起こっていた。十頭、二十頭、三十頭。ところどころに歯抜けのような隙間はあるが、おおむね整然とクジラたちが並んでいく。

わずか一時間あまりで、八十数頭のクジラたちが隊列を完成させた。逆V字型の隊列が、島の北端をすっぽりとかばう形になった。

その効果は劇的なものだった。足元を見た誰かが、ぽつりとつぶやいた。

「島が止まった……」

皆が崖の下の水面を見た。ついさっきまで、滔々《とうとう》たる流れが渦を巻いていた突端に、今では鏡のように穏やかな水が揺らいでいた。風に舞ってきた草の葉が落ちたが、それはどこにも流れていく様子がなかった。

祐機はカンを振り返った。

「工事完了だ」

バングラデシュ人の青年は、開いた口が塞がらない、という顔をしていた。

長い時間がたってから、カンがぼそぼそと言った。

「あれは、なんだ、ダムなのか」

「そうだ」

「どうなってるんだ。なんで流されない」

「水中にケーブルを張って支えている」

「ケーブル？　それはどこに張ったんだ？」

祐機は手招きして、一頭のUマシンを呼び寄せた。

「これと同じ馬が十万頭、川底で足を踏ん張ってる」

「この機械が？　そんなもの、どうやって取り返すんだ。埋まってしまうだろう」

「埋めるのさ。こいつらはケーブルをくわえたまま、泥に埋まる。そして未来永劫《えいごう》、島を守り続けるんだ」

カンは長いため息をついた。

本当を言えば、祐機も安堵のため息をつきたい気分だった。失敗する確率がけっこう高かったのだ。この計画は、九十基のゴム堰がいっせいに隆起する、そのタイミングに成否がかかっていた。見たところ四、五基が不良を起こしただけで、あとは順調に起きてくれたからよかったが、十基以上の堰が作動しなかった場合、水流が乱れてドミノ式に全体が流れてしまうおそれがあった。

　祐機が、先ほどギリギリまで粘って調整していたのは、そのタイミングを合わせていたのだ。

　一度全体が起き上がってしまえば、後は心配ない。位置関係を十分計算されたゴム堰が、互いの倒壊を防ぐ。大増水が起きるか、数十年後にゴムの寿命が来るまで、この堰は持つはずだ。

　従来の工法では、全長四キロ近くの巨大堰を二本、いっせいに、同時に建てるのは不可能だ。数にものを言わせるＵマシンだからこそ成功した。

　ぼんやりと突っ立っている男たちに、祐機は言った。

「もう島は流れない。これからは、もっと立派な家を建てるがいいさ。すぐぶっ壊れるような安普請《やすぶしん》ばかり建てていても、儲からないだろ」

「あ、ああ……」

　うなずいてからしばらくして、カンが目が醒めたように言った。

「知ってたのか。俺たちが、その……」

「わかってる、どこでもそうなんだ。今までのやり方のほうが楽なんだよな」

「……」

「でも、環境が変わったら変わったで、新しい商売はいくらでもできるはずだ。頑張って仕事を作ってくれ」

カンたちは顔を見合わせている。無理もない。急に新しいことをやれと言われたって、そうそう思いつかないのが人間だ。認識が変化に追いつくまで長い時間がかかるだろう。

ひとまず祐機は、彼らを現場から追い出した。Gボートの回収など、まだまだ雑務があった。

数日後、カンが前よりずっと少ない、四人ほどの仲間を連れて訪ねてきた。こっちで雇ってくれないか、というのが彼らの用件だった。家が壊れなくなったため、彼らを雇っていた会社に首にされてしまったのだ。祐機の思った通りだった。

「ここでは雇えないね。もう後始末だけだから」

祐機はそう答えたが、気色《けしき》ばむカンたちに向かって、ひと言つけ加えた。

「別の仕事で人手が足りない。やってみるか？」

「どんな仕事だ」

「例のマシンを国中に配る。あれは真水を作ることもできるんだ」

祐機が言ったのは、バングラデシュ政府と契約した、もうひとつの仕事のことだった。

近年、この国の井戸は自然由来のヒ素による汚染が激しく、飲用に向かなくなっていた。

その対策案を、祐機はUマシンの配置という形をとって提示したのだ。

カンは眉をひそめて言った。

「そんな簡単な仕事は嫌だ」

「簡単なものか。二百万台を配置するんだぞ」

目をむくカンに向かって、祐機は小さく笑ってみせた。

「だいたい五十人に一台の割合だ。まず作ることからして大変だ。現地に詳しい人間に、ぜひ手伝ってほしいと思っていた。今なら事業部長にしてやれる。――あんた、フルネームはなんていうのかな？」


黄土神農増機集団、通称・黄神増機《ホアンシエン》が作り出したUマシンの数は、この二年間で五百万体を超えた。その多くは施工完了後に自己分解して、回収あるいは転用されたが、印象的な光景を多くの人の目に焼きつけてきた。

それに対抗して、ドイツのレプリキット社も活発な動きを見せていた。この会社は、UMS社カリフォルニア研究所から多くの資料をパクっていった、GAWP《ガウプ》の手になる傀儡《かいらい》企業であることが明白だったが、さすがに巨大企業の数々をスポンサーに据えただけあって、法律的な正当性は完璧だった。訴訟に持ち込んで潰すなどの手段は、取れそうもなかった。彼らはごく短時間でUマシンのコピーを市場に出してきた。

この、コピー版Uマシン――彼らは『レプリプッペ』と称した――は、風雨のある厳しいフィールド環境でも動作し、部品の一部と太陽電池を供給するだけでどんどん増えるなど、Uマシンに比肩する能力を備えていた。彼らはまず、マリ共和国ニジェール川流域で大規模な治水プロジェクトに挑み、これを六ヵ月で完工させて、世間に実力を示した。

しかし祐機は彼らに先んじて、真水の造水能力をマシンに与えた。これは強力なオプションであり、黄神増機のアドバンテージを保った。

両社の活動が本格化すると、自己複製機械への関心は急速に高まった。複製機械業界、と呼ぶべきものができ始めた。

自分たちも自己複製機械《VNマシン》を作ってみよう、という人が雨後のタケノコのように現れた。もっとも、厳密に言えばその多くはVNマシンではなかった。部品を揃えてやればかろうじてそれを組み立てる、といったレベルのものがほとんどだった。室内でしか動作しなかったり、電源を外部に依存したりするなどの条件がつくものも多かった。

今のところ、その業界なるものは、先行の二社が他を大きく引き離している状態だった。アメリカのSECやその他の司法組織は、中国の奥地で旗揚げした、黄神増機のしっぽをつかもうと画策していたが、祐機たちは中国政府を盾にして時間を稼ぎ、その間にいくつも海外拠点を築いて態勢を立て直した。

会社が新しくなっても、評判はくっついてきた。――というのも、それまでは無名だった大夜《だいや》を新会社の社長にして、建前上は「UMS社？　それナンデスカ？」みたいな面をしていたが、その実、黄神増機がUMS社の後身であることは、当局にも顧客にもバレバレだったからだ。

　黄神増機は、より事業を広げ、ナウル島でやった湛水池《たんすいち》造成のような、かなり簡単な種類の工事には、マシンのリースによる対応も始めた。これによって、ブラジルや東南アジアなどの多雨地帯で、一挙に数百の工事を受注でき、黄神増機の財務状態は劇的に好転した。

　そうした派手な展開を続ける一方で、祐機は次なる課題に、地道に挑んでいた。

　祐機の究極の目標は、第一種ＶＮマシン、すなわちすべてのパーツを自分で複製するＵマシンだが、それはまだしばらくは手をつけられそうもなかった。精密な電子回路の複製や、金属素材の自己精錬など、課題が多い。

　その前の段階として、祐機が造水機能の次に挑んだのは、耨耕《どうこう》機能だった。

「耨耕」とは、犂《すき》を使って地面を耕す「犂耕《りこう》」の反対語である。家畜やトラクターを用いず、畑に小さな穴を開けて、種を埋め、そして次々に生える雑草を掻き取って、作物を育てていくような農法を指す。不耕起農法とも呼ばれる。

　耨耕のいいところは、作物の根が地中深く張るということだ。しっかりと幹を支えられるので、丈の高い作物が育つ。熱帯性のモロコシやトウジンビエなど、この方法でしか栽培できない穀物もある。

　それに耨耕では表土が破壊されない。表土が破壊されると雨で流れ去り、回復するまで何十年もかかる。黄土高原ではUマシンが表土を修復したが、そういったコストの発生を未然に防げる。

しかし耨耕にも弱点はある。それは、やたらと手間がかかるという点だ。トラクターで土を耕し、種子をばら撒いていく農法に比べて、効率がだいぶ劣る。

祐機が目をつけたのは、そこだった。手間のかかる仕事こそ、Uマシンの出番だ。

アジアやアフリカには零細な農家が多い。高価で大きなトラクターを始めとする農業用重機は、彼らの農法に合わない。少し前までは、農地を集約して小麦や米を作ろうという試みがあったが、あまり普及しなかった。人々はそれぞれ地元の穀物を、地元の様式で食べており、味と栄養の両面で、外来の穀物を好まなかった。それに育てるのも難しかった。

Uマシンは、地平線まで続く小麦畑ではトラクターにかなわない。だが入り組んだ狭い畑や、何百段もの棚田《たなだ》では威力を発揮できる。軟弱な土地にポクポクと入っていき、小穴を掘って黙々と種を埋め、芽が出てきたらひたすらモシャモシャと雑草をむしる。

そんなUマシンの姿が、十年後のアジアでは広く見られるようになるだろう。この分野は短期的には黄神《ホアンシエン》増機に利益をもたらさないかもしれないが、熱帯は人口稠密《ちゅうみつ》だ。

需要は十億体に及ぶ、と祐機は見込んでいた。

建設分野の次は、農業分野の活躍で人々の耳目を集め、優位を保つ。祐機はそういう作戦だった。

だが、祐機たちのライバルは、まったく異なるアプローチを考えていた。

二年前にウズベキスタンから脱出して以来、祐機たちは貨物船リバティ号を、生活拠点のひとつにしていた。

ガンジス川での仕事にひと区切りをつけた祐機が、バングラデシュ南方のチッタゴンの港に停泊させてあるリバティ号へ戻ると、驚くべき知らせが待っていた。

「レプリキットがソマリア平定を請け負った？」

船上につけ足した旅客サロンに集まった面々の中で、タイレナがうなずいた。

「国連が検討を進めていた、ソマリア情勢安定化プログラムの一部に、レプリキットが民間支援企業として名乗りを上げたわ」

「一部って、治水とか基地建設とか？」

「輸送および輸送支援ですって」

「なんだって……そいつは重大だな」

それを聞くと祐機は腕組みして考え込んだ。その場にいるタイレナとベイリアル、ジスレーヌたちは、じっと彼を見つめる。

そこへタキシード姿の大夜が入ってきた。

「よー、ただいま。ダッカ市長、すっげえ喜んでたよ。水浄化のほうもぜひよろしくって。

その市長の娘さんが、どういうわけかおっそろしくきれいな子でさー」

彼は今まで、ニカマル島工事の成功を祝うレセプションに出ていたのだ。着飾って人前に出るのが苦手な祐機の代わりに、めかしこんで出ていくのが、最近の大夜の任務だった。もちろん本人は目いっぱい楽しんでいる。

上機嫌で帰ってきた大夜は、静まり返っている室内を見て、妙な顔になった。

「どしたの、深刻になっちゃって」

「レプリキットがソマリアに手を出した」

祐機は、たった今聞いたばかりのことを手短に説明してやった。うんうんとうなずいていた大夜は、聞き終わると、蝶ネクタイをちょいと直して一座を見回した。

「じゃあ、俺は次はソマリアでパーティーに出ればいいのね？」

「馬鹿かおまえは」

「なんで？　黄神も対抗するんじゃないの？　相手はどうせ例のグーテンなんだろ」

「GAWPの商売ならなんでもかんでも張り合うってわけじゃないぞ。というか、そういう次元の話じゃない」

祐機は深すぎるため息をつく。いつものことなので女性陣は苦笑した。ジスレーヌが口を開く。

「ソマリアでパーティーが開かれるのは大分先だと思うわ。あの国にはドレスがないかもしれないし」

「へえ、そんなにカジュアルなお国柄なんだ」

「今のところはね。何も知らない？」

「服や靴やバッグを作ってる国じゃないねえ。そういう国のことならちょっとはわかるけど」

「まあ座って。タイレナ、話してあげて。お茶は私が淹《い》れるわ」

ジスレーヌと入れ替わりに大夜が座ると、タイレナが地図を出して説明し始めた。

「さっきからあなたたちは国、国って言ってるけれど、それは間違いよ。――いまソマリアという土地には、まともな国家は存在しないの。法的にも実質的にもね」

アフリカ大陸の北東にあるソマリアは、現在、無政府状態に陥っている。国連やアメリカ、周辺の国家が平定しようとしたが、いずれも成功しなかった。その原因はいくつもあって、ひと口には語れないが、鍵となるのは氏族という概念だ。ソマリアの人々、すなわちソマリ人たちは、国をまとめる政府が必要だという意識が薄く、国家よりも小さな、氏族という集団に帰属意識を持ち、氏族を守るために戦っている。

そう、文字通り戦っている。銃器を用いた戦闘が日常的に行われて、平和や安全は失われている。生産活動は限りなくゼロに近い。

「ソマリア暫定政府、アフリカ連合、隣国のケニアやエチオピア、ソマリランドにプントトランドに南西ソマリア、イスラム法廷連合に地方の諸氏族、そしてアメリカを始めとする国々や国連。これだけの勢力と各氏族がそれぞれに手を組んで、それぞれの思惑で争っている。産業はもともと牧畜ぐらいしかなかったけれど、それも壊滅状態。当然、民間人が被害を受けて、四十万人近い犠牲者が出ている。飢饉が多発し、麻薬がはびこり、援助物資が奪われ、外国人ボランティアが襲われている。何が正しかったのかも、どうすればいいのかも、まったく不明。それが今のソマリアよ」

タイレナはそう言って、肩をすくめた。

「うっへぇ……そりゃ確かにパーティーどころじゃないね。で、そのバイオレンスな土地に、グーテンのたくらみでレプリキットが送られるわけだ」

ジスレーヌの淹れてくれたお茶を、大夜はしかめっ面ですする。

するとそれまでじっと考え込んでいた祐機が、彼に向かって強い口調で言った。

「ただ送るだけじゃない」

「へえ、どゆこと？」

「大夜、連中はマシンで戦争をする気なんだよ。――レプリキットは、輸送および輸送支援の任務を請け負うそうだ。あの国の現状で輸送を支援するっていうことは、武器を持って護衛するということにほかならない。連中はマシンの設計をいじって、火器を搭載させるだろう。つまり、俺のUマシンが何十万体も実戦に駆り出されるわけだ」

「なんだ、それを止めようっていう気か？　俺は気が進まないなあ。こういう紛争地にへたに手を出すと、きっと火傷《やけど》するよ。レプリキットがやるっていうなら、勝手にやらせておけばいいんだ」

「そうは行くか、連中の機械はUマシンそっくりなんだぞ。まがい物ではあるにしても、素人には見分けがつかない。それが進軍しているところを、もしテレビにでも映されてみろ。世界中でVNマシンへの反対運動が起こるぞ」

「はーん、おまえはそれを恐れてるのか」

「そうだ。いったん怪物のレッテルを貼られたら、それをはがすのは不可能か、とてつもなく困難だろう。俺たちは是が非でも、そんな事態を食い止めなきゃいけない」

　祐機はジスレーヌに向き直って、身を乗り出した。

「ジス、連中を止めよう。俺たちの次の仕事は、それだ」

　ジスレーヌは、じっと祐機を見つめて口を開いた。

「あなたならそう言うと思ってた」

「そうか。君もだろう？」

　祐機の問いに、直接には答えず、ジスレーヌは言った。

「止めるというけど、具体的にはどうすべきだと思うの？」

「さっきから考えていたんだが、マシンに対抗するには、やはりマシンだ。人の鎖《ヒューマン・チェーン》作戦はどうだろう。マシン・チェーンだな。非武装のUマシンを大量に送り込んで、連中の作業を妨害する」

「それではやっぱり見分けがつかないんじゃないの？　テレビに映った場合」

「カラーリングを変える。赤十字《せきじゅうじ》や赤新月《せきしんげつ》っぽく、紅白にするとか。法に引っかかるなら多少工夫するか。とにかく、向こうもまさか色までは盗まないだろう」

口を挟んだタイレナに、祐機は素早く言い返して、ジスレーヌを見つめた。

「直接の利益は出ない。だから君になんとかしてほしい。寄付や出資を募るとか、映像事業にして収益を出すなんてことができないかな？」

ジスレーヌは口を結んで聞いていたが、やがてためらいがちに答えた。

「私……この件は、触れないほうがいいと思う」

「なんだって？」

「つまり、反対ということよ、ユーキ」

ジスレーヌは、はっきりと答えた。

祐機はそんな返事を予想しておらず、しばらく言葉が出てこなかった。ややあって、

「理由は？」と聞く。

「理由は、他人の邪魔なんかしても、意味が無いからよ。ソマリアでレプリキット社を止めても、よその紛争、よその計画で、グーテンベルガーはマシンを使うでしょう。止める

というなら、今後ずっと、それらを邪魔して回らなきゃいけない」

「そういう必要が生じるなら、それはそうするということなんだ。ずっと連中に対抗しなけりゃいけないということだ」

「得るものもない。寄付を募ったり、派生事業で利益を出すようなやり方は、長続きしないわ。よくて足踏み、悪ければ私たちの会社は空中分解してしまう。それよりも、ユーキ。あなたが手がけている農業方面への進出に、力を注いでほしい」

「ジスレーヌ……それは、君の才能がそう言わせているのか？」

顔を近づけて、祐機は言った。

「ソマリアに関わると成長性が鈍る。君が言いたいのはそういうことなのか？」

「私が言いたいのは、あなたが――」

何かを言いかけて、ジスレーヌは不意に口をつぐんだ。祐機はたたみかける。

「俺が、なんだって？」

しばらく視線を逸らしていたジスレーヌが、やがて祐機に目を戻した。その額に、うっすらと汗が浮いている。

「ユーキの方法だと、現地に受け入れられないってことよ。ダイヤの言った通り。あそこは、事業として気軽に手を出していい場所じゃない。専門家に任せるべきよ。その専門家だって、うまく行かないぐらいなんだから。そうじゃない？　ねえ、ダッド」

突然話を振られた、元シークレット・サービスのベイリアルは、しかし淡々と答えた。

「同感です。あそこには九二年に米軍中心の多国籍軍が駐留したが、損害を受けたうえ何も解決できずに撤退しました。以後もたびたび軍事干渉が行われているものの、成功した例《ためし》はありません」

「ほら、彼もああ言ってるじゃない。民間人がマシンガンを持っている国なのよ。そのことを軽視しないほうがいいわよ」

「アメリカ人だって、マシンガンぐらい持っている」

「とにかく！　私は反対なの。そもそもあなたにソマリアのことを教えたのだって、軽はずみなことをしてほしくないからなのよ。わかってちょうだい」

強すぎるぐらいの口調で言って、ジスレーヌは祐機を見つめた。

祐機はさらに何か言い返そうとしたが、思い返して、小さく手を振った。

「わかった——ひとまず、保留ということにしよう」

「そうして」

ほっとしたように、ジスレーヌが言った。

祐機は彼女の顔色を、注意深く見ていた。

それから二ヵ月後、国際社会が固唾《かたず》を呑んで見守る中で、米軍を中心とする国連・ソマリア情勢安定化軍の艦隊が、現地に到着した。

彼らは首都モガディシュからやや南に離れた、メルカの海岸に上陸し、拠点となる暫定基地を建設した。作戦は、各派の武装勢力や海賊に備えて、空母とイージス艦が厳戒態勢を敷く中で行われた。

メルカに上陸したのはアメリカの海兵隊と、政治的な事情で同行した、同盟各国の少数の部隊だった。その兵力は装甲車を含んだおよそ半個師団、つまりたった五千名ほどであり、一国を平定しようとする軍勢としては、ずいぶん少ないものだった。

九〇年代に行われた作戦では、米軍は二万八千名もの兵力を投入した。しかし、それでも平和を回復することはできず、世論の反対に押されて引き揚げることになった。

あの時と今回が違うのは、部隊がいくつかの奇妙な機械を持ち込んだことだった。

焼き物でできた従順なロバ。――レプリキット社はこの目的のために、専用のマシンを開発していた。

その名も、レプリヴァーゲン。

軍に同行するレプリキット社の技術者たちが、メルカ市の周囲にヴァーゲンを展開し、輸送艦から陸揚げされた電装パーツを供給して、増殖過程を開始させた。

ソマリアは赤道のすぐ北に位置し、日照が強い。気候もステップ性で、乾燥している。主な土質は褐色のラテライトで、鉄分を多く含む。

十分な日照と材料を得たロバたちは、どんどん数を増やしていった。

一日半で二倍、三日で四倍、六日で十六倍。——十五日で千倍、二十日で一万倍。

十体のマシンは、曇りだった一日を除いて休みなく増えていき、二十五日目の夕方には百万体に達した。

それは壮大な眺めだった。マスコミはさまざまな記事と映像でその様子を伝えたが、もっとも簡潔かつ雄弁に表現したのは、人工衛星だった。衛星画像には、メルカ周辺八キロ四方の広漠とした牧草地が、一ヵ月にも満たない期間で、銀紫色の太陽電池に埋め尽くされていく光景が映っていた。

その様子は、ＣＮＮやアルジャジーラ等の各国メディアによって、当のソマリア国内にも流された。

そして、激烈な反応を呼び起こした。

主都モガディシュを始めとする、周辺の拠点から、各氏族の部隊が大挙して押し寄せた。テクニカルという通称で呼ばれる、荷台に機関銃を装備したハーフトラックや、密輸や略奪で手に入れたらしい装甲車の姿もあれば、ターバンを巻いて弾帯をたすき掛けにした、歩兵の集団の姿もあった。

それらの部隊は、互いに同盟こそ結んではいないが、正体のわからない巨大な敵を前にして、一時的に停戦しているようだった。恐るべき速度で増え続けるレプリヴァーゲンたちを見て、人間の軍隊に対するのとは異質な、根源的な恐怖を覚えたのだろう。

安定化軍は、この段階ではメルカの基地に立てこもり、レプリキットの設備を守って、防御に徹した。

レプリヴァーゲンたちは屋外に放置された。のどかに日向ぼっこをして、黙々と増え続けるロバたちに向かって、ソマリ人たちが銃弾の雨を浴びせ、RPGロケット弾を撃ちまくった。弾がなくなればテクニカルで突っ込み、片っ端から破壊していった。

後に「メルカのパニック」と呼ばれたこの共同攻撃によって、およそ三十万体ものヴァーゲンが壊された。

ところで、ヴァーゲンは最初のうち、一切の反撃をしなかったが、実はひとつだけ武器を備えていた。それは「ピケット」という名称で、ロバ型のレプリヴァーゲンの、口にあたる部分に内蔵されていた。

ピケットは先の尖った陶製の杭で、圧縮空気の力により、ロバの鼻先から二十五センチほど飛び出すようになっていた。

こういったものをマシンにつけるかどうか、派遣に先立つ国連の会議で、さんざん揉《も》めたのだが、威圧の意味でも、何らかの武器は必要だという意見が大勢を占めた。

結局、杭《ピケット》を射出しない、急所を狙わない、高さ五フィート（百五十センチ）以下の人間には向けないという条件を課した上で、ピケットの実装が決められたのだった。

五日間にわたった「メルカのパニック」の終盤、ついにロバたちがこの「牙」を剝いた。AK銃を持つソマリ人たちに向かって、一斉に杭の先端を出したり引っ込めたりしながら、押し寄せたのだ。

ピケットが飛び出るときには、ブッ！　という独特の破裂音がした。ブッ！　ブッ！　という音が、あたり一面で湧き起こり、ソマリ人をじわじわと取り囲んでいった。

最初、ソマリ人たちは勇敢に攻撃を続けた。しかしいくら勇敢でも、弾丸やガソリンは無限ではなかった。特に装甲車のたぐいは燃費が悪く、すぐ止まった。

燃料や弾薬が尽きると、ロバたちの包囲から抜け出せなくなった。それでもなお、素手で戦う兵もいたが、程なく体力が尽きた。

そうやって打つ手のなくなった者から、ブッ！　ブッ！　という音とともに、足や尻を刺されて、倒れていった。

氏族の戦士たちがテクニカルに群がっていったん退却しようとすると、いつの間にかタイヤを破られていた。ヴァーゲンは包囲し、ブッ！　ブッ！　と威嚇《いかく》した。RPGで吹き飛ばされても、投石で壊されても、後から後から湧いて出た。

ついに、気の弱い男が悲鳴を上げて地に伏した。ぶるぶると震えてアラーの名を唱える。するとロバたちは彼を無視し、立っている者へ向かう。疲れ果て、すべての武器をなくした戦士たちは、次々に膝を折り、降伏した。まだ闘志を残す者は、這いずって逃げていった。

五日目の夕方、残った六十五万体あまりのヴァーゲンが形作るネットワークは、メルカ周辺の支配地域に、立っている所属不明者、つまり敵がいなくなったことを報告した。司令部はこれを受けて、ヴァーゲンに「本来の任務の開始」を命じた。「本来の任務」とは、輸送および輸送支援のことである。

ヴァーゲンは命令に従い、自分の太陽電池シートをくるくると丸めて担ぐと、街道を歩き出した。目的地は北である。

七十五キロ北東にある首都モガディシュまでの街道を、三十万体のヴァーゲンが進み、放置車両に擬《ぎ》したトラップ爆弾のたぐいを排除し、沿道の民家を一つ残らず占拠した。それが済むと、道路の左右に儀仗兵《ぎじょうへい》よろしくずらりと並んで、二列縦隊の壁を作った。そこでシートを広げて、のんびりとしゃがみ込んだ。

残った三十万体のヴァーゲンがその道を歩いて、モガディシュ入りした。

首都に割拠していた各氏族が抵抗したが、「メルカのパニック」で人員と弾薬を消耗していた。まず、五万体のヴァーゲンが、市街地の外縁を一メートル間隔でぐるりと取り囲んだ。以後、この五万体が、あらゆる密輸、特に弾薬と麻薬の持ち込みをシャットアウトした。

残りのうち二十万体が、モガディシュのあらゆる交差点に、十体ずつ歩哨《ほしょう》として立った。

ロバたちは銃器を持つ者を見かけると、寄ってたかって取り囲み、ブッ！　ブッ！　と鋭い杭を突き出して威嚇した。そして相手が武器を地面に置くまで、際限なく仲間を呼び続けた。

安定化軍の将兵四千名がモガディシュに入り、ロバたちから通報があるたびに、臨検《りんけん》し、逮捕した。

こうしてモガディシュの街頭から武器が追放された。

最後に残った五万体が、メルカから運んできた食料や生活必需品を民間人に配り、以後も途切れなく補給を続けた。

作戦開始から五十日後、安定化軍の司令官であり、アメリカ軍の統合アフリカ軍司令官であるナフード大将が車両で首都入りし、任務完了を宣言した。

すなわち、ソマリアの情勢を安定化したと述べたのである。

ソマリア人の死者は、同士討ちや事故を含めて二百五十八名。負傷者は六千名にのぼったとみられ、三千九百十五名が捕虜となった。

安定化軍の死者はゼロだった。

世界中の軍事関係者から、奇跡的な大勝だと絶賛されたモガディシュ鎮定から十五日後、祐機はメルカの町に立っていた。ジスレーヌとああいう約束をしたものの、いてもたってもいられなくなったのだ。

頭の上の真っ白な太陽が、埃《ほこり》っぽい街路を真っ白に照らしている。緩やかな丘陵のふもとにある町で、遠くに美しいミナレットも見える。平和だったころがあり、その時代には栄えたのかもしれない。

だが今では、不吉な光景ばかりが広がっていた。

素焼きレンガに白い漆喰《しっくい》を塗った家屋は、銃火を受けて削られたり、崩れたりしている。電飾のたぐいは残らず割られている。

道端には、丸焼きにされた巨獣のようなものが、点々とうずくまっている。燃やされた自動車だ。草が生え、一部は砂に埋まり、もう何年も放置されていることがうかがわれる。

真っ黒な肌とちぢれた頭髪を、すっぽりと体を覆うブルカで隠したソマリ人の女性が、長いローブの裾を翻《ひるがえ》して、足早に行きかっている。子連れの女も多いが、あまりこちらに目を合わせようとしない。

そして、東西南北どちらを向いても、ロバたちの姿が目についた。

警備を続けるレプリヴァーゲンだ。

ぐるりを見回した祐機は、感想を述べた。

「男がいないな」

「ああ」

答えたのは、祐機の後ろにいた黒人だ。筋骨たくましい年配の男で、アフリカ連合《AU》軍中佐の軍服と記章を身に着けている。AU軍は国連安定化軍の同盟軍であるため、彼はある程度行動の自由を与えられている。名前はオログという。

祐機は人道支援のための現地調査という名目と、多額の賄賂《わいろ》を用意してきたが、それでも単身でこの地に入るのは無理だった。ケニアのナイロビでこの男を見つけられなければ、入国できなかっただろう。

オログは険しい顔で言った。

「武器を持っていた連中は、ロバどもが片っぱしから捕まえた。おかげでだいぶ落ち着いた。つい三ヵ月前までは、ここで道の真ん中に立って話すことなんて、夢のまた夢だった」

「ボディーガードが必要だった？」

「とんでもない。――必要だったのは装甲車だ」

祐機はそれを聞いて微笑したが、オログはにこりともしなかった。今のがジョークではなく、単なる常識についての話だったと、祐機は気づいた。

「今では丸腰で歩けるようになった」

「いいことじゃないか」

オログは答えない。祐機は声を低めて言った。

「何か問題でも？」

「ロバどもは、男を根こそぎ捕まえたわけじゃない。第一、そんなことは不可能だ。では、残りの男はどこへ行ったと思う」

「……逃げたのか」

ソマリアの面積は日本の一・六倍。広大な荒地が広がっている。

「隠れ場所はいくらでもあるからな」

オログはベレー帽を目深《まぶか》に引き下げて、疲れたようにため息をついた。

彼はAU軍に属しているが、元はといえば、この地域を故郷とするソマリ人の軍人なのだった。

やがて彼は、黒い肌の中で白い目を動かして祐機を見つめ、気を取り直したように言った。

「で、見たいのはこれだけか。もっとロバどもの秘密を知りたいんじゃないのか」

「なぜそう思うんだ」

「私の知っている中で、おまえと一番雰囲気の似た人間は、あのレプリキットとかいう会社の若造どもだからだ。――よその大陸で好き勝手やるのは楽しいかな、アメリカ人」

祐機の外見は東洋人だが、英語の話し方と金の使い方でそう思われたのだろうと見当がついた。苦笑して首を振った。

「俺はアメリカ人じゃないよ」

「そうか」

　オログの返事は気のないものだった。どっちにしろたいした興味はないのだろう。

　レプリヴァーゲンは、安定化軍の発行する認識票《ID》を持つ者に協力的で、ＩＤを持たずに武器を持っている者には敵対的だった。どちらでもない者、つまり民間人には反応しなかった。手を出されても、されるがままにしており、壊されそうになると逃げた。

　祐機はオログに協力してもらい、ヴァーゲンを呼び止め、詳しく調べた。子馬型のようなＵマシンに対して、レプリヴァーゲンがロバに見えるのは、大きな「耳」があるためだ。耳を調べると、それは大きなループアンテナだった。軍事行動用に通信機能を強化しているのだとわかった。

　その他の機能も外見から調べていると、大夜が現れた。

「よー、祐機……」

「おう、どうだった」

　彼はメルカに着くと同時に、世界中どこの発展途上国でも喜ばれるキャンディの袋をプレゼントに抱えて、街中へふらふらと出ていった。庶民生活を調べると称していたが、庶民の中でも麗《うるわ》しいほうの半分が目的に決まっていた。

　祐機が振り向くと、大夜はげっそりと青い顔をしていた。どうした、と聞くと、どうもこうもと頭を振りながらしゃがみ込んだ。

「アレが多くてさあ……」

「アレって」

「アレだよ。死体」

ぴくり、と祐機は手を止めたが、すぐに素知らぬふりでヴァーゲンの腹の下を覗いた。

「死体なんか珍しくもないだろう。バングラデシュのニカマル島にだってあったじゃないか」

ニカマル島では、島が崩れるために、埋葬した死体が流れ出していた。他にも途上国を回ってきたため、祐機たちはある程度の耐性がついていた。世界には死の身近な国が多い。日本ではほぼ完璧にパッケージ化されている病院から墓地までの過程が、それらの国ではところどころ、あるいはすべて剝き出しになっている。

「そりゃそうだが、程度ってものがあるよね。たいていはお葬式をやるし、仏さんはちゃんと隠すよ」

「隠してなかったのか」

祐機が聞くと、大夜は渋い顔でうなずいた。

ヴァーゲンの調査を終えて、大夜たちとともに町並みの裏へ入ってみた祐機は、彼の言っていたことを理解した。百メートルも行かないうちに、崩れた瓦礫《がれき》の山から突き出している、骨と皮のようになった一本の足を見つけた。別の一軒の廃屋の手前では、この中に生《ナマ》のがあるから、と大夜が言った。

「日本じゃ考えらんねーよなー」

確かに日本にいたころの感覚に照らせば、それらは驚くほど無造作に放置されていた。死体の埋まっている瓦礫のすぐそばで、痩《や》せた幼児たちが鬼ごっこをしている。怖くないのかと祐機は思い、その通り怖くないのだ、と、すぐに気がついた。慣れてしまっているのだ。

立ち話をしていたローティーンの少女たちが、すでに大夜と面識があるのか、ちらちらとこちらを見た。その一人は一本だけ残った左足で立っていた。

祐機は、自分の眉間に力がこもっていくのがわかった。

「オログ」

「なんだ」

「アメリカは、今度こそ成功するかな。この国から悲劇をなくせるか」

「彼らはそのつもりで来ている。同盟国の戦争だ。成功してほしいね」

「建前はいい。あのロバたちをどう思う？　あんたの本音を聞きたい」

「私の本音なんかどうでもいいだろう。ほかに選択肢はなかったんだ。ロバどもが役に立つなら、私たちがどう言おうと、アメリカはあれを使い続ける。それを見守るしかない」

あきらめたような、オログの物言いだった。

祐機は、乾いて崩れた家の並ぶメルカの路地裏を、さらに歩いていった。

メルカを支配しているのは暴力ではなかった。暴力は確かに今までこの地の主人だったが、逃げた男たちとともに、姿を消していた。そして代わりに、もっと昔からここに根を下ろしている、暴力の母とでも言うべき何ものかの姿を垣間見ることができた。

それは主に、生産する子供たちの姿を取っているようだった。ラクダを解体する老人を手伝う少年、涸《か》れ川を掘って水を汲《く》んでくる少年、母親と畑で収穫をする少女。みな黙々と働いていた。それが当然であるから、しなければならないから、しているという風だった。

確かに、ここではそうなのだろう。——しかしそうではない国がたくさんあり、そこではこれらの年代の子供たちは、当座の生産性にはまったく関わりのない、教育というものを受けていることを、祐機は知っていた。

子供まで動員した生産行為の成果は、家族が食べていくのにわずかに足りるほどか、それにも達しないほどの一次生産品でしかなかった。水、食料、貧相な生活用品。そして痩せたラクダと羊。

こうした環境しか知らないまま暮らしてきた子供たちが、十数年後には大人になる。

送電線すらないこの半砂漠の地で、創造の「そ」の字も知らないまま、腕力を備えた大人になるのだ。

そして銃を持ち、テクニカルに乗る。牧畜民の伝統だと称して。

四度目か五度目に、道端のトタン板の下に痩せて乾いた死体を見つけた祐機は、表情を変えぬまま一筋の涙を流していた。

大夜がうーんと伸びをして、空を眺めた。

「どうしたもんかねえ、この国は」

「他人《ひと》事みたいに言いやがって」

「他人事だろ、ここの人間でもないくせに。何言ってんだ」

何気ない大夜の言葉が、いつにも増して祐機の胸に堪《こた》えた。

そうだ、自分たちは安全で便利な、日本という国に生まれたよそ者でしかない。別の大陸の肌色の違うソマリ人たちとは、何の関係もない。口や手を出そうとするのは、それだけで傲慢なのだ。

だが逆に、国と民族と習慣と距離の壁を、ためらいなく突き破っている人々がいる。それがGAWPだ。

生産性の向上を考え詰めれば、GAWPの思考に至ることになる。彼らが安定化軍に手を貸したのは、ソマリアの生産性を高めるためだろうし、その作戦は成功したと言えるだろう。略奪が常態の土地では、生産性も何もない。争いを鎮《しず》めることは、何にも増して必要だ。

結局のところ、GAWPのやり方に倣《なら》うしかないのかもしれない――。

祐機はふと、そんな風に思った。

その時、路地の先でガラスの割れる音がした。悲鳴と赤ん坊の泣き声が聞こえてくる。

「おっ、女だ」

間髪入れず、大夜が駆け出した。祐機たちも後を追う。角を曲がると、前方を若い男が逃げていくところだった。腕一杯に果物を抱えている。手前の民家から、女の怒声が繰り返し響いた。

祐機は、走る男を追おうとした。すると、背後からオログに肩をつかまれた。

「しゃがめ！　動かずに見ていろ」

果物を奪った男は、路地から広い通りに飛び出した。そこで、ぎょっとしたように立ち止まった。耳をヒラヒラと振り立てたロバたちがポッカポッカと集まって、彼の行く手に半円を作っていた。男が狼狽《ろうばい》して振り返ると、背後の路地からもロバが現れた。

十頭あまりのロバが、いっせいに首をもたげる。

ブッ！

圧縮空気の音とともに、鼻先から杭《ピケット》が飛び出した。尖った先端が、男に向けられる。

異変に気づいた通行人たちが、老若男女の区別なく、荷物を放り出して地面に伏せ、頭を抱えた。祐機たちも同じようにしながら、呆然と見守る。果物を抱えた男が血走った目で周りを見回すと、ロバたちは包囲の輪を一歩縮め、ふたたび杭を突き出した。

ブッ！

男はロバの一頭を足蹴《あしげ》にして、包囲から逃れようとした。

その途端、両隣のロバが機械的な正確さで首を振り、男の太腿《ふともも》に向かって杭を突き出した。血しぶきが上がり、男は悲鳴を上げて倒れた。土の上で傷を押さえてもがく。

祐機の口の中に苦い唾が湧き、胸に不安が満ちた。それは、このロバたちが自分に襲いかかってきたらどうしよう、という気持ちだった。その気持ちに気づいて、祐機は愕然《がくぜん》とした。世界の誰よりもVNマシンに慣れているはずの自分が、そんな気持ちを抱くとは、驚きだった。

そう感じたとき、周りで息を潜めて見守っている通行人たちの気持ちが、わかったような気がした。

じきにロバたちは威嚇《いかく》をやめたので、祐機は立ち上がろうとした。だが、「まだだ」とオログが押さえつけた。

「女の悲鳴が引き金だ。銃器を持っていなくても、女の悲鳴から走って遠ざかろうとすると、ああやって囲まれる。ロバどもには、他にもよくわからない行動規定のようなものがいろいろあって、それに引っかかると、私たちのような軍人でも目をつけられる。対処法はただひとつ、地に伏せたまま動かないことだ」

「警察行動までやっているのか。ここではあのレプリヴァーゲンが法律ってわけだ」

オログはむっつりとうなずいた。

やがて、高機動車《ハンヴィー》でやってきたアメリカ兵が、ロバたちのそばで降りて、男を捕らえた。兵士の合図を受けて、ロバたちは包囲の輪をゆるめる。

「行こう。あまり関わりたくない」

祐機は、アメリカの経済犯罪容疑者、ジスレーヌの仲間である。海兵隊の兵士に顔を知られているとは思わないが、念のためこっそりと逃げ出そうとした。

その時だった。ハンヴィーの車上から、驚いたような声が飛んできた。

「おい、そこの君！　――トダか？　トダ・ユーキか？」

祐機は驚いて声の主を振り返った。スーツ姿で金髪をきれいに撫でつけた、壮年の白人紳士が窓から顔を出していた。

「げ、グーテンじゃん！」

祐機よりも先に大夜が叫んだのは、人の顔を覚える能力の差だろうか。お互い無名でもないので、顔写真を見たことぐらいはある。ともかく彼が一番最初に気づき、行動に出た。祐機を引きずり起こして、逆方向に走り出そうとしたのだ。オログもあわててついてくる。

しかしそれが裏目に出た。

Ｖｉｉｉｉｉｉｉｉｉｉｉｉｉｉｉｉｉｉｉｉｉ！

けたたましいブザーの音が、四方八方から湧き起こった。思わず足を止めた祐機たちの耳に、あの音が聞こえてきた。

ブッ　ブッ　ブッ　ブッ

路地の前方に、ロバたちの群れが現れた。背後を振り返ると、そこにもロバたちが押し寄せていた。

機械の群れの向こうに、この事態の仕掛け人であるはずの男が立って、困惑気味に頭をかいていた。

「どうやらトダ・ユーキに間違いないようですね。しかし、なぜここに？」

「それはこっちの台詞《せりふ》だ」

仕方なく両手を挙げてから、それではロバたちに通じないと気づいて、祐機はその場に膝をついた。

ブッ！

目の前に杭が突き出されたとき、たとえようのない怒りを祐機は感じた。

インドのムンバイ港に停泊中のリバティ号。おやつ代わりのカクテルサラダを食べていたジスレーヌは、フォークを止めて二人の部下を振り返った。

「今、何か変なことを言わなかった？」

「別に言っていませんけど」

「ユーキたちがソマリアで捕まった、と聞こえたわ」

「それなら確かに申し上げました」

「どういうことよ！　そもそもなんで彼らがソマリアにいるの？　南米に行ったって聞いてたわよ？」

食べかけのサラダにざっくりとフォークを突き刺して、ジスレーヌは二人をにらんだ。

タイレナの代わりにベイリアルが進み出て、私の責任です、と小さく目礼した。

「南米は嘘です。トダがどうしてもソマリアへ行きたいと言ったので、私がお膳立てしました。信頼できる案内人を手配したつもりでしたが、アクシデントがあったようです」

「アクシデントですじゃあ済まないでしょう！　あそこがどんな場所か、知っているくせに。犯人は誰なの、首都の氏族のどれか？　それともイスラム法廷連合？　身代金の要求はあったの⁉」

椅子を後ろに蹴倒して立ち上がったジスレーヌに、タイレナが近づいてなだめた。

「どれも違います。トダを捕まえたのはアメリカ軍です」

「アメリカ軍……」

一気に気抜けして、ジスレーヌはストンと腰を下ろそうとした。椅子が倒れていたので、ひっくり返りそうになり、タイレナに抱きとめられる。

「お嬢さま、しっかり」

「ああ、ありがと……」

椅子を起こして座り直すと、ジスレーヌは深々とため息をついた。

「ほんとにもう、驚かさないでよ。心臓に悪いわ」

「そんなに驚くほどのことでは、ないんじゃありませんか。彼らだって途上国の素人ではありませんし」

タイレナが言うと、ジスレーヌは苦い顔で彼女を見上げてから、ぼそりと言った。

「私、わからないの」

「何がですか?」

「ユーキの将来性が。ソマリアの話を聞いて以来、ぼんやりして、見えなくなったのよ」

ジスレーヌの能力を知っているタイレナは、わずかに眉をひそめた。

「将来性がなくなってしまった場合、そうなるんでしたか。才能を使い果たしたとか、病気にかかったとか、事故にあったとか」

「事故はわからないわよ。その人の外からやってくる出来事だもの。私は予知能力者じゃない。素質は見抜けても、現実の未来が見えるわけじゃない。だから、高い将来性のある人が、突然亡くなってしまう、というケースには遭ったことがあるわ」

「トダがそうだと？」

「違う、逆」

ジスレーヌは首を振って、胸にぎゅっと拳《こぶし》を当てる。

「将来性が、まったく見えない。没落するとか失脚するとか、そういうのとは違う。こんなの初めて」

「どういうことですか」

「わからないわよ！　だから行かせたくなかったの！」

悲鳴のような声を浴びせられて、タイレナとベイリアルが顔を見合わせた。

とにかく、とタイレナがジスレーヌの肩を抱く。

「今のところ、生命は無事のようですから、落ち着いてください。ただ、このままだとアメリカ本国に送還されてしまうでしょうから、手を打たなければいけません。その方法を考えましょう」

励ましの言葉に、ジスレーヌはひとつ息を呑んで、うなずいた。

「……わかったわ」

国連安定化軍は、メルカとモガディシュを結ぶ街道と、周辺二百平方キロの治安を取り戻したが、首都から逃げ出した武装勢力の多くは、残りの広大な国土に散って、反撃の機会をうかがったり、別の町を拠点に定めたりしていた。

これに対処するため、安定化軍はレプリヴァーゲンの大幅な増加をはかろうとした。その数、一千万体。要するにソマリア全土の都市部を、制御下に置いてしまおうという計画である。

これだけの増強ともなると、自己増殖に必要な電装パーツの調達にかなりの時間がかかる。費用も馬鹿にならない。試算によれば、量産効果でヴァーゲンの価格がどれだけ下がっても、一機百ドルを割ることはないとされていた。つまり一千万体なら十億ドル、一千億円である。

最新鋭戦闘機十機分の価格にも満たないとはいえ、巨額には違いなかった。アメリカ議会は、この追加投資の妥当性を審議するとともに、現地ソマリアでもっと効率的にマシンを運用できないかどうかの調査を命じた。

「……とまあ、そういった経緯で、私に依頼が来たわけです。ソマリア安定化の生産性を上げるように、とね」

そう説明すると、ジャクソン・グーテンベルガーは親しげに微笑《ほほえ》んだ。

安定化軍のメルカ基地にあるプレハブの建屋だ。グーテンベルガーに与えられたオフィスらしい。軍の規格のデスクやソファが備えられ、男性秘書が控えている。

治安の維持を妨害したという名目で捕まった祐機と大夜とオログの三人は、そこのソファに座らされていた。

祐機は、捕まった瞬間から脱出のことばかり考えていたが、ひとまず話を合わせることにした。

「それで、安定化軍のリストラの目処《めど》はついたのかい、〝BBB〟のミスター・グーテンベルガー」

「まだ緒《ちょ》についたばかりですよ、〝アーキテクト〟のユーキ・トダ」

祐機は、あてつけのような言葉を聞いて顔をしかめた。向かいに腰かけたグーテンベルガーは、あくまでもにこやかな表情を崩さない。

軽く頭を振って、祐機は言う。

「まあそれなら、粛々《しゅくしゅく》とあんたの仕事を進めてもらいたい。俺は帰らせてもらうよ」

「それは話が終わってからにしてください」

「話？　何の話だ」

「あなたがここに来た理由ですよ。何をしに来たんです。Uマシン同士をぶつけて戦争でも始めるつもりですか」

「ということは、あれがUマシンのコピーだと認めるんだな？」

「認めますが、だからどうだというんです。パテント侵害で当局に訴えますか？」

「まあ、無駄だろうな」

「ことと次第によっては、私たちは手を結べるんじゃありませんか」

「本気でそう思ってるのか？」

「ええ。あなたが戸田特鋼《トダトッコウ》の遺恨を水に流してくれれば、の話ですが」

「……覚えてたのか」

「もちろん」

グーテンベルガーは秘書の淹れたコーヒーをゆっくりとすすり、祐機を見つめる。急いで話を進めるつもりはなさそうだ。

「ユーキ・トダ、私とあなたの目的がどれほど違うというんです。高い生産性を世界にもたらし、発展の遅れた国々の暮らしを底上げする。そこで生じた余剰資金を一ヵ所に集中させて、効率的な投資を行う。あなたもサン＝ティエール嬢も、やっているのはそういうことでしょう」

「グローバル経済を称えるお題目なら聞き飽きてる。GAWP《ガウプ》がでかい手であっちのものをこっちに動かすたびに、大勢の人間がとばっちりを食らって迷惑するんだ。そんなこと、俺が言わなくてもほうぼうから言われているだろ？」

「わかりませんね。あなたの目的はなんです？　グローバル化を支えるのにUマシンほど最適な機械はない。なんのためにあれを作ったんです？」

答えようとして、祐機はぐっとこらえた。

人間を義務的な物作りから解放して、好きな物を好きなように作らせるため――そんなことを言ったところで、この男には決して理解されないだろうと思ったのだ。

この男だけではない。ソマリ人にも理解されないかもしれない。

こんな荒廃した土地だから、なおさらだ。生きるのにも苦労するような世界で、生産ではなく創造について講釈しても、空《むな》しいだけだ。

自分が青臭い理想を追っているのではないかという思いが、また湧いた。力と数で、とにもかくにも乱を鎮めたGAWPのほうが、正しいのかもしれない。それが一方的であるということを割り引いても、なお。

祐機が黙り込んだのを見て、グーテンベルガーは身を乗り出した。

「トダ、率直に話しましょう。我々はあなたのスキルを喉から手が出るほど欲しています。あなたの才能を、稀《まれ》に見る貴重なものだと思っています。ここで出会えたのは運命です。協力してもらえませんか」

「レプリキットに雇われろとでも？」

「誰がそんなことを……」

大げさに眉をひそめて、グーテンベルガーは肩をすくめた。

「あなたにならレプリキット社そのものを任せますよ。なんなら黄神《ホアンシエン》増機の経営を続けてもいい。しかし一番いいのは、レプリキットのトップについてから黄神増機を吸収してしまうことでしょうね。あなたは名と実と両方を手に入れることができます」

「そして首輪をつけられるわけか」

「今、そんな話をしていますか？　我々にあなたを飼い殺すことができると思いますか？　GAWPは舵取《かじと》りを求めているのですよ。Uマシンという斬新な道具を作り出した、あなたのビジョンが必要なんです。我々の仲間になってください、ユーキ・トダ。世界に不満があるなら、我々とともに変えてください」

テーブルを見つめる祐機の額に、グーテンベルガーの熱弁に当てられたかのように、じっとりと汗が浮いてきた。大胆な思惑が、芽生え始めていた。

同志になったふりをして、GAWPそのものを乗っ取ってしまうことは可能だろうか、という……。

すると、膝の裏をつかんで暇そうに体を揺らしていた大夜が、ふと口を開いた。

「なんだか勝手に話を進めてくれちゃってるけどさー、それって困るんだよね」

「もちろん、トダの進退に合わせて、あなたにも来てもらいますよ。ダイヤ・フカザワ」

グーテンベルガーが、完璧なまでの如才なさで付け加えた。

だが、大夜は首を横に振って言った。

「ちげーでしょ、ミスター・グーテン。黄神増機の社長は俺なんだぜ？」

大夜が、得意満面で自分の顔を指差した。

「俺に聞けよ俺に！　あんたと手を結んで、レプリキットと合併するかどうかなんて話は、俺の仕事なんだよ！」

グーテンベルガーの目が点になった。

「ああ、いや……忘れていたわけでは。それで、あなたはもちろんユーキと同じ考えなんでしょう？」

やや焦ったような調子でグーテンベルガーが言った途端、大夜は胸の前で腕を組んで、目いっぱい偉そうにふんぞり返ってから、鼻の穴で言った。

「ないね！」

「はい？　失礼」

「合併とかありえねーから！　俺の目の黒いうちは！　顔を洗っておとつい来てほしいね！」

そう言うと大夜は祐機を振り向いて、言ってやったと言わんばかりに笑いかけた。

「どう、どう？　俺、社長らしい？」

「大夜おまえ……」

どっと肩を落とした祐機は、拳を固めて大夜の顔を殴りつけようとした。

「ＴＰＯをわきまえないにも、程ってもんが――」

「だってコイツ、俺の親父の仇《かたき》でもあるんだぜ？」

大夜がグーテンベルガーを指差したので、祐機は固まった。

「忘れんなよ、おまえの会社にはうちの親父も勤めてた。こいつのおかげで職場をなくしたんだ。みんなそうだ。おまえ、そんなやつと手を組んでいいのか？」

「いや、それは……そうだが」

納得しかけてから、祐機は眉をひそめた。

「おまえが親のことなんか気にするタマか⁉　何、取ってつけたみたいなこと言ってやがる！」

固めた拳で、とにかく一発殴っておいた。ふぐわ、と殴られた頬を押さえてから、大夜はニヤリと笑った。

「なんだ、見破れんじゃねーか、嘘」

ハッと祐機は大夜の顔を見直した。今度は、いつも通りの軽薄な口調で、大夜が言った。

「しっかりしろよ祐機。おまえが口説かれて迷うなんて変だろ」

言うなり大夜が、祐機の頬を殴り返した。小柄な祐機はソファの上で横へぶっ倒れる。

起き上がったときには、頬を押さえて憮然《ぶぜん》とした顔になっていた。

唖然《あぜん》として見守っているグーテンベルガーに向かって、軽く目礼して、言う。

「どうも失礼。見苦しいところをお目にかけちまって」

「はあ、いや……」

「で――なんの話だったっけ？」

「なんの話、と言いますと」

「今ぶん殴られたせいで、あらかた忘れちまったみたいで」

思い切りとぼけた調子で言って、祐機はにやっと笑ってみせた。

グーテンベルガーの顔から表情が消えた。眼差しが冷ややかなものになる。

「そう何度も同じ申し出をするとは限りませんよ」

「そう？　それは残念。もう一回言ってくれたら気が変わったかもしれないのに」

グーテンベルガーは、二人をじっと見つめていた。

祐機も大夜も、にやにや笑いながら見つめ返していた。

ＧＡＷＰのコンサルタントは、ため息をついて秘書に言った。

「エンリケ、警備を呼んでくれ」


「いてっ！」

「おいおい、扱いが極端だな」

やってきた衛兵の手で、祐機たちは基地内の別の建物にある留置場に、まとめて放り込まれた。

「しかも三人部屋かよ。個室もないとはね」

「いや、これでよかった。他の連中よりはあんたたちのほうがましだ」

そう言ったのは、初老のソマリ人の将校、オログである。言われてみれば、他の部屋からはアラビア語やわけのわからないざわめきが聞こえる。捕虜が押し込められているのだろう。

祐機と大夜は顔を見合わせて、オログに言った。

「悪いね。巻き込んじゃって」

「構わんさ。もともとアメリカ人たちに期待はしていない」

彼は犯罪というほどの悪事はしていない。祐機たちとの関わりを調べられただけで、すぐに釈放されるはずだ。

ごく軽い口調で言って、オログは祐機を見た。

「時に、さっきの男はずいぶんあんたのことを買っていたが、あんたはそんなにすごい人物なのか」

「それほどでもないが」

言ってから、謙遜《けんそん》の美徳が通じる土地ではないことを思い出した。ここではとにかく、押しの強いものが尊重される。

「俺が改造していない大陸は、南極とオーストラリアだけだ」

正確には、残りの大陸「の一部」をいじっただけだが、まあ間違いじゃないだろう、と祐機は自分に言い聞かせた。

　オログはまじまじと祐機を見て言った。

「そんなに小さいのにか」

「ナポレオンもヒットラーも小さかったよ」

　悪党ばっかりかと言う大夜を無視して、祐機はオログにUマシンのことを話した。オログがうなずく。

「うむ、そうだな。じゃあ、あんたは、あのロバどもを操るようなことができるのか？」

　できる、と言いかけて、祐機はオログの目の色に気づいた。

　ずっと暗い諦念《ていねん》の色を浮かべていた彼の目に、初めて見る期待の光が宿っていた。

　祐機は少し考えて、違う角度から言い返した。

「そんなことができたって、あんたやここの人間は嬉しくないいんじゃないか。俺はもっと違うことができる」

「どんなことだ？」

「たとえば――」

　脳裏に、メルカの町の外で見た光景がよみがえった。水道はもちろん井戸もないため、少年たちが涸《か》れた川床を足で掘って、染み出る水を汲み取っていた。

「ここの人間すべてに、透明な水を飲ませてやれるね」

「本当か。メルカには八十五万人も人間がいるぞ」

「誰がメルカだけなんて言った。俺の子馬なら、ソマリア全土をエビアンよりうまい水で浸してやれるよ」

言ってから、祐機はちょっと目をそらした。言い過ぎたか？

しかしその手を、オログがっしりと握っていた。

「それが本当なら……本当なら」

「ちょ、痛い、こら」

「頼む」

骨が折れそうなほど強く握って、オログが祈るように目を閉じた。

「やってくれ。呼んでくれ。杭《ピケット》を突き出すロバではなく、泉を掘るその子馬を」

祐機は思わず、微笑みそうになった——が、大夜がすっげえイイ顔でサムアップしていたので、やや醒めて、コホンと咳払いをした。

「わかったよ、オログ。ここから出られたらやってやる」

「出られるのか？　私には伝手《つて》があるが」

「俺たちにもある。心配しなくていいと思うよ」

ここへ来たことはベイリアルの手引きだった。彼ならその後の動向も把握しているだろう。それなりの確信を抱いて、祐機は請け合った。

五日後、ソマリアの北にあるジブチ共和国の空港で、空港職員を装った白人の武装集団が突如現れて、乗り継ぎしようとしていた乗客二人を拉致した。

その乗客は、正確にはアメリカ国籍の密入国者で、ソマリアからC－130戦術輸送機で運ばれてきて、米本土行きの大型機に乗せ換えられるはずだった。乱入してきた集団に何事かをささやかれると、自発的についていった。

その際、護送の海兵隊員に向かって、「グーテンに伝えろ、〝アイ・シャル・リターン！〟」と捨て台詞《ぜりふ》を残していったという。


オログの言葉を受けた祐機が、リバティ号へ戻る途中に考えていたのは、あの国をどうしたらよいのかということだった。他のことは念頭になかった。

ベイリアルの手配した傭兵《ようへい》の手で助けられ、陸海空の複雑な経路をたどって、マラッカ海峡で漁船に運ばれ、島陰に隠れていたリバティ号の甲板へよじ登った祐機は、重大なことを忘れていたと気づいた。

「お帰りなさい」

ブラウスにロングスカート姿のジスレーヌが、冷ややかな目をして待っていた。

赤毛の娘の顔を見たとたん、彼女に無断でソマリアに行っていたことを思い出した。軽はずみなことをしない、という約束を交わしたのに、だ。一体どんなことを言われるかと、冷や汗が出てきた。

「やあ、ジス。久しぶり……」

「食事を作らせてあるわ。シャワーも浴びたいでしょう。好きなほうから済ませて。私はオフィスにいるから」

口を挟む間もなく言い渡して、ジスレーヌは船内に消えた。祐機は大夜と顔を見合わせた。

「あれは怒ってるな」

「かな」

ジスレーヌがカリフォルニアを離れ、ウズベキスタンでの出来事を経て、リバティ号で暮らすようになってから、顔を合わせる回数と時間が増えた。今までの経験からいけば、ここはひと息ついた後で大目玉を食らいそうな流れだった。

久しぶりのまともな食事とシャワーもろくに味わえずに、祐機たちはオフィスへ向かった。リバティ号上にある、黄神増機《ホアンシエン》の社用区画とも言うべきその部屋では、各種の肌色を取り混ぜた社員たちが活発に働いていた。ジスレーヌは、普段カリフォルニアの本社でやっていたように、個室にこもって仕事をしているのだが、今日は社員たちに交じってさまざまな指示を出していた。

祐機が顔を出しても彼女は振り向かず、ひと通り社員に指示を出し終わってから、初めて目を向けた。そして言った。

「勝手だけど、完工しそうなプロジェクトをいくつか、よそのディベロッパーに売り渡すことにしたから」

ソマリアへ行ったことを詰問《きつもん》されないのは意外だったが、それよりもその話の内容に祐機は驚いた。思わず聞き返す。

「売り渡す？　どれを？　じゃなくて、どうして？」

「現金が要るからよ。私の手持ちの金融資産も二億ドルほど取り崩した。祐機にも協力してもらうからね。あなたが買おうとしてたロシアの冶金《やきん》会社のパテント、あれあきらめて」

「ＳＵＡＬ社のか？　あれはマシンのアップグレードに不可欠なのに！」

「でもお金が要るもの」

「何にそんなに使うんだ？」

「一千万体のマシンを作るのに」

祐機は耳を疑った。その沈黙の間に、ジスレーヌは指示待ちの社員に短い言葉をかけてから、向き直って淡々と言った。

「ソマリアで使うんでしょ。ＧＡＷＰより少なかったらお話にならないじゃない。会社としてやるからには」

「……いいのか？」

「ムンバイの下請けとはもう契約を済ませたし、原料や材料は可能な限り上流まで遡《さかのぼ》って キープしたわ。私に打てる手は全部打った。ロジスティックスの問題は出ないはず。後は祐機の仕事よ」

「そうか」

「ひとつだけ問題が残ってるのよ。Uマシンの、アクチュエーターだっけ？　正確な名前までは知らないけど、電装パーツのモジュールのひとつが、ムンバイでは増産できないって。八方手を尽くしたけど手配できなかった。これはあなたの判断待ちよ」

「その辺は、例のエンテルサイト合金に関わるから、よそじゃやれない」

「何か方法はあるの」

「考える」

「頼むわ」

ジスレーヌは淀みなくそこまで言うと、ひと息ついた。祐機は彼女の手回しのよさに驚き、感心していた。ジスレーヌの顔色がいつもより青白く、彼女の握り締めた拳が細かく震えていることにまでは、気づかなかった。

それに気づいたのは、いつものように、大夜だった。

祐機の後ろにいた彼は、ふと眉をひそめると、周囲を見回した。オフィスにいる全員が、いつの間にかジスレーヌと祐機を遠巻きに見つめていた。タイレナがしきりに目顔で合図していた。大夜は事態を了解し、爆弾処理にとりかかった。

「祐機、ちょっと来い」

「え?」

「ジスもおいで」

「いえ、私は」

「いいから。ね」

へらへらした笑顔の大夜に手を取られて、二人は流されるように、オフィスから連れ出された。そのまま旅客サロンに移り、ソファに座らされる。

「なんだよ」

祐機はまだいぶかしがっていたが、ジスレーヌのほうはもう、大夜の気配りに気づいていた。

彼は、「あっちのことは、俺からタイレナに報告しとくから」と言って出ていった。二人だけが残される。

「なんだ、あいつ……?」

祐機が首をひねりながらジスレーヌに向き直った途端、パン!　と乾いた音が響き、目の前が真っ赤になった。

「ばかっ！」

ジスレーヌが思い切り平手打ちしたのだ。あまりに突発的な事態に、祐機が呆然としていると、次にめちゃくちゃに叩かれた。

「うわっ、こら、やめっ」

「あれほど行くなって言ったのに、黙って行ってしまって、どういうつもりなのよ！　それだけならまだしも、捕まったりなんかして、何考えてるの！　何やってるの！　私が、一体、どれだけ心配したと！　もう、ユーキ、もうっ！」

身構えた祐機を、平手でバシバシとぶつだけでは足らず、最後のほうではテーブルにあった果物カゴを持ち上げて、中身ごと叩きつけた。オレンジとキウイとマンゴーがぐしゃりとぶつかって、祐機は果汁まみれになる。

「何をする、この！」

腕を上げて顔をかばった祐機が、怒鳴り返そうと向き直った途端、体ごと抱きつかれた。

「よく無事で……！」

それだけ言うと、ジスレーヌは祐機の胸に顔を埋めて泣き始めてしまった。祐機は怒鳴ろうとした顔のまま、固まって動けなくなる。

そこまで心配されるほど危険なことをしただろうか、と思ったが、さすがに口に出しはしなかった。

やがておずおずと手を下げて、つぶやいた。

「悪かった」

ひっくひっくと肩を揺らすジスレーヌを抱き起こして、祐機はしっかりと背に腕を回した。

気が済むまで泣かせてから、ぐしゃぐしゃの顔になったジスレーヌを化粧室へ送って、祐機ももう一度シャワーを浴びた。サロンに戻ると、ジスレーヌが苦笑しながらソファを拭いていた。

「べたべたよ。ぶつけるならクッションにすればよかったわ」

「同感」

重々しくうなずいてから、祐機は先ほどちらっと思ったことを改めて聞いた。

「そんなに心配だった？」

「それは――」

浮かんだばかりの笑みが、ジスレーヌの顔から消えた。少しためらって言う。

「ユーキの将来性が、急にわからなくなったから」

「それは、例の勘？　君の」

「ええ……そう。それも、今まで見たことのない感じだった」

「最初に言ってくれりゃよかったのに」

「本当にそう思う？」

腰かけた祐機の隣に、ジスレーヌも腰を下ろした。

「私は言いたくなかった」

「どうして」

「だって、嫌じゃない？　自分の将来性が他人に言い当てられてしまうなんて。少なくとも私は嫌だった。母がそれを言いそうになったとき」

「それは――言っちゃあなんだけど――君のママが相手の気持ちを考えていなかったからじゃないか？　いや、まだ話したことはないが、君の意思も確かめずにサマルカンドまで迎えに来ただろう。そういう性格なんじゃないのか」

「そう……ね」

「俺はジスになら見られてもいいよ。というか、俺たちは出会った最初の時から、お互いのそういうところを見てきたわけじゃないか。今さら気兼ねなんかしないでほしい」

「わかったわ」

ジスレーヌがうなずいた。その穏やかな瞳を見つめながら祐機は続ける。

「勝手にああいう国に行ったのは、悪いと思ってる。でも、Uマシンをただのロボットじゃなくて、何がしかの善き道具にするためには、行くしかなかったんだ。あそこへ行って、俺はUマシンの善い——GAWPよりもちょっとはマシな——使い方を思いついた。だからそう使う、いや、使いたい」

「それが前にユーキの言っていた、『善かれと思ってすること』なのね？」

「そうだ。君に手を貸してほしいと言っていた、あの事業だ」

「貸すわ、もちろん」

ジスレーヌは当然のようにうなずいた。祐機は微笑む。

祐機はそのまま、しばらく彼女を見ていた。するとジスレーヌがささやいた。

「また仕事の話になってない？」

「そうかな」

「どうしてもそういう話をしたい？　——つまり、私は今、あまり話なんかしたくない気分なんだけど」

じゃあどんな気分、と言いかけて、祐機は言葉を呑み込んだ。ジスレーヌの頬に、かすかな赤みが差していた。

黙ったまま腕を伸ばして、抱き寄せた。ジスレーヌが目を閉じる。その頭に手のひらを当てて、顔を向けさせた。唇を寄せる。

「ジス」

「ユーキ……」

その瞬間、世界がぐらりと揺れた。

「キャア！」

ジスレーヌが悲鳴を上げる。船が大きく傾いたのだ。

体重を預けられていた祐機は、支えきれずにソファから転がり落ちた。その上にジスレーヌも倒れてくる。間の手順をすっ飛ばして床の上で二人は抱き合ったが、感動していられる状況ではなかった。サロンの扉を開けて船員が顔を出す。

「オーナー、インドネシアの沿岸警備艇に接舷《せつげん》されました！　臨検を受けるおそれがあるので、申し訳ありませんが船倉へ隠れてください！」

言ってから、二人の体勢に気づいたのか、あわてて背中を向ける。祐機は照れ隠しに怒鳴る。

「臨検だって？　なんでまた！」

「海賊船と間違えられているようです。何分、こちらも清廉潔白というわけではないので……お急ぎを」

そそくさと船員は去っていった。祐機はジスレーヌを助け起こして、ため息をついた。

「仕方ない、行くか」

「ええ」

ジスレーヌは真っ赤になっていた。祐機はからかわずにいられなかった。

「下で続きをする？」

殴られるかと思ったが、驚いたことに、赤毛の娘はこくりとうなずいたのだった。

「船倉のほうが、人に見られないと思う……」

真っ赤な顔のままで、いたずらっぽく目を輝かせる。

祐機のほうが赤くなってしまった。


ジスレーヌの始めた、一千万体のUマシンを投入するという計画に手をつけた祐機は、すぐにその困難さに気がついた。インドだけでなく東西の部品会社に打診してみたところ、すでに大量の注文を受けていて対応できないという答えが、ほうぼうから返ってきたのだ。GAWP、あるいはアメリカ政府がすでに部品調達に動いているということである。これはもはや、全世界の生産設備の何割を取れるか、という次元の争いだった。

新しい素材であるエンテルサイト合金をまともに扱える会社は、世界でも限られており、金でどうにかなるというものではなかった。

そこで祐機は母国へ向かった。

日本は初夏で、水濃《みの》市では田んぼの代掻《しろか》きが始まっていた。けばけばしい原色の看板や店舗が増える一方で、商店街や工場はパッとしていなかった。相変わらず、地域経済がうまく回っていない感じだった。

たまたま日曜日だったので、実家には父の鋭次がいた。祐機はある程度、叱られる覚悟をしていた。だが、五年ぶりの対面だというのに、鋭次の反応は鈍いものだった。

「ああ……祐機か」

「そうだよ、親父」

「おまえ、何か悪いことをしたんだって？」

「何だって？」

「なんでもいいが、あんまり人様に迷惑をかけるなよ」

「よくねえよ、何の話だ？　俺は悪いことなんかしていない」

面倒くさそうにごまかす父親を問い詰めて、実家に何度も警察が来たことを聞き出した。鋭次は祐機のことを、詐欺《さぎ》師か何かの、犯罪者の片割れだと思っていた。

「冗談じゃない、それは濡れ衣だ」

祐機は腹を立て、アメリカ当局の言いがかりで追われていることを話した。実のところ、国境破りと二、三の騒乱ぐらいは、冤罪《えんざい》ではなくて本当にやったのだが、それは黙っておいた。

「そうか、まだおまえは真人間か」

「まだとはなんだ、まだとは。最初から最後までまともだよ」

そう言いつつ、祐機は生気のない様子の父親を観察していた。

鋭次は昔、冶金に関する技術と経営の才覚との両方を備えた、優れた社長だった。幼い祐機が工場に入ることを許してくれ、さまざまな道具と材料の扱い方を教えてくれた。

それが今では、大会社の一社員となって働いている。その境遇に納得しているなら、祐機はあえて何も言わずに去ろうと考えていたが、今の父は、どう見ても生き甲斐があるようには見えなかった。

はたして、やる気と一緒に、かつての腕の冴えまで失ってしまったのだろうか。

「親父、今日はひとつ、面白いものを見せようと思って来たんだ」

祐機がそう言うと、鋭次はちらりと目を向けたが、すぐに興味がなさそうに顔を背けた。

かまわず祐機は持参した大きなトランクを前に出し、ボタンを押した。

箱から姿を現した機械が、精密なアクチュエーターの音を立てて立ち上がり、子馬の姿になった。

「Ｕマシンだ。建設工事が得意だが、今、農業もできるように改良してる」

「Ｖｉ！」

祐機はマシンにおじぎをさせた。鋭次は、さすがに驚いた様子で口を開けて見つめていたが、じきにまた視線を外した。

彼が何も言わないので、祐機はマシンと計画のことを説明した。このマシンが自己増殖すること。これを使って発展途上国の環境を変えようとしていること。しかし、生産に問題が生じていること。

「エンテルサイトの部品が必要なんだ。大量に」

祐機は言葉を切った。そこまで言えば、こちらの頼みはわかるはずだ。

あさっての方向を眺めていた父親が、ややあって、皮肉っぽく肩を揺らした。

「今さらどうしろってんだ」

「もう一度、戸田特鋼をやってくれ」

「どうやってだ。なんにもねえ」

「昔の仲間を集めてくれ。設備は買い戻してくれ。その経費は出すし、土地も用意する」

祐機は熱心に説得しようとしたが、途中で苛《いら》立《だ》った鋭次に遮られた。

「勘弁してくれ。日本で、また物作りだなんて」

祐機は沈黙した。父が投げやりな笑い声を漏らした。

その力ない笑いが治まるまで待って、祐機は最後のひと言をつけ加えた。

「相手はグーテンベルガーなんだ」

父の表情が、わずかに動いた。祐機は続けた。

「こいつが勝つか、あいつのヴァーゲンが勝つかで、地球が変わる」

「……奴は今、何をやってるんだ」

「力で平和をもたらそうとしてるよ」

「おまえは何をするつもりだ？」

「わからない。――なにしろ、誰も見たことのない世界にしようと思ってるからな」

祐機は肩をすくめる。

「戦争や飢えのない世界だよ。ぶっちゃけて言えば、今のままで十分だと思ってる人間には、おすすめできない世界だ」

いつの間にか鋭次は祐機を見つめ、しっかり話を聞いていた。

彼に話が伝わったのを感じて、祐機はそこを去った。Uマシンは置いていった。

二週間後、西オーストラリアのパースに停泊中のリバティ号に、日本から電話がかかってきた。相手は父ではなく、農業をやっている祖父だった。

「もしもし、祐ちゃんか？　あんた、変なもの作ったな。近在で人気になってるよ。なんやら農機メーカーの営業まで見に来とる」

彼はその様子を撮ってメールで送ってきた。戸田家の水田で子馬が田植えをやっていた。

祐機はほくそ笑んだ。好奇心に負けてトランクを開け、出てきた子馬の指示のまま、おっかなびっくり田んぼへ連れていく父の顔が見えるようだった。

ほどなく、鋭次本人から連絡があった。親から子への電話ではあったが、その内容には情《じょう》のかけらもなかった。

「例の話だが」

「ああ」

「工場を一から建て直すより、すでに生きてるラインをまるごと借りるほうが早い。それじゃだめか」

「だめじゃないけど、一ロット一万個で何百ロットっていう仕事だぞ。専用にしないと」

「うん、先々はそうするが、当座の間に合わせには、借りたほうがいい。急ぐんだろ」

「将来の移行がスムーズにできるんなら、それでもいい」

「その辺はまあ、なんとかなる。親会社も最近は設備過剰気味だ」

祐機はいったん息継ぎして、聞いた。

「やってくれるんだな？」

「やってやるよ」

電話の向こうから、久しぶりに楽しげな父の声が聞こえた。

このやり取りと送金だけで、三ヵ月後からUマシンの主要パーツが届き始めた。

ナウル島で最初の工事を成功させた直後から、祐機はたゆみなくUマシンのマイナーチェンジを進めていた。自己増殖機械であるUマシンを改良することは、ディスプレイ上の設計図とソフトウエアを書き換えていくことであり、それは場所を問わずどこででもできた。しかし、構築したシステムが現実に稼働し増殖していくかどうかは、まったく別の問題である。祐機はリバティ号の船内に各種の土を入れて、擬似的な屋外フィールドを作り、実機を常に稼働させていた。改良を思いついたときには、すぐさまこの試作機で実装試験を行い、問題個所を徹底的に潰してから、実用機に導入していた。

ソマリアでグーテンベルガーと出会ってから半年後、祐機はその擬似フィールドに仲間たちを呼び入れて、改良を施したマシンを披露した。

「HOE《ホー》マシンだ」

「ほう」

そう言った大夜を、祐機は軽蔑の眼差しで眺めたが、大夜の表情も負けず劣らず退屈そうだった。

「どこがどう違うのよ、今までのと」

彼の言う通り、船倉に立つ子馬は、従来のUマシンとほとんど変わらないように見えた。

祐機は仏頂面で説明した。

「HOEマシンのホーは鍬《くわ》を表す。こいつは農業特化型のUマシンだ。鼻面に耨耕《どうこう》用の埋《まい》植器《しょくき》を持っている。適当な場所で増やしてやると、種をまいて、以後収穫直前まで面倒を見る。セットしておく種次第だが、たいていの穀物が栽培できる」

「尻尾が水道のホースみたいになっているのは、なんなのさ」

「ホースだよ。それで水を吸い上げて、鼻先から出す。川があれば川まで行列して水道を形成するし、なければ地面を掘って水を汲み上げる。体内であるていど水を浄化して出す機能があるから、直列に五体もつながれば、五重の濾過《ろか》で、ヨーロッパの大半の国の水道水よりきれいな水を作れる」

「ほほう」

大夜の相槌《あいづち》に、祐機は顔をますますしかめたが、タイレナの言葉を受けて、真面目な顔になった。

「今さらなようだけど、紛争地にこれを増やして、それで何かの解決になるのかしら。環境アセスもせずに大規模な農地を作れば、生態系も壊してしまうはず」

「正しい指摘だ。そういった問題はもちろんある」

「あなたはこのマシンが万能だと思っているのか？　ってことよ、トダ」

「思っていない。そこははっきり言っておく。そもそもUマシンは万能じゃないし、正義の使徒でもないし、将来、正義となることもないだろう。マシンを憎む人は消えないよ」

「ではなぜこれを増やすの？」

「マシンのことを万能で正義をもたらす機械だと考えている連中よりも、少しはマシなことができそうだからだ」

タイレナが口をつぐみ、やれやれというように首を振った。祐機とこんな問答をしても、やはりレトリックにしかならないと思ったのかもしれない。

ジスレーヌがHOEマシンの水を飲んで、まあまあね、と言った。プラスチックのコップに注いで他の人間にも渡す。

「なんだよ」「飲めって？」

「せっかくだから乾杯しない？　今日よりマシな明日になることを祈って」

ジスレーヌが掲げたコップに、タイレナと大夜がコツンとコップを当てた。ベイリアルは手元で軽く持ち上げる。

「プラス成長の世界に」「すべての女性たちに」「平和に」

皆の目を向けられた祐機は、ちょっと考えて、コップを掲げた。

「創造性の勝利を祈って」


国連安定化軍に鎮定されたモガディシュでは、国家と政府の再建が急ピッチで進められていた。治安が回復したことの効果は大きく、首都の周辺には人が集まり、病院や学校が再開され、バザールがにぎわった。

しかし首都以外の地域では、かえって治安が悪化していた。商人や牧畜民と家畜が首都に引き寄せられたため、その周辺では人も家畜もいない空白地帯が生まれ、その一帯を支配していた氏族が困窮し、略奪を強めるという傾向が出ていた。

そういったことが把握できるのも、せいぜい小型ヘリコプターや車両でのパトロールが可能な、モガディシュから半径百キロ以内だけのことだった。それより遠方のことは高度偵察機や人工衛星、あるいは現地人の勇敢な商人などからの聞き取りによって、大雑把《おおざっぱ》なことがわかるだけだった。首都を脱出した武装勢力が具体的にどれだけいて、どこへ向かい、何をしているのか、さっぱりわからず、安定化軍側は情勢把握に苦労していた。

しかし、そんな苦労は序の口に過ぎなかった。逃亡した武装勢力などよりも、はるかに厄介な敵が、安定化軍を待ち受けていた。

モガディシュ鎮定当初には、首都警備のレプリヴァーゲンが多数破壊されたが、その種の被害はひと月ほどのうちに激減し、ほとんど壊されない期間が長く続いた。銃器を持ち出すとただちに逮捕されることや、弾薬の節約のために攻撃がやんだのだと考えられた。

しかし、三ヵ月が過ぎた辺りから、ふたたびじわじわと攻撃が増え始めた。今度の攻撃では銃が用いられず、投石や自動車での衝突が利用されるという特徴があった。明らかにヴァーゲンを狙ったと思《おぼ》しき、ロープを使った原始的な罠《わな》も仕掛けられるようになった。安定化軍と暫定政府は攻撃者を多数捕らえたが、処分について困惑することになった。

――その多くは、非武装の女や老人、年端も行かない子供たちだったのだ。

ヴァーゲンの被害は減るどころか増え続けた。子供が相手の場合には、ヴァーゲンは武器を振るうことができない。逃げても追いつかれ、なすすべもなく壊される。その数は月に三千体、四千体というものになり、政府がたびたび警告を発してもそれは減らなかった。

捕らえられた老人や子供たちを、安定化軍のカウンセラーが説得しようとした。ロバは町の安全を守っているから、壊してはいけないのだ、と。すると相手はこう答えた。

「邪魔しないでくれ、食い物が取ってこられない」

首都の治安は回復したものの、住民の多くは略奪経済からの抜け出し方を知らず、また望んでもいなかった。治安の回復に目標を絞っていた安定化軍は、十分な対応ができなかった。

要するに、自分たちが助けたはずの人々から、またもや嫌われつつあったのだ。安定化軍はそのことを、十数年前と同じように、いやいやながら認めざるを得なかった。

レプリヴァーゲンの増強計画は、こんな不安定な情勢の中で開始された。ソマリアに常に大きな影響を及ぼしている、隣国エチオピアとの連絡を保つため、両国の中間にあるバイドアの町に、手始めに三十万体のヴァーゲンが送られた。それを迎えたのは、バイドア周辺を拠点とする氏族の頑強な抵抗だった。地形を利用した防御線に重火器が配置されており、やってきたヴァーゲンは激しい銃砲撃にさらされた。「メルカのパニック」とは比べ物にならないほど組織的な抵抗のせいで、五万体のヴァーゲンが破壊された。

それでも安定化軍は数にものを言わせてバイドアを制圧したが、抵抗勢力は逃走してしまい、逃げ遅れた見張りの少年数人を捕縛するにとどまった。

問題なのは、この時の敵兵力が千名に満たなかったらしいことだ。たかだか千名のゲリラ兵相手に大きな損害を受けたわけだ。冷静で準備のいい敵に対しては、ヴァーゲンが効果を発揮できないということが知れ渡ってしまった。これは先行きの暗い話だった。

この成り行きに追い打ちをかけるように、中部の町ベレドウェイネで、三つの氏族が一時的に同盟を結ぶという声明を出した。目的は邪悪な機械を用いて世界の人民を苦しめるアメリカ軍と戦うためであり、同盟の期間はロバどもの最後の一頭を倒すまで、だった。

国際社会や安定化軍としては、ソマリアに乱立する勢力を仲裁して、とにかく争いをやめさせるためにヴァーゲンを持ち込んだはずだった。それがかえってソマリ人たちの反抗心をかき立ててしまったのだから、皮肉な話だった。

メルカ周辺でのマシン増強は着々と続けられて、その数は二百万体に達しつつあった。だが、それら全てを投入したら、かえってソマリアを底なしの殺し合いの場にしてしまうのではないかという声が、徐々に高まっていた。

そんなころ、ソマリア南部のジュバ川下流のある村で――。

この辺りは水量の多い川のおかげで、ソマリアの中でも比較的農地が多く、豊かな土地だ。隣国ケニアに近いため、そちらの物産が多く運び込まれている。外来の品を手に入れようと、ラクダを連れたソマリ人の牧畜民が多くやってくる。

バザールのラクダ市に集まっていた男たちが、ある一団を見てざわつき始めた。険悪な目を向け、ひそひそ話を交わし、これ見よがしに唾を吐く。どこかへ告げ口屋が走っていく。

注目の的になっているのは、ケニア方面からやってきたらしい、十人ほどの集団だった。ほとんどは黒人だが、中に二人、ワイシャツ姿の黄色人種が交じっている。明らかによそ者だ。

そして、その男たちは、誰が見てもわかる、機械の子馬を数十頭も引き連れていた！

モガディシュがヨーロッパ人のロバどもに占領されたのは、周知の事実だ。こいつらもその仲間かと、バザールの男たちは警戒の目を向け、ざわざわと離れようとした。と、人垣が割れ、市場の顔役らしい頭布を巻いた男が、突撃銃を手にした取り巻きを引き連れて現れた。

子馬を連れた東洋人たちを、あっという間に銃口が取り囲む。頭布の男が言った。

「ここはおまえたちの来る場所じゃない。立ち去れ」

「彼らはアメリカ人じゃない。話を聞いてやってくれ、カインギ」

そう言って前に出たのは、男と同じ黒い肌のソマリ人だ。アフリカ連合軍の将校、オログである。彼が名前を呼びかけると、頭布の男、カインギは険悪な口調で言った。

「オログか。アメリカの手先になりやがって。俺たちを売ったのか？」

「売ったりなどしていない。アメリカの手先になったわけでもない。この地から私の心が離れたことはない。話を聞いてくれ」

オログが熱心に訴えた。カインギは彼の古い友人であり、この地域の準氏族を束ねる長だった。カインギを動かせなければ、ここでの試みは成功しない。そのため、護衛をかねてこうして会いに来たのだった。

オログの弁にカインギは口を閉ざし、聞くだけは聞いてやる、というように目顔で促した。

それを見て、小柄な東洋人が口を開いた。

「俺は戸田《トダ》祐機《ユーキ》、この子馬たちを作った者だ。こいつらはHOE《ホー》マシンといって、あのモガディシュのレプリヴァーゲンとは違う。どうかこれを配らせてくれないか」

「配る？　どういうことだ」

「このマシンは戦わない。その代わりに畑を耕す。農具なんだ」

「ビジネスをしに来たのか？　そのロボットを売るつもりか？」

「いいや、無料だ。金を取る気はない。そしてこのHOEマシンも自己増殖をする。そこだけはヴァーゲンと同じだ」

「増える？　なんてことだ、この忌まわしい悪魔の申し子めが！　そんな邪悪な機械を俺たちの大地に解き放つのは、このカインギが許さんぞ！」

そう言うが早いか、カインギは左右に目配せした。手足の長い黒人の若者たちが、いっせいに飛びかかった。とっさに祐機は身構える。三発目のパンチまではかわしたが、四発目をもろに食らって、ラクダの糞だらけの地面に転がった。

「やめろ、俺たちは戦いたくない！」

「カインギ、やめろ！　カインギ！」

オログや祐機が叫ぶが、若者たちは聞く耳を持たない。倒れた祐機たちを蹴りつけ、殴りつけ、さんざんにいたぶった。

「ちょ、勘弁してくれ！　俺こういうキャラじゃないから！　マジで！　あいてっ」

珍しく逃げ遅れた大夜まで殴られている。

祐機たちが鼻血を出してへたり込むと、カインギは若者たちに命じて、担ぎ上げさせた。市場の外へと運んでいく。その後から、ぞろぞろと機械の子馬たちが続く。

町外れの四つ辻まで来ると、若者たちは乾いた土の上によそ者を放り出した。爪先で砂を浴びせ、唾をかけて嘲笑した。

「二度と来るなよ」「次に来やがったら殺すからな」

そう言って村の中へ戻っていこうとする。

その背に、鋭い声が浴びせられた。

「待ってくれ！」

子馬の一頭にしがみついて、祐機が立ち上がっていた。

冷たい目で見つめるカインギたちの前に、体重を半ば子馬に預けて、よろよろと歩いてくる。

このとき祐機は、何も考えていなかった。

この国を訪れた多くの人々が、まったくの善意だったにもかかわらず、無慈悲に殺された事例なども、話としては知っていた。

だがそういったことは、今の祐機の念頭にはなかった。彼が考えていたのは、ごく単純な一連の事実だけだ。

人間が生きるのに不可欠なものがあるということ。

それをこの子馬が提供できるということ。

自分のほうがＧＡＷＰのグーテンベルガーよりも、このカインギたちの気持ちがわかるはずだということ。

それらの確信に支えられて、祐機は子馬とともにふたたびカインギの眼前まで行き、訴えていた。

「見てろ」

言った途端、黒い顔をした若者の一人が、サンダル履きの足で、ガスッ、と祐機の腰を蹴った。無造作な敵意に、祐機は一瞬ひるんだが、それでも半ば捨《す》て鉢《ばち》な気分で、子馬の頭をポンと叩いた。そして鼻面の前に手をかざした。

うなだれた子馬の鼻面から、小指ほどの太さの水流が流れ、ゴマぐらいの大きさの粒がパラパラと落ちた。それらは祐機の汚れた手のひらに溜まった。

「水と種だ。受け取ってくれ」

手のひらを差し出した祐機を、別の若者が、手を伸ばして突き飛ばした。祐機はよろめき、水をこぼした。

バシャッ、と砂上にできた茶色い王冠が、みるみる白く乾いて、崩れる。

それでも祐機は馬鹿のひとつ覚えのように手をくぼめて、ふたたび水と種を受け、カインギに向かって差し出した。

「要らないのか。水と種だぞ。おまえたちは物を食べないのか⁉」

最後の気力を振り絞ってにらんだ祐機に、若者たちがいっせいに殴りかかろうとした。

「待て」

その時、低い声がかけられた。カインギが片手を軽く上げていた。

若者たちが拳を収める。カインギが続けて命じた。

「その子馬をこっちへ」

取り巻きが何かするより早く、祐機は命じた。

「行け、ＨＯＥマシン。――世界を変えてこい」

「Ｖｉ！」

子馬は自力で、ポクポクと歩き出した。祐機はその場に倒れた。

祐機のかすんだ視界に、子馬を取り囲む男たちの姿が映っている。頭を叩いて、水と種を吐かせている。

やがて男たちは、子馬を連れて去っていった。

砂の上で祐機は長々と息を吐く。

これでいい、と思った。マシンはソマリア語でしゃべるよう設定してある。最初の一頭さえ受け入れられれば、後は彼らのほうから求めてくるだろう。

体中の痛みに負けて、祐機はがっくりと力を抜いた。

「ジス……」

意識が、遠のいていった。

＊　＊　＊　＊　＊

「オラッ、気絶してんなよ、この野郎！」

乱暴に抱き起こされて、祐機は目覚めた。

場所はまだ、さっき倒れた砂の上で、顔を腫《は》らした大夜とオログが、左右から祐機を抱き上げていた。

「カッコつけて死んだふりしてる場合か！　まだ他の氏族んところにも行くんだぞ！」

「ああ……そうだったな、くそっ」

頭を振って、祐機はつぶやいた。

「おまえがやってくんない？」

「やなこった」

「ほんと冷てえなおまえは！」

「うっせー俺は女の子のためにしかやらねえんだぞういうのは！」

怒鳴り合いながら、祐機たちは、ソマリ人たちとともに、砂漠への道を歩き出した。

エピローグ

カナダ、サスカチュワン州、サスカトゥーン市。

北米大陸一位の巨大資産を誇る投資持株会社、サスカチュワン・ハザリーのトレーディング・オフィスでは、歴戦のトレーダーたちが、聖書にある終末のラッパを聞いたように青ざめていた。

ずらりと並んだディスプレイに映し出されているのは、通貨、株式、債券、資源の価格を表した、数知れぬグラフ類。折れ線グラフ、棒グラフ、キャンドルグラフ。

そのすべてが、急傾斜を描いて下降していた。

世界同時恐慌《きょうこう》。——アメリカの金融機関が開発した複雑な金融商品が、世界中の国家と銀行に行き渡ったところで、それが回収不能の不良債権であることが発覚した。一体だれがその「不良品」を抱えているのかわからず、市場は疑心暗鬼に陥った。不良品の発生に備えた保険があったが、あまりの額の多さに保険金を払いきれず潰れる保険会社が出ると予想され、その余波を食らって自分たちまで潰れてはたまらないということで、巨大銀行の多くが極端に融資を渋り始めた。

その結果として、世界の金融市場から利子の安い資金が消えてしまい、当座の資金を借りられなくなった企業と個人が、手持ちの株を投げ売りし始めたのである。

サスカチュワン・ハザリーも資産の多くを株式の形で保有している。ニューヨークとロンドンと東京で同時に平均株価が三分の一になるような、この度外れた株安のせいで、膨大な損害をこうむるところだった。――もし、昨日までにこれが起きていたなら。

墓場のように静まり返ったオフィスに、野暮ったいカーディガンをはおり、不格好なトートバッグを抱えた童顔の女が入ってきて、「よっこいしょ」とCEOのデスクについた。途端に社員たちが群がってくる。

「マダム、大変なことになってますよ！」

「ウォール街は爆心地みたいなありさまです」

「こんなことは、この二十年で初めてですな。私もこの業界、長いですが……」

口々にまくしたてる社員たちに、オービーヌ・サン＝ティエールはけろりとした顔で答える。

「だから言っといたでしょ、退避しとけって」

「おっしゃった通りです……」

神でも崇《あが》めるように社員たちが頭を下げた。

保有ポートフォリオを五日で全部売っぱらえ、と彼女が命じたのは一週間前だった。それは要するに、一日に数億ドルの利益を生んでいく金の卵を、価値の増えない現金に換えろという命令だったので、社員たちは唖然《あぜん》となった。そして猛烈に抗議した。第一、時価五百億ドル（五兆円）に達するハザリーの株を五日で売ること自体、不可能に近かった。それは株式市場という蛇に、昔の巨鳥モアの卵を呑ませるに等しい行為だった。

しかしオービーヌは抗議にも耳を貸さず、頑として、売るように命じた。社員たちは泣く泣く、というか死人のようにげっそりしながら、大切な株を何とか売りさばいた。無理な売りのため、それだけで十億ドル近いコストがかかった。

社長の気がおかしくなったのかと、彼らが嘆いた直後に、恐慌が起こったのだ。

ひょっとしたらハザリーが莫大な株を売ったこと自体が、株安の原因の一つになったのかもしれないが、とにかく、直撃を食らったら百億ドル以上の損害が出たと思われる災難を、この会社は十分の一の損で乗り切ろうとしているのである。

社員たちの崇拝も受けようというものだった。

しかしそんな彼らも、オービーヌの次の言葉には、今度こそ正気を疑った。

「できた現金は全部、今から言う国の国債に突っ込んじゃって。まずソマリア」

「なんですって⁉」

「最近出たじゃない。十年物で年率二五パーセントっていう、とってもおいしそうなのが」

「マダム、いけません。それだけはいけません！」

社員たちが口角泡を飛ばして説明する。債券の利息の高さというのは、そのままリスクの大きさを表している。政情不安な国では、インフレのために通貨が下落して、利息による増加分が帳消しになってしまうかもしれない。それ以前にソマリアの場合は、国債が償還されるまで暫定政府が存続しない可能性も大きい。十年で二五パーセントなどという国債は、詐欺師の書く偽証券に限りなく近い代物だ。

だが、彼ら彼女らがなんと言おうと、オービーヌは譲らず、危なそうな発展途上国の名前ばかり並べた。

「いいからやっちゃって。絶対大丈夫だから」

「マダム!!」

「で、端数が出たら、黄神《ホアンシエン》増機と戸田特鋼を買ってね」

それらの指示にも社員は抵抗した。どちらも、とても大企業とは言えない、怪しいベンチャーだ。

だが結局は、社長のワガママを呑むしかなかった。

指示を出し終わると、オービーヌは部下に言って、ディスプレイのひとつに画像を表示させる。パソコンは苦手なので自分では操れない。

それは黄神増機のウェブサイトだ。手作りらしい、文字ばかりのサイトの上端で、JAVAを使ったカウンターがくるくると回り続けている。

全世界HOE《ホー》マシン稼働数：150845559体。

「……いつか仲直りしてくれるかなあ」

同じサイトに、黄神増機執行部の集合写真が載っている。その中央に映っている少年のことを、オービーヌは思い出す。

彼の成長性は桁《けた》外れだった。長年、万物の成長性を見抜いてきたオービーヌにも読み切れないほどだった。経験の浅いジスレーヌには、祐機のことが大きすぎる怪物か、雲をつかむような曖昧《あいまい》な存在に見えているのではないだろうか。だとしたら実にもったいないことだ。

いや——

「ううん、そんな風に考えちゃいけないっ」

人間の価値を数字に換算してはいけない。娘から教えられたのは、確かそういうことだった。いつぞや言われて以来、けっこう気にしているのだ。

それにしても娘たちのことが恋しくて、ため息をつくオービーヌだった。

ソマリア民主共和国、首都モガディシュより北北東へ四百キロの草原で――。

夜明け前の暗闇の中を、獣たちの湿った息遣いと、カラカラという鈴の音《ね》が渡っていく。ラクダを連ねたキャラバンが多く通る土地だが、この音はキャラバンではない。キャラバンにしては数が少ない。

ラクダが一頭、ヤギが五頭余りに、少年が一人。

ゆるやかな丘を登りきった少年の顔を、暁《あかつき》の薄明かりがほのかに照らした。黒い肌に縮れ毛の少年だ。まだ十五歳にもなっていないだろう。粗末な衣服と少ない持ち物。家畜の他は、ほとんど着の身着のままと言ってもいい。

親は見当たらない。年長の保護者もいない。そして銃を持っていない。

AK《アブトマット・カラシニコバ》銃やそのコピー品は、かつて世界にあふれ、とりわけこの国では隅々にまで行き渡っていた。ほんの二年ほど前まで、一人前の人間であることを示すステータスシンボルであり、必需品だった。

だが、少年はそれを持っていないのに、明るい顔をしている。

丘の上から辺りを見回した少年は、街道に目を留めた。白いヘッドライトが彼方から現れ、赤いテールランプが彼方へと消える。荷物を満載したトラックや長距離バスだ。

数年前、少年はその街道を羨望《せんぼう》の目で見下ろしたことがあった。行きたい所があったからではない。そんな場所はどこにもないと思っていた。ただ、この地から逃げたくて見つめていた。

だが今では、そんな思いは消えていた。逃げる必要がなくなったし、車に乗らずとも旅ができるようになったからだ。

眼下を行きかう車の数そのものも、心なしか前より多い。

少年はきびすを返し、ラクダを引いて街道と平行に歩き出した。子馬たちはあまり街道の近くにはいない。道に近づきすぎると、かえって苦労する。

朝日の最初の一閃《いっせん》が差す前に、少年が目指すものを見つけて、つぶやいた。

「群れだ」

丘の間のくぼ地に、子馬たちが集まり、らせん状の奇妙な隊列を組んでいた。少年が近づくと、ぜんまいのようなその隊列がほどけ、先頭の一頭がそばへやってきた。

そして、平板な女の声で口を利いた。

「おはようございます。何か困ったことはありませんか」

少年は、自分の背丈と同じぐらいの子馬と目を合わせて、言う。

「ガールカクヨの町までどれぐらい？」

「八十四キロ、大人の足で二十一時間です。重い病気やケガの方はいますか？」

「いない。救助隊なんか呼ばなくていいからな。何か保存食はある？」

「ありませんが、この周囲に陸稲《おかぼ》が生えています。陸稲を集めてもらえれば脱穀します」

「それは知ってる。水がほしい」

「水はあります。ここには八十リットル、四十人分の飲み水があります。太陽が昇れば、毎時十リットルずつ補充できます。また、家畜用の水はその十倍あります。何リットル必要ですか」

「これに一杯」

少年は、以前NGOからもらったポリタンクの蓋《ふた》を取って、地面に置いた。

もしここで、けがをしたとか親とはぐれたなどと言うと、どこかの軍隊の救助隊が来たり、医者がヘリコプターで飛んできたりする。そこまでいかなくても、いきなり相手の声が人間の男に代わって、素性や病状を根掘り葉掘り聞かれることがある。

そういうのはわずらわしいので、水だけを頼んだのだった。

ポリタンクに子馬が鼻面を近づけ、水を注ぐ。その馬のしっぽを後ろの馬がくわえ、その馬のしっぽを後ろの馬がくわえて、長い列を作っている。最後尾の馬はくぼ地の中心に尾を突き刺して、地下水を吸い上げていた。

ポリタンクがいっぱいになるのを待つ間、ラクダとヤギたちを水場へ追い込んだ。水場は、これもやはり子馬たちが作ったもので、くぼ地の一角が堅い石のように焼き締められ、水を貯めてある。べちゃべちゃと舌を鳴らして動物たちが水を飲み始めると、ヤギの腹に割り込んで、乳を搾《しぼ》った。次にくぼ地の周辺を歩いて、そこいらに生えている陸稲の穂を必要なだけ切り取ってきて、列に参加していない子馬に脱穀させた。

それが済むと少年は、おそらく子馬が予期していないはずの行動に出た。周囲を見回して人影がないのを確かめてから、転がっていた赤ん坊の頭ほどの石を持ち上げて、脱穀を済ませた子馬の背中に叩きつけたのだ。

陶器の大皿によく似た手ごたえがあって、胴体が真っ二つに砕けた。前半身と後ろ脚と破片の山が地面に積もる。少年はその破片の山を漁って、大人の太腿《ふともも》ほどの太さと長さの筒を見つけ出した。もう一度石を落としてその筒を砕いて、中からガサガサして軽い真っ黒な塊《かたまり》を取り出した。その塊と、そこらに落ちている乾いたラクダの糞を砕いて混ぜ、火をつけた。

まわりに小石でかまどを組み、水と陸稲を入れた鍋をかける。即席の混合燃料はよく燃えた。普通はラクダの糞だけでやるのだが、それでは火力があまり出ない。黒い塊――活性炭を混ぜることで火が強まるのだ。

そういうものが子馬の体内から取り出せるということや、それ目当てで子馬をわざと壊すことは、誰に教わるでもなく、少年が自力で見つけ出した手法だった。日常的に家畜を手ずから処理する遊牧民として、当然のことをしているつもりだったが、大人たちがそれをやらないわけは、まだわかっていないのだった。

やがて質素な朝食ができた。少年は皿の湯気に顔を埋めるようにして食べ始めた。

粥《かゆ》をすりながら、なんとはなしに子馬たちに目をやる。水を注ぎ終えた彼らは、隊列をほどき、毛布のようなものを広げて日なたぼっこを始めている。のんきなものだ。仲間の一体を破壊されたというのに、反撃の素振りもない。ただ単に馬鹿なのではなく、壊されることすらも織り込んで人間を助けているように思える。

少年は思った。――一体こいつらは、なんなんだろう。

「子馬」が現れたのは、二年ほど前だ。それは、気がついたらどこにでもいた。遊牧民である少年の行動範囲の北から南まで、すべての土地にはびこっていた。

白人の機械であることは明らかに思えたので、最初のうちは、もちろん警戒して近寄らなかった。近づいても攻撃されないとわかると、今度は逆に子馬を襲うようになった。大氏族の中の一族である、少年の支族の大人たちは、ずいぶん子馬を壊した。

子馬が無害だとわかっても、しばらく攻撃は続いた。しかし、子馬が水を作るということが知れ渡ると、ようやく皆は手出しを控え始めた。多少なりとも水のある南部と違い、北部のこの辺りはきわめて乾燥している。水は、どんな形であれ貴重だ。

そしていったん子馬を利用し始めると、そいつらが人間と会話できることや、水の提供のほかにもさまざまな奉仕をすることがわかってきた。水場の周囲に作物を増やしたり、道案内や夜間の見張りをしたり、ある程度の電気を作ったり、遠方との電話代わりにもなってくれた。逆に、邪魔で来てほしくないときには、あっちへ行けと告げると素直に従った。

それでも大人の男たちは、子馬のことをうさんくさく思い、ちょっと気に入らないことがあると、すぐに蹴ったり銃で撃ったりしていた。しかし、支族の女と子供たちが反対し始めた。子馬たちは「ちょっと便利な欧米の機械」ではなくなりつつあった。子馬がいると暮らしが大きく変わるのだ。それまでは最低限の水と電気と作物の維持も難しかった。だが、子馬はそれらを確実に提供してくれた。

男たちは戸惑っていたが、子馬の価値がわかると、一転してその独占に走ろうとした。子馬の多くを自分の支族の縄張りに囲い込み、敵対する支族の子馬を壊した。

だが、じきにそんなことはしていられなくなった。子馬によく似た機械、耳の長いロバが闊歩《かっぽ》し始めたのだ。ロバは子馬と違って杭《ピケット》で攻撃してきたので、男たちはロバに向かって闘争心をたぎらせ、銃弾を消費した。ロバとの対比において、子馬は放置され、黙認された。

そんな時期がかなり長く、一年以上も続き、ふと気がつくと、子馬はすっかり土地の暮らしに浸透していた。女子供だけでなく男たちも、野戦の合間に子馬の水を飲み、敗退して荒野をさまよったときには子馬に助けられ、遠くへ旅に出るときには子馬の助けを当てにするようになっていた。

いつしか、ソマリ人すべてが口にする、共通の標語ができていた。

「まず耳を見ろ。長ければ壊せ。短ければ生かせ」

ロバはどんどん打ち倒され、やがて一掃されてしまった。それを連れてきた白人ごと、追い払われてしまったのだと聞いた。

それから、この地は変わった。少なくとも、少年の支族は変わった。

子馬がオアシスを増やしたので、土地とオアシスを巡る争いをずいぶん控えるようになった。

子馬が離れた相手との仲介をするので、争いが起きた時も、速やかに話し合って解決できるようになった。

子馬は、基本的な疑問にはなんでも答えてくれた。金や家畜のやり取りに必要な計算、壊れた車の直し方、乾季を越すのに必要な食料の量、それに別の氏族の人間や外国人との通訳など、みんなやってくれた。おかげで誤解や思い違いが大きく減った。

決定的に重要なことは、子馬が、呼ばれない限りやってこないという点だった。援助をしようとする内外の人間は、どうしてもその一点が守れないのだ。

少年の支族は、見違えるように豊かになった。——といっても、白人たちとは比べるべくもないが、飢えや戦いで死ぬ者がほんの数人に減り、着る物や家屋の手入れにまで気を回すことができるようになったのだから、大きな変化だった。

そして少年は、支族を出ることを考えるようになった。

それまでは、大人になれないかもしれないと思っていた。なれても銃を持たされ、戦士になるのだろうと思っていた。支族もそれを要求していた。

だが子馬は、支族に安定をもたらした。戦う必要が減り、余裕と余暇が生まれた。少年は初めて、何かになれるかもしれないと思い始めた。

何に？　それはわからない。第一、今までは故郷から移動する手段すらなかった。乾いた砂漠が旅人を阻《はば》んでいた。この地はキャラバンが行き交う土地だが、それはつまり、大勢でキャラバンを組まなければ移動できないほど、過酷な地だということだ。

だが今では、子馬がどこにでもオアシスを作っていた。それを伝っていけば、たとえ一文無しでも旅ができる。大きな町にたどり着くことができれば、何がしかの仕事に就き、立身出世することができるかもしれない。

少年はその考えを温め、機を見て支族の長に話した。叱られることも覚悟していたが、意外にも長は同意してくれた。彼もまた、変化を感じ取っていた。この支族は長いあいだ戦闘と放浪に力を注いできたが、今、その二つの必要がなくなり、力があふれるようになった。年長の戦士たちが今から暮らし方を変えるのは難しいが、まだ若い少年ならば、新しい生き方を見つけられるかもしれない。

当然、温情だけでそう考えたわけではなかっただろう。少年は支族の中の孤児だった。一人で暮らすというなら、育てる手間がいくらかなりと省けるというものだ。

そういった打算もあって、少年の申し出は認められた。餞別《せんべつ》に老いたラクダとヤギをいくらか渡され、少年は旅に出た。

それから五日がたった。少年は飢えることも道に迷うこともなく、目的の町へ近づいていた。あちこちで群れを作っている子馬のおかげだが、初めての一人旅を順調にこなせていることは、少年に深い自信をつけさせた。

この分なら、町へ出てもやっていける気がした。町へ着いたら何をするか。当てはないが、腹案はあった。

少年は、考えながら粥を食べ終えた。作りすぎて余ってしまった。いっぱいになった腹を抱えて空を仰ぐ。日が昇ったが、暑くなるまではまだ時間がある。もう少し進んでもいいだろう。

空に向けていた視線を下ろすと、一人の少女の姿が目に入った。少年と同じように粗末な衣服で、何頭かの家畜を連れ、いたずらっぽい目で見つめている。

「お、おはよう《サラーム》」

「あなたの上にも平安を《ワー・ライクームッ・サラーム》」

不意打ちだったのであわてて早口に挨拶した。すると、思い切り丁寧《ていねい》な言い方で返されたので、余計あわててしまった。

少女が目の前まで来て、尋ねる。

「初めまして、私はニエラ。あなたは近くの人？」

「い、いや。遠くから来た。名前はエジュだ」

「ここで何をしているの？」

「町へ働きに行く」

「そう、それじゃ私と同じね」

ニエラは微笑む。エジュはちらちらと盗み見るようにしてしか、目を合わせられない。女が苦手なのだ。その上ニエラは、エジュよりも年上のように見えるのに、ブルカをつけていない。

「おまえ、何かかぶれよ」

「どうして？」

「どうしてって、当たり前だろ」

「当たり前のことなどあるの？　子馬が大地にあふれた今の世に」

その言葉に、エジュはふと胸を突かれたような気分になった。

そうだった——自分は今、古い慣習としきたりに縛られた支族から離れ、たった一人で未知の世界へ向かっているところなのだ。

女一人の顔も見られないで、町へなど行けるわけがない。

ニエラに知られないように深呼吸して、エジュは落ち着いた顔で答えた。

「そう……だな。当たり前のことなんか、ない」

ニエラが軽く目を見張った。黒い顔の中で、黒に近い深緑の瞳が、好ましげに細められた。

エジュはその目を美しいと思った。

「町に、何か当てはあるのか」

「町の旅行案内所でツアーガイドの口を探すか、病院でナースを募集してないか、回ってみるつもり」

「なんでその二つなんだ?」

「地元に外国人の女のツーリストが来たことあるの。女のガイドを欲しがっていた。ナースはどこだって必要とされてると思う。そして両方とも、子馬にはできない仕事でしょ」

子馬に英語を習ったの、とニエラは自信ありげに言った。

「そ、そうか」

利発そうな見た目通り、きちんと先のことを考えていそうなニエラの様子に、エジュは動揺した。

「あなたは?　何かできるの?」

そう言われると、自分の計画は曖昧で雲をつかむようなものに思えたが、何も言わないのも癪《しゃく》だった。エジュは少し離れたところの子馬を指さして、背中を叩く仕草をした。

「子馬の背中を割ると、黒い燃料や透明な糸や灰色の坩堝《るつぼ》がいろいろ出てくる。俺は子馬のどこに何が詰まっているのか、よく知ってる」

「子馬を壊すの？」ニエラが顔をしかめた。「そんなことをしたら登録されるって聞いたけど」

「登録ってなんだ？」

「それをされると、子馬に逃げられるようになる。近づくのがとても大変になる。――私のおばあちゃんは子馬は大事にしろって言ってたわ」

「俺の支族もだ。でも、俺はそこを離れたから、もう関係ない。おまえもだろう」

「それはそうだけど……それで、子馬の中身を知ってるからって、どうだっていうの？」

「中身だけじゃない。他にも、子馬が荒れ地のどこに集まっているとか、地割れをどう渡るかとか、群れの一頭が足を折ったら他のやつはどうするかとか、夜中に砂で埋められてしまったらどうするかとか、子馬のことならなんでも知ってる」

「ふんふん。それで？」

「それで……」うつむく。「そういうことを知りたい人がいるかもしれない」

「かもしれない」

ニエラはそのあとエジュがどう続けるのかをしばらく待ってくれたが、沈黙が長引くと自分からつなげてくれた。

「それに、子馬の内臓の黒い糸や透明な板が必要だから、取ってきてくれって、あなたに頼む人がいるかもしれない？」

「かもしれない、な」

「そうね！　ふんふん。ね、そのお粥は余ってるの？　私が持ってる豆の油煮《フール》みたいに？」

粥は余っているので、もしニエラが豆缶の処分に困っているなら、交換で食べさせてもいい、とエジュは述べた。その取引は成立し、会話は食事へと滑らかに姿を変えた。

彼女が食べ終えるのを待つあいだ、エジュが内心の自信の揺らぎと懸命に戦っていると、不意に、誰かに話しかけられた。

「君の名はエジュ？」

驚いて振り向くと、いつの間にか一頭の子馬がすぐそばまで来ていた。なぜかいつもの女の声ではなく、聞いたことのない男の声を発している。

「そうだ、俺はエジュだ」

答えると、子馬は顔を覗き込んできた。ただの機械のはずなのに、生きた人間に見つめられているような気がして、エジュは居心地が悪くなった。

「何か用か」

「君はこれまでに、一人で二十三体の子馬を壊したな」

エジュは身を硬くした。それについて子馬側から指摘されるのは初めてだった。

後ろからぐいと服の裾を引かれた。ニエラがさり気なく顔を寄せて、「走る?」とささやいた。それも一計ではあった。子馬は信じられないほど足が遅い。そして万が一追ってきたとしても、ロバのように攻撃しては来ない。

だが、エジュは首を振って否定した。子馬は遠く離れた仲間同士でも話し合えるとされる。逃げるつもりなら、すべての子馬から一生逃げなければならないが、それは無理だ。

「壊したよ」エジュは正直に言った。「悪かった。登録っていうのをされるのかな」

「ふざけて一、二体壊した程度ならね」

「二十三体だと?」

「理由を聞きたい。楽しみで壊したのか?」

どう答えたら罪状が軽くなるのかわからなかったので、「そうだ」と答えた。

「子馬を壊して、内臓をよく見たり、触ったり、料理のために黒い塊を焼いたりした。楽しかった」

「それは楽しみとは言わないんじゃないか?」

「だったらなんだ?」

「研究、かもしれない」

子馬が愉快そうに低い笑い声を立てた。二人は子馬が笑うところを見るのは初めてで、呆然とした。

「ひとつ、いいことを教えよう、エジュ。世の中には子馬の内臓を取ってくる仕事ももちろんあるが、ほかに、子馬の内臓や足や頭について昼も夜も考え続ける、という仕事もある。望めばそれ以上のこと——つまり、子馬のほかにも、同種の鳥や、魚や、火を噴く星などについても、考える機会が得られる」

「……そんなうまい話があるもんか」

「そうだな。君が街へ出て、もしいい仕事に就くことができたら、この話は忘れてくれ。でもいつか思い出すことがあったら、そこらの子馬にもう一度尋ねてくれ。仕事はないかって。それはいつでもいい。君の自由だ」

不意にエジュは、これが子馬自身の声なのではなく、今まさに遠方の誰かが口にしている言葉が届いているのではないかと気づいた。思わず手を伸ばして、子馬に触れようとする。

「あんたは——」

「トダ・ユーキ」

ひらりと手を避けて、子馬は群れへと戻っていた。

エジュはぽかんと口を開けていた。ニエラが、粥をすくったままでずっと浮かせていた匙《さじ》を、思い出したように一口すすった。

「初めて見た。子馬があんな風にしゃべるの」

「なんて言ってた？　鳥とか、魚？　トダ・ユーキって何語？　さようならってこと？」

「俺も……」

「わからない」

わからなかった。子馬の話の意味もだし、それをエジュに聞かせて彼らがどうしたいのかということも。

朝の広い空や、夜の明かりに照らされた岩、それに砂嵐の雲などの、自分の手に余る大きなものたちに直面した時と、エジュは同じ気持ちになっていた。飛びこむ前に、まずはよく見て、人に聞いて回ろう、と思った。

食事を終えて荷支度をしていると、ニエラが言った。

「これからどこへ行くの？」

「ガールカクヨだ。おまえは？」

「バイドアに行くつもりだったわ」

「そうか」

そっけなく答えつつ、エジュは内心で少しがっかりした。同じ方向ならいいと思っていたが、そううまくはいかないようだ。

「じゃあ、あっちだな。気を付けて」

「やっぱりガールカクヨにする」

エジュは驚き、ニエラを見つめた。

「どうして？　いいのか？」

「いいの、ガールカクヨにも旅行案内所や病院はあると思うし。それに――」

ニエラは、空になった鍋を差し出して、噛み締めるように言った。

「あなたが自由なら、私だって自由だよね」

二〇二〇年版のためのあとがき

この話の初版は二〇〇八年に出版されました。成長性についての話を書いている真っ最中にリーマンショックが起きて、話の方向性に困ったりしつつ、ちょうど非白人で初めてのオバマ大統領が当選したことに感動したりしながら、筆をおいたのを覚えています。

それから十二年たって世の中はどうなった。

まずは二〇一一年に東日本大震災が起きた。携帯がスマホになり、ボストンダイナミクスの歩行ロボットが耳目を引き、ドローン撮影と配達が隆盛を迎えつつあります。いっぽう政治の世界は反動で大変なことになり、この三月は巨大なコロナショックが襲ってきました。

そういう流れの中でこの話を再収録することに、どんな意味があるのか。

正直に言って、現在までの展開を読み切れていないところも多いわけです。シリアやエチオピアやイエメンでの騒乱が全然収まっていないとか。中国に会社を置くことにしながら、中国での描写をまったくやっていないとか。だいたい舞台を国外に持っていく前に、日本国内でやることがあるんじゃないかとか。

もろもろの事情から、今同じものを書こうとしても書けないでしょう。これは二〇〇八年時点で世界に対して、そのときの私が振り向けた望遠鏡に映った光景です。

ただ、計算機と電池と材料とアルゴリズムの進歩による、製品からの世界変革の可能性は、今でも、ずっと続いています。このテーマでは、悪いやつがそれを使って世界をひっくり返そうとするというのが、お話の王道ですが、あえてそれをしなかったのがこの話です。そしてそういう方向での話作りの可能性は、まだまだ残っていると思います。

いずれまたこの種の話を書きたいですね。

二〇二〇年八月

小川一水

解説

小飼　弾

ゴーレム。Webでタダで読める「なろう系小説」の最大ジャンル、異世界転生ものの転生先の世界には魔法があるのが普通で、魔法で土から作られるそれらは割とよく見かける存在でもあります。小は手のひらサイズから大は山脈丸ごと一体までさまざまなゴーレムがさまざまな作品に登場するけれど、なぜかあまり見かけないのが、ゴーレムを作るゴーレム。魔法というチート《ずる》がある以上、わざわざゴーレムに作らせるまでもないということでしょうか？

しかし異世界ならぬこの世界に魔法はありません。アーサー・C・クラークは「十分に発達した科学技術は、魔法と見分けがつかない」という名言を遺《のこ》したけれど、見分けはつかなくとも決定的な違いが一つあります。それが存在するか否か。この世界にあったのだとしたら、それは魔法ではなく科学技術なのです。

おそらくそこにSF《サイエンス・フィクション》とファンタジーの分水嶺《ぶんすいれい》があるのでしょう。いや、どちらもフィクションである以上どちらもこの世界とは別の世界であるには違いないけど、そこからトラックに轢《ひ》かれて魔法がある異世界に行くというチートなしに世界が成立しているのであればそれはＳＦに違いありません。

魔法なきこの世界に、科学技術はゴーレムならぬロボットをもたらしました。産業用ロボットはそれなしに鉱工業が成立しないほど普及しているし、人型ロボットは二足歩行どころかバク宙できるところまできています。しかしアトムやドラえもんのようにヒトのように振る舞える人造人間《ヒューマノイド》も実現してませんし（ちなみにヒューマノイドの別名としてのアンドロイドという名詞はスマートフォンのＯＳに乗っ取られてしまった）、自分自身を複製するロボットもまだ。

本作『不全世界の創造手《アーキテクト》』は、ゴーレムを魔法抜きの科学技術で成立させた作品。それもただのゴーレムではなく、ゴーレムを作るゴーレム、自己複製ゴーレムを。それを創った主人公、戸田祐機はそれをゴーレムではなくＵポットと呼んでいるけど、土から造られ土に還《かえ》るそれはまさにゴーレム。

ところで人造人間も自己複製機械《フォン・ノイマン・マシン》も未だフィクションの世界にしか存在していないのは

不思議というより不自然に感じませんか？　どちらも実際に存在しうるのは我々人類自身という実証が厳然としてある以上否定は不可能。人造人間に関しては我々が自身のことを知らなすぎるからという理由で十分かもしれなくても、自己複製機械に関してはその言い訳は不成立。何しろ生命は知性を獲得する四十億年も前から自己複製してきたのですから。ここに一つの疑惑があります。人類は自己複製機械を作れなかったのではなく作らなかったのではないか？

本作が上梓《じょうし》された二〇〇八年から十二年。この間はっきりしたのは、人間の手足として機械が働くより機械の手足として人間が働く時代が先に来たこと。運動不足をポケモンGOで解消している解説子が今一番怖いのは、猛スピードで側《そば》を走り抜けるUber Eatsの自転車《チャリ》。どちらも電脳というクラウドの向こうの機械の指示に従ってクラウドのこちら側の人間が筋肉を動かしているという点は変わりません。どうしてこうなった？

その方が生産性が高かったから。人工の自己複製機械を作るより、人間という天然の自己複製機械を使役した方がうまくてやすくてはやかったから。何という世知辛い結論。

祐機を自己複製機械《フォン・ノイマン・マシン》に駆り立てたのは、この結論に異を唱えるためでした。機械工学における自己複製機械の実現というのは、情報工学における万能チューリングマシンの発見に相当します。機械工学の天才である主人公が自己複製機械に惹かれるまでは自然の成り行きですが、それを切望するに到るには実家工場という楽園から追放されてこそ。そしてそこからさらに実現まで漕ぎ着けるには、開発費が不可欠。お金に振り回されない世界を手に入れるのにお金が必要とは。

それを出資するのが、本作のヒロイン、ジスレーヌ・サン＝ティエール。ボーイ・ミーツ・ガールがファウンダー・ミーツ・インヴェスターですって⁉　本作は自己複製機械をテーマにしたＳＦであると同時に、それを実現した少年に投資した少女のＪＦ＝Juvenile Fiction であり、そしてそれで世界にどんな変革をもたらすかというＢＦ＝Business Fiction でもあります。三方よし。

感嘆するのは、物語運びの滑らかさ。祐機が「本気」になった小学生時代の出来事。ジスレーヌとの出会い。最初の「Ｕマシン」の実験。ＧＡＷＰとの確執、そして対決。きちんと納まるところに納めつつ、物語を面白くするために無理をしたという形跡がほとんど感じられません。なにしろ「フィクショナル」な設定は、祐機の自己複製機械《フォン・ノイマン・マシン》と、ジスレーヌ（と世界一の富豪である彼女の母）の「万物の成長性を見抜く」能力だけ。あとは本当にあってもおかしくないほどリアル。

本作の自己複製機械《フォン・ノイマン・マシン》がナノマシンどころかマイクロマシンですらなく土塊《つちくれ》でできたゴーレムなのもいい。そして完全な自己複製にこだわらず、太陽電池や演算装置といった一部部品を既存の工業に委ねているところもいい。本書のテーマは自己複製機械《フォン・ノイマン・マシン》の原理という理論ではなく、自己複製機械《フォン・ノイマン・マシン》をなぜ欲しいのか、あったら何をさせるのかという応用にこそあるのですから。

リン鉱石《グアノ》を掘り尽くしたナウルに溜池を作り、干上がったアラル海に水を取り戻すためのの止水工事を一五〇億ドルではなく五億ドルでやり遂げ、洪水で流され続けてきたバングラデシュの人口四十万人の中洲を繋止《けいし》し……つまり金さえあれば解決するのに金が出るあてがなかったばかりに人類社会がスルーしてきた土木問題を、土魔法と区別がつかない科学技術で物理的に解決。前述のクラークは『楽園の泉』（ハヤカワ文庫SF）という土木SFを著した人でもありますが、『第六大陸』（ハヤカワ文庫JA）の月といい『復活の地』（ハヤカワ文庫JA）のトレンカといい、そして『天冥《てんめい》の標《しるべ》』（ハヤカワ文庫JA）のメニー・メニー・シープといい、作者の土木SF作家っぷりは右に出るものなし。

ジュブナイルが何たるかというのはSFが何たるかというのに勝るとも劣らない問題なのだけど、汚れちまった大人の悲しみを雪《そそ》ぐ作品がジュブナイルでなくて何なのでしょう？　ジュブナイルは若者《ジュブナイル》の側に立つからこそジュブナイルではないですか！

しかしそう簡単に勝ってしまっては克《か》つよろこびも薄れるというもの。いや最近のライトノベルでは主人公たちが艱難辛苦《かんなんしんく》に翻弄されるのは読者には辛すぎという意見さえ見受けられるものの、この点に関しては本作に限らず小川一水という創造手《アーキテクト》は清々しいほどに無慈悲。いや、それでも一冊で完結する本作はまだ楽か。十巻十七冊の果てに去年二〇一九年に完結した『天冥の標』の落としっぷりときたら！　実家工場を奪われた主人公に続いて、今度はヒロインが会社ごと……作品本体よりあとがきを先に読むみなさん、本体に戻る頃合いですぞ（笑）。

二〇二〇年版あとがきで作者自身が述べている通り本作は二〇〇八年という時代の申し子ではありますが、リーマンショックで市場が論理的に破綻《はたん》した同年に上梓されていた本作を新型コロナウイルスで市場が物理的に破綻した二〇二〇年に読むとむしろ味が深まっているように解説子は感じました。読者のみなさんも存分にご堪能くださいませ。

（こがい　だん／プログラマー・投資家・ブロガー）

不全世界《ふぜんせかい》の創造手《アーキテクト》
朝日文庫
ソノラマセレクション

2020年9月30日　第1刷発行

著　者　小《お》川《がわ》一《いつ》水《すい》

発行者　三宮博信
発行所　朝日新聞出版
〒104-8011　東京都中央区築地5-3-2
電話　03-5541-8832(編集)
03-5540-7793(販売)
印刷製本　大日本印刷株式会社

Published in Japan by Asahi Shimbun Publications Inc.
定価はカバーに表示してあります

ISBN978-4-02-264967-6
落丁・乱丁の場合は弊社業務部(電話 03-5540-7800)へご連絡ください。
送料弊社負担にてお取り替えいたします。